Peter Kurze & André Wagner

Klenk und das Phoenix-Komplott

Verlag Peter Kurze Bremen

Peter Kurze, geboren 1955 in Bremen, studierte Maschinenbau und Betriebswirtschaft. Als Autor und Verleger veröffentlichte er zahlreiche Werke zur Geschichte der Bremer Kraftfahrzeugindustrie. Sein umfangreiches Archiv umfasst Dokumente, Fotos und Filme, dic diese bewegten Zeiten der Borgward-Gruppe darstellen.

André Wagner, geboren 1975, wuchs in Oldenburg auf und studierte nach seiner Bundeswehrzeit Wirtschaftswissenschaften. Der bekennende Motorradfahrer und Oldtimer-Liebhaber arbeitet in der Medienbranche.

Peter Kurze & André Wagner

Klenk

und das Phoenix-Komplott

Ein Kriminalroman

Verlag Peter Kurze Bremen

Verlag Peter Kurze
Freudenbergstraße 4
28213 Bremen
www.peterkurze.de
pk@peterkurze.de

Druck: mediaprint solutions GmbH
Eggertstraße 28, 33100 Paderborn

ISBN 978-3-927485-88-4

9783927485884

1

Donnerstag, 19. März 1953, Frankfurt am Main , Hotel Frankfurter Hof

„Arroganter Fatzke!“, urteilte Carl Borgward, stand wütend auf und verließ die Bar des Hotels.

Vor einer Stunde hatte sich der Bremer Autoindustrielle Carl Friedrich Wilhelm Borgward von den Mitarbeitern seines Messestands auf der Internationalen Automobilausstellung in Frankfurt am Main verabschiedet. Er fuhr mit seinem großen Wagen, dem Hansa 2400, zum Hotel Frankfurter Hof, wo er ein luxuriöses Zimmer bewohnte. Gegen 20.30 Uhr betrat er die Hotelbar, setzte sich an die

IAA Frankfurt 1953: Carl F. W. Borgward begrüßt auf dem Messestand Bundespräsident Theodor Heuss.

Theke und bestellte ein großes Bier. Selbst in feinster Umgebung blieb Carl Borgward sich und seinem bevorzugten Getränk treu. Aus bescheidenen Verhältnissen kommend, hatte er sich zum Großunternehmer hochgearbeitet. In seinen Bremer Autofabriken arbeiteten 9000 Beschäftigte. Weit über 30 000 Personenautos und Lastwagen hatten 1952 die Fließbänder verlassen. Das Feierabend-Bier und die Ruhe nach dem anstrengenden Messetag hatte er sich redlich verdient.

Diesen Genuss störte ein großer, vollschlanker, etwas geckenhaft gekleideter Mann, der sich ungefragt neben Borgward an die Theke setzte.

„Guten Abend, Herr Borgward! Mein Name ist Herribert von Endt. Ich gehöre zur Geschäftsleitung der Hanomag-Werke. Ich freue mich, dass wir uns hier treffen!“

„Was wollen sie?“, fragte Borgward sichtlich genervt in seiner direkten Art.

„Herr Borgward! Ich komme sofort zum Thema. Wie sie wissen, hat die Rheinstahl-Unternehmensgruppe den Lkw-Hersteller Hanomag in Hannover übernommen. Uns fehlen im Verkaufsprogramm die Personenwagen. Unsere Händler drängen auf Kleinwagen und Mittelklasse-Limousinen. Ihre Autos, der kleine Lloyd, der Hansa 1800 und sogar der 2400 wären für Hanomag die ideale Ergänzung.“

„Wie stellen sie sich die Sache vor?“

„Es gibt etliche Möglichkeiten:
Verkaufsgemeinschaft, Beteiligung oder Kauf ihrer Unternehmen. Denken sie daran, dass sie mit ihren

62 Jahren nicht mehr der Jüngste sind. Und der Expansionswille der großen Autofirmen VW, Opel, Mercedes und Ford wird ihnen schwer zu schaffen machen. Das sollten sie sich in ihrem Alter nicht mehr antun. Die Rheinstahl ist bereit, einen außergewöhnlichen Preis zu bezahlen!"

Borgward war empört und dachte: „Was faselt der Lackaffe von zu alt? Ich habe durch den Wiederaufbau meiner Werke in Bremen nach dem Krieg bewiesen, dass ich nicht zum alten Eisen gehöre."

„Ach, und unsere Lkw-Produktion wird eingestellt? Obwohl unsere Nutzfahrzeuge besser sind als ihre! Verkaufen sie mir die Hanomag!"

„Herr Borgward, es ist eine Variante!", warf von Endt beruhigend ein. „Wir können eine

Verwaltungsgebäude im Borgward-Stammwerk in Bremen-Sebaldsbrück, Sebaldsbrücker Heerstraße.

Verkaufsgemeinschaft mit einer Angleichung des Lkw-Bereichs ins Auge fassen."

Doch Borgward war nicht zu bremsen. Dieser pomadige Schnösel verkennt die Tatsachen, schoss es ihm durch den Kopf. Ich bin der viertgrößte Autoproduzent der Bundesrepublik. Die Hannoveraner schafften es nicht einmal zu einem verkäuflichen Nachkriegs-Pkw.

Borgwards Zigarre war ausgegangen. Wütend drückte er sie in den Ascher und blaffte von Endt an: „Ich verbitte mir ihre Einmischung in meine Geschäftsangelegenheiten!", stand auf und verließ die Bar.

Von Endt blieb erstaunt sitzen, starrte Borgward hinterher und dachte: „Dieser starrsinnige Alte! Den kriege ich auch noch!"

Hanomag-Gebäude in Hannover-Linden.

Montag, 4. Mai 1953, Hannover, Rheinstahl-Hanomag, direktionsbüro

„Sie haben gründlich versagt, Herr von Endt!“, schimpfte der Hanomag-Vorstandsvorsitzende. „Großspurig erklärten sie, wie sie Herrn Borgward auf unsere Seite bekommen, wie sie die Übernahme der Borgward-Gruppe einfädeln, wie sie die führenden Ingenieure überzeugen, zu uns zu kommen, wie sie die Borgward-Wagen in unser Verkaufsprogramm eingliedern und noch mehr. Und jetzt teilt mir Borgward mit, dass er sich weitere Kontaktaufnahmen verbittet. Was haben sie da gemacht?“

„Nach dem Treffen mit Herrn Borgward auf der Autoausstellung im März schrieb ich ihm mehrere Briefe mit unserem Angebot. Doch der halsstarrige Alte reagierte nicht“, antwortete von Endt.

„Der Alte, wie sie sich ausdrücken, ist so alt wie ich.“

Der Vorsitzende hielt von Endt wegen dessen herrischer Art und den angeberischen Sprüchen für untauglich, Probleme zwischen Kaufleuten zu lösen. Jetzt ergriff er die Möglichkeit, den Emporkömmling loszuwerden:

„Sie sind ein Versager! Und sie wollte ich in den Vorstand holen!“

Ungeheure Vorwürfe! Der Vorsitzende kanzelte von Endt ab, wie einen Schuljungen. Das hatte lange niemand mehr gewagt. Er bekam aber vor Wut und Staunen keinen Ton heraus. Den Blick starr auf das Rheinstahl-Emblem an der Wand gerichtet, wurde ihm klar, dass die Schuld beim bockigen Borgward lag.

„Sie sind, nein – sie waren längste Zeit hier Berater. Ich erwartete, dass sie die Borgward-Übernahme unterschriftsreif vorbereiten. Stattdessen kommen sie mir mit billigen Ausreden. Sie blamieren mich bis auf die Knochen. Ich habe mich in ihnen getäuscht. Packen sie ihre Sachen, sofort! Verschwinden sie! Ich will sie nicht mehr sehen!"

Von Endt hatte seine Stimme wieder und wurde im Kasernenhofton ausfallend. „Sie haben ihren Arsch in der Kriegszeit hier im Sessel warm gehalten. Sie Feigling. Und jetzt große Töne spucken. Mit solchen Drückebergern wie ihnen hätten wir vor ein paar Jahren kurzen Prozess gemacht. Aber was nicht ist, kann noch wieder werden!"

Von Endt verließ den Vorstandsvorsitzenden und erreichte hasserfüllt sein Büro, raffte wie in Trance die wenigen privaten Dinge zusammen und verließ grußlos das Unternehmen.

In seinem Haus angekommen, begrüßte ihn sein Hund. Der bekam einen heftigen Tritt und verzog sich jaulend in seinen Korb. Von Endt zertrümmerte wie ein Irrer Vasen und zerstörte, was ihm in den Weg kam. Seine Haushälterin verkroch sich in die im Keller liegende Küche. Als er nach ihr schrie, erschien sie vor Angst zitternd. Er sagte leise nur ein Wort:

„Aufräumen!", und deutete mit der Hand auf das Trümmerfeld im Wohnraum.

Ein Gedanke hatte sich bei ihm festgesetzt. Carl Borgward trug die Verantwortung für seine Lage.

Freitag, 8. Mai 1953,
Hannover, Haus von Endt

Von Endt hielt sich für einen exzellenten Planer, der durchsetzungsstark und knallhart in der Sache ist. Die Meinung teilten viele. Wenige kannten seine cholerischen Anfälle, seine Rachsucht und seine kalte Rücksichtslosigkeit. Johann Genauck fürchtete ihn, bezeichnete es selbst nicht als Furcht, sondern als Respekt. Genauck war seinem Chef ein bedingungsloser und treuer Anhänger.

„Genauck, der Borgward erhält von uns eine kalte Dusche. Ich denke da an ein kleines Sabotageunternehmen. Borgward startet bei einigen Rennen mit seinen Sportwagen. Die Fahrzeuge müssen dort ausfallen. Das wäre eine Blamage für die Bremer. Das steht anschließend in jeder Zeitung und er kommt von seinem hohen Ross herunter. Erkundigen sie sich, ob ein Arbeiter aus unseren Reihen bei Borgward in Bremen eingestellt ist. Der muss uns helfen! Falls er nicht will, Druck ausüben. Und erklären sie ihm, wie Sabotage geht!“

„Jawoll, Chef. Habe ich verstanden. Haben Sie für das Kind einen Namen?“, fragte Genauck.

„Nennen wir es Unternehmen Phoenix“.

„Wieso nennen wir das denn nach einer Reifenfirma, Chef?“

„Ist gut, Genauck. Mach dir keine Gedanken. Phoenix ist ein Vogel der alten Griechen“,

„Jawoll, Chef. Ich hab das verstanden!“

Freitag, 15. Mai 1953,
Bremen, Wohnung Meierdierks

Egon Meierdierks, Betriebselektriker bei Borgward, hatte im Krieg bei demselben „Verein“ wie Genauck gedient. Sein Rentenantrag wegen angeblicher Berufskrankheit war von der Rentenkasse abgelehnt worden. Er schimpfte auf den Staat, seinen Arbeitgeber und galt im Werk als Querulant. Es war ein Leichtes für Genauck, ihn mit ein paar 100 D-Mark-Scheinen zu überzeugen, gegen das Werk vorzugehen.

„Pass auf! Das Wichtigste ist, dass du nicht entdeckt wirst. Die Ursache des Schadens wird man ergründen. Sie muss wie Schlamperei eines Kollegen wirken und nicht als Sabotage auffallen.

Hansa 1500 Sportcoupé auf der IAA 1953

Dreh dein Denken um. Vom Reparieren zum Sabotieren. Dann fällt dir selbst auf, was man zerstören kann, ohne erwischt zu werden. Verstanden?“

Samstag, 13. Juni 1953,
Frankreich, Le Mans, Rennstrecke

1953 gab es auf dem Markt nur einen deutschen Sportwagen, den Porsche 356. Der leistete in seiner stärksten Version 70 PS und erreichte eine Höchstgeschwindigkeit von 175 km/h.

Carl F. W. Borgward sah in diesem Fahrzeugsegment eine Marktlücke. Im Werk Sebaldsbrück entstanden im Frühjahr 1953 drei sportliche Coupés in Handarbeit. Einen dieser Sportwagen hatte man im März auf der

Hansa 1500 Sportcoupé beim 24-Stunden-Rennen von Le Mans.

Fahrer Adolf Brudes und Ingenieur Büchner, Leiter der Versuchs- und Rennabteilung.

Frankfurter Automobilausstellung ausgestellt. 95 PS Leistung garantierten eine Höchstgeschwindigkeit von über 190 km/h. 18.000 D-Mark kostete der Wagen. Zu teuer; es kam zu keiner Bestellung. Interessenten entschieden sich für den Porsche, der ein besseres Image besaß und über 4.000 D-Mark billiger war. Carl F. W. Borgward beendete das Projekt.

Irgendein Mitarbeiter kam auf die Idee, die nutzlosen Fahrzeuge für die Werbung einzusetzen. Die Sportabteilung meldete die drei Coupés für das 24-Stunden-Rennen von Le Mans an, weil ein sportlicher Erfolg das Renommee einer Marke erhöhen würde.

Die Bremer erlebten den totalen Misserfolg. Der erste Wagen erlitt vor dem Rennen bei einem Unfall einen Totalschaden, das zweite Coupé blieb mit leerem Tank auf der Rennstrecke liegen und eine halbe Stunde vor Rennende fiel der dritte Wagen mit Motorschaden aus.

Borgward „stand offenbar unter keinem guten Stern", schrieb Deutschlands größte Fachzeitschrift Auto, Motor, Sport. Dieser sowie weitere Kommentare in anderen Magazinen führten zu einem herben Rückschlag beim Aufbau eines soliden Rufs. Da half Borgwards Werbespruch wenig: „Besser fahren, Borgward fahren!"

Dienstag, 16. Juni 1953, Bremen, Borgward-Werk, Versuchsabteilung

Die Rennabteilung war ein Teil der Versuchsabteilung, deren Leiter Ingenieur Büchner war. Er hielt seinen Rennmechanikern und seinen Meistern eine Standpauke:

„Um Ursachen zu entdecken, fragt man immer ‚warum'.

Warum löste sich die Spurstange an Wagen Nummer 1 schon vor dem Rennen? Weil sich die Mutter des Lenkgelenks löste. Warum löst sich die Mutter? Weil der Sicherungssplint fehlte! Warum fehlte der Sicherungssplint? Tja, meine Herren, da staunen sie! Weil der Monteur den vergaß! Ich werde in diesem Laden wahnsinnig! Wegen eines fehlenden Teils für zwei Pfennig kam es zum Unfall und sie setzen das

Leben des Fahrers und das Fahrzeug aufs Spiel!"

Betretenes Schweigen bei den Rennmonteuren.

Büchner fuhr fort: „Wagen Nummer 2. Warum blieb das Fahrzeug liegen? Weil der Tank leer war! Warum war der Tank leer? Weil ein Loch im Tank war! Warum war ein Loch im Tank? Weil ein spitzer Stein ein Loch durch das Blech schlug! Warum schlägt ein spitzer Stein ein Loch? Weil er auf der Rennstrecke herum lag! Verdammt noch mal, sie erzählen mir doch nicht, dass so ein Brocken auf der Rennstrecke liegt. Und wenn es so war, hätten der Fahrer den Knall gehört. Hier stimmt etwas nicht. Gehen sie dieser Sache auf den Grund!

Wagen 3: Warum blieb der Motor stehen? Weil ein Auslassventil abgerissen ist! Warum reißt das Ventil

Fotos aus besseren Zeiten: Personal der Versuchsabteilung. Links Ingenieur Fritz Hattesohl, rechts Ingenieur Wilhelm Büchner.

ab? Weil es der Belastung nicht standhielt! Warum nicht? Es kann ein Materialfehler sein. Was ich nicht glaube, weil der Hersteller seit Jahrzehnten Ventile fertigt und große Erfahrung besitzt. Da geht nicht einmal eben eine Charge beim Härten daneben. Ich sage ihnen, was die Ursache ist: Beim Entgraten des Motorengehäuses blieb Korundpulver von den Schleifsteinen im Gehäuse. Ein Depp sah das bei der Montage des Motors nicht und montierte das Triebwerk. Das Pulver beschädigte die Ventilführung, das Ventil schloss nicht mehr, verbrannte und Metallstücke zerstörten den Kolben. Das sah im Zylinder aus wie auf einem Schlachtfeld."

Die Mitarbeiter schauten verlegen auf den Boden der Werkstatt. Bloß keinen Augenkontakt zu Büchner aufnehmen. Büchner war noch nicht fertig.

Siegesfeier in der Versuchsabteilung 1952.

„Das 24-Stunden-Rennen war eine peinliche Veranstaltung. Von drei gemeldeten Fahrzeugen erreichte nicht ein Wagen das Ziel. Das ist hanebüchen! Was meinen sie, was mir der Boss erzählte. Wenn so eine Pleite noch mal vorkommt, macht er die Rennabteilung dicht. Er beschwert sich sowieso über die Kosten.

Also, ran an die Arbeit und in Zukunft werden alle sicherheitswichtigen Verbindungen und Baugruppen durch einen zweiten Mechaniker überprüft und durch Abhaken einer Prüfliste protokolliert."

Dienstag, 16. Juni 1953,
Hannover, Haus von Endt

Von Endt freute sich hämisch über Borgwards Misserfolg. Er wusste, dass dieser Anschlag nur ein Schuss ins Blaue war. Um mehr zu erreichen, musste er planvoll vorgehen. Zwei Fragen stellten sich: Wie sieht die Rache an Carl Borgward aus und wie kann man damit Geld verdienen? Die Antworten fand er schnell: Den Ruf der Bremer Firmengruppe ruinieren, bis die Umsätze im Keller sind und Borgward gezwungen ist, seine Werke billig zu verkaufen. Durch einen Strohmann die Unternehmen erwerben, teuer an Rheinstahl-Hanomag veräußern und den Gewinn kassieren.

Grob skizzierte er das Vorgehen und stellte eine Liste der Helfer zusammen. Zuerst rief er Paul Sinnhoff an. Sinnhoff, 1920 in Krefeld geboren, hatte während des Kriegs in von Endts Einheit gekämpft. Obwohl es damals nicht Pauls Aufgabe war, beschaffte er Dinge, wie Alkohol, Kfz-Ersatzteile und Nahrungsmittel, die es 1944 an der Front noch kaum gab. Ein hervorragender Organisator! Von Endt verschaffte ihm nach dem Krieg eine Stelle bei der Rheinische Stahlwerke AG (Rheinstahl) in Essen, wo von Endt als stellvertretender Abteilungsleiter arbeitete.

Er erreichte Sinnhoff telefonisch bei Rheinstahl. „Paul, hier ist von Endt. Ich brauch dich hier bei mir. Du kommst am 14. Juli morgens zu mir. Und fertige mir eine kurze Analyse der Borgward-Werke an. Umsatz, Anzahl der Beschäftigten, Fahrzeugprogramm, Finanzen und so weiter."

Sinnhoff stimmte zu. Längst wusste er, dass sein ehemaliger Chef bei Hanomag vor die Tür gesetzt worden war.

Nachdem Sinnhoff bei Rheinstahl zu arbeiten begonnen hatte, recherchierte er die Lebensdaten der Personen, die ihm für seine Karriere wichtig erschienen. Über von Endt wusste er mehr als von jedem anderen. Dinge, die nie das Licht der Öffentlichkeit erblicken sollten, weil von Endt damit angreifbar war. Sinnhoff wusste auch, dass von Endt durch seinen Mann für das Grobe, Johann Genauck, alle beiseite räumen ließ, die sich ihm in den Weg stellten oder nicht parierten.

Sinnhoff schaute in seine von-Endt-Privatakte:

Geb. 1912 in Rostock

1918–1927 Volksschule
Vater stirbt im I. Weltkrieg vor Verdun
1923 Mutter verliert in der Inflation ihr gesamtes Vermögen, völlig verarmt.

1927 Lehre in einem Handelshaus

1930 NSDAP-Mitglied
1933 Eintritt in die SS

1935 Handlungsbevollmächtigter im Handelshaus

1936 Fliegt wg. Betrugs aus Firma raus

1937 Waffen-SS, Chef meiner Einheit.
Unverheiratet keine Kinder.

1945 bis Mitte 1947 Schwarzmarkt-Handel.
Kauft Aktien der Montan-Industrie (Vereinigte Stahlwerke), Aktiengewinne durch die Entflechtung.

Juni 1948 Nach Währungsumstellung auf DM kommt er zur Werkzeugmaschinenfabrik Wagner & Co. (Dortmund). Bringt den Laden auf Vordermann.

Rheinstahl AG in Essen (Ruhrbarone) ist über die Rheinstahl-Union (Düsseldorf) an Wagner beteiligt.

Sept. 1949 Rheinstahl AG holt ihn in die Firmenzentrale.
Frühjahr 1951 Er bereitet die Uebernahme der Nordseewerke Emden GmbH vor.
Besorgt mir Posten bei Rheinstahl.

1.1.1952: Endt schickt man als Aufpasser zur hannoverschen Maschinenbau AG (Hanomag). Das wird dem Hanomag-Vorstand nicht gefallen. Die Hannoveraner gehören zur Rheinstahl-Union.

Sommer 1952: Rheinstahl übernimmt Hanomag komplett.
Endt: Gespanntes Verhältnis zum Hanomag-Vorstandsvorsitzenden Wird nicht mehr lange gut gehen

Mai 1953: Von Endt fliegt bei Hanomag raus.

Mittwoch, 17. Juni 1953, Bremen, Wohnung Meierdierks

Es klopfte. Meierdierks öffnete die Zimmertür und sah in das Gesicht seiner neugierigen Vermieterin: „Herr Meierdierks, Besuch für sie!“ Genauck schob sie beiseite und betrat das möblierte Zimmer.

„Tach Meierdierks. Ich muss dich loben. Und das tu ich lieber, als eine Strafpredigt zu halten. Hier sind 500 D-Mark für deine Arbeit beim Rennen in Le Mans. Erzähl mir, wie du das geschafft hast!“

Meierdierks war fasziniert, wie einfach das war, 500 D-Mark zu verdienen. Er sprach von dem gezogenen Splint am Lenkgelenk des einen Le-Mans-Coupés, dem kleinen Loch im Tank am zweiten Fahrzeug, das er mit einer gummiartigen Masse verschloss und das sich während des Rennens öffnete. Obwohl er am dritten Wagen nichts unternahm, erkläret er ungeniert:

„Den legte ich mit einer Spezialmischung lahm. Die vertrug der Motor nicht und ging kaputt.“

Genauck klopfte ihm auf die Schulter.

„Mach weiter so. Lass dich nicht erwischen und bieg‘ das so hin, dass die gar nicht erst an Sabotage denken! Verstanden?“

Meierdierks bedankte sich untertänigst und war froh, als Genauck gegangen war. Dieser Kerl jagte ihm Angst ein. Der Gedanke an die 500 D-Mark für sowenig Arbeit heiterte seine Stimmung erheblich auf.

2

Mittwoch, 8. Juli 1953,
Bremen, Borgward-Werk, Rennabteilung

Der Betriebselektriker Egon Meierdierks kam mit dem Werkzeugkasten in die Versuchsabteilung und meldete sich bei deren Leiter Ingenieur Wilhelm Büchner.

„Moin, ich soll die Elektrik überprüfen. Sind Lampen, Schalter oder Steckdosen defekt?“

„Mit ist nichts bekannt. Überprüfen sie die Elektrik. Wenn etwas ist, geben sie meiner Sekretärin Bescheid.“

Meierdierks fing mit der Fahrversuchsabteilung an. Es folgte der Motorenversuch mit den Prüfständen, der Prototypenbau mit der kleinen Rennabteilung, die sich im Nordosten der Halle 0 befand. Die Geschäftsleitung erlaubte das Betreten der Versuchsabteilung den dort Arbeitenden und einigen wenigen Führungskräften. Noch geheimer und abgeschotteter waren die Rennabteilung und der Prototypenbau. Um sie zu betreten, bedurfte es einer Genehmigung durch Büchner. Werksinstandsetzer und Betriebselektriker bekamen diese sofort.

Meierdierks rüttelte an den Steckdosen und Schaltern, notierte sich, wo etwas defekt war, und kundschaftete die Räume aus. Mit einer Leiter kletterte er zu den Leuchtstoffröhren hoch und wechselte die Starter. So arbeitete er sich von Raum zu Raum

Borgward Rennsportwagen Modell ab 1953.

vor, bis er in die Rennabteilung kam. Dort stand ein moderner Rennsportwagen mit dem kurzen Heck und geschlossener Motorhaube auf einem 1 Meter hohen Podest. Ein anderes Wettbewerbsfahrzeug, Modell 1952 mit Langheck, stand mit offener Haube auf dem Hallenboden.

Um nicht aufzufallen, verließ er wie alle anderen Arbeiter zur selben Feierabend-Zeit wie alle anderen Arbeiter die Räume. In seiner Ein-Zimmer-Wohnung zertrümmerte er mit dem Hammer eine von Borgward mitgebrachte Korund-Schleifscheibe zu Krümeln.

Gleich am nächsten Tag legte er einen Starter für Leuchtstoffröhren unauffällig unter den Rennsportwagen mit dem langen Heck. Der stand mit geöffneter Motorhaube auf dem Erdboden. Beide Rennsportwagen hatten gestern ihre Testrunden auf der Autobahn Bremen-Hamburg gedreht und warteten auf das Verladen für das Avus-Rennen am Wochenende in Berlin. Auf der Leiter neben dem Langheckfahrzeug stehend, überblickte Meierdierks die menschenleere Rennabteilung und sah, dass ihn kein Mitarbeiter durch die Glasscheiben vom Leitstand beobachtete. Kaum einen Moment später kletterte er die Leiter herunter. Er tat so, als wenn er einen heruntergefallenen Starter suchte. Dazu schaute Meierdierks in den Motorraum und öffnete schnell den Öleinfülldeckel, der zwischen den beiden Fallstromvergasern auf der Zylinderkopfhaube saß. Aus seiner Tasche holte er die Menge von ungefähr zwei Teelöffeln seines Korundpulvers hervor und füllte sie in den Ölkreislauf des Motors. Behände verschloss er den Öleinfülldeckel und krabbelte unter den Rennwagen.

Der Öleinfülldeckel lag zwischen den beiden Vergasern (Pfeil).

„Was machen sie da?“, rief eine Stimme.

Meierdierks kam unter dem Fahrzeug hervor und antwortete:

„Mir war ein Starter heruntergefallen!“

Stolz mimend, hielt er diesen kleinen zylinderförmigen Gegenstand in den Fingern.

„Was haben sie hier zu suchen?“, fragte der Meister des Fahrversuchs.

„Ich muss die Leuchtstoffröhren warten“, antwortete Meierdierks und Koch sagte in aller Deutlichkeit:

„An den Wagen haben sie nichts zu suchen!

Eine Gelegenheit, den zweiten Wagen zu präparieren, ergab sich nicht, weil die Rennmechaniker aus der Pause kamen und an den Fahrzeugen arbeiteten.

Die Steilkurve der Berliner Rennstrecke Avus.

Klenk mit seinem Borgward RS in der Steilkurve der Avus.

Samstag, 11. Juli 1953,
Berlin, Avus-Rennstrecke

Am Samstag bereiteten sich die Mannschaften auf das Avus-Rennen am Sonntag vor. Die Fahrer drehten ihre Trainingsrunden. Das Wetter war heiter und leicht bewölkt. Den erst vor wenigen Tagen fertiggestellten Borgward RS mit dem Kurzheck sollte eigentlich Hans Hugo Hartmann fahren. Doch bei einem Verkehrsunfall hatte sich „HHH" verletzt, sodass die Rennabteilung den Veritas-Fahrer Hans Klenk für das Rennen unter Vertrag nahm. Klenk galt als Erfinder des „Gebetbuchs", einer Fahranweisung für Rallyesportler. Er zog seine Runden auf der im Südwesten Berlins liegenden Avus.

Die Strecke besaß nur zwei Kurven mit jeweils rund 180 Grad, wobei die Nordkurve als Steilkurve ausgebildet war. Der Kurs forderte dem Fahrer nie das Können ab. Die Nordkurve war tückisch aufgrund des geraden Profils der Kurvensteigung. Im Gegensatz zu Steilkurven auf Rekordstrecken wurde die Steigung hin zu den Rändern der Kurve nicht steiler, sondern blieb gleichbleibend bei 45 Grad. So wirkte diese Kurve wie eine Sprungschanze für Rennwagen, denen die Seitenführungskraft durch zu hohe Geschwindigkeit fehlte. Die Wagen rutschen über den Rand der Steilkurve heraus. Todesfälle waren die Folge.

Die Avus wies zwei Geraden auf, die jeweils eine Länge von 8 Kilometern besaßen. Daher waren hauptsächlich die Leistung und die Windschnittigkeit der Fahrzeuge für Sieg oder Niederlage verantwortlich.

Brudes Wagen wird von der Avus-Strecke geschleppt.

Der Bremer Rennfahrer Adolf Brudes fuhr den 1952er-Langheckwagen. Beim Training zeigte sich Meierdierks Sabotage. Durch die schmirgelnde Wirkung des Pulvers nahm die Leistung ab. In der 180-Grad-Südkurve trat Brudes die Kupplung, nahm das Gas weg und wollte einen Gang herunterschalten, die Drehzahl sank ab, der Motor blockierte. Brudes bemerkte das zu spät. Er ließ die Kupplung kommen und der festgefressene Motor blockierte die Hinterräder. Das wirkte wie eine plötzlich angezogene Handbremse in einer schneebedeckten Kurve. Das Heck brach aus, das Fahrzeug schleuderte und touchierte mit dem Vorderwagen eine Begrenzung. Brudes blieb unverletzt. Der Wagen war im Bereich der Vorderachse schrottreif.

Borgward feierte trotzdem: Hans Klenk beendete das Rennen am Sonntag siegreich.

Hans Klenk, Avus-Rennen-Sieger 1953 in der Sportwagen-Klasse.

Dienstag, 14. Juli 1953, Spiekeroog

Viele Fahrgäste befanden sich an Bord der kleinen Fähre, die von Neuharlingersiel aus Güter, Urlauber und zurückkehrende Einwohner zur Ostfriesischen Insel Spiekeroog brachte. Auf dem Spiekerooger Anleger wartete die kleine Eisenbahn. Die Urlauber gingen zu den Personenwagen des kleinen Zugs. Die Deutz-Diesel-Lok fuhr mit den zwei Personen- und dem Güterwagen über eine Pfahljoch-Strecke auf die Insel. Die Flut überspülte die Schienen. Es wirkte so, als würde der Zug auf der Meeresoberfläche fahren. Ein mulmiges Gefühl beschlich den Bremer Robert Klenk und seine Verlobte Luise Jacobi, die auf der offenen Plattform des Wagens standen. Das legte sich,

Am Spiekerooger Anleger wartet die Inselbahn.

Herrliche Dünenlandschaft und Nordseeklima auf Spiekeroog.

als der Zug auf der Insel festen Boden und sichtbare Schienen unter den Rädern hatte. Etliche Urlauber stiegen an den Haltepunkten Zeltplatz und Westend aus. Es war Hochsaison.

Am hölzernen Bahnhof in der Mitte des Ortes stand hinter einer Absperrung der Handwagen ihrer Pension. Robert lud das Gepäck auf, und sah, wie ein kleiner Junge auf die Wagen zu rannte, ohne anscheinend die Geländer-Absperrung zu sehen. Robert hechtete in Torwartmanier zu dem Wildfang und bevor der Kleine mit der Stirn gegen die Querstange knallte, hatte er ihn abgefangen. Die Mutter schrie, ging zu ihrem verschreckten Sohn und nahm ihn in die Arme. Sie beruhigte sich und dankte Robert. Ein älterer Insulaner klopfte ihm auf die Schulter und sagte:"Hest goot maakt, mien Jung!"

Robert schob den Wagen zur Unterkunft im Süderloog. Die Eigentümer des typischen Inselhauses, Eta und Theo, begrüßten die Bremer herzlich. In Pensionen oder Hotels bekamen nur Ehepaare ein Doppelzimmer, weil die Vermietung an Nicht-Ehepaare gesetzlich verboten war. Luise und Robert mussten mit zwei Einzelzimmern vorliebnehmen. Das störte wenig, da sie das eine sowieso nicht nutzen würden.

„Geht ihr spazieren?", fragte Eta.

„Ja, zum Sturmeck. Dann sind wir zum Kaffee wieder zurück", sagte Luise.

Nordseewind, Baden im Meer, Gespräche, Wanderungen, einen klaren Kopf. Genau das war es, was Robert brauchte.

Am nächsten Morgen brachte der Postbote die Montagsausgabe der Bremer Nachrichten, die Tageszeitung der Hansestadt.

„Das mit dem Nachsendeantrag der Zeitung funktioniert ja gut", meine Luise.

Robert war in einen Artikel vertieft, schaute nicht einmal auf und sagte:

„Borgward hat am Wochenende auf der Avus das Autorennen gewonnen!"

„Spannend und genauso interessant ist, dass meine Mutter schreibt, sie habe sich neue Strümpfe gekauft", sagte Luise.

„Du nimmst mich auf den Arm. Aber das Interessante ist, dass der Rennfahrer Klenk heißt. Aber verwandt bin ich mit dem nicht."

Donnerstag, 16. Juli 1953
Hannover, Haus von Endt

Sinnhoff gab seinem ehemaligen Chef das Borgward-Exposé und von Endt las.

Recherche betreffend Borgward
(vertraulich)

A) Geschichte

Die Bremer Automobilindustrie entstand 1906. Firma: Norddeutsche Automobil- und Motoren A.G. (NAMAG), Markenname Lloyd . Damit stellte man die einseitig auf Schiffahrt ausgerichtete Bremer Wirtschaft auf ein breiteres Fundament.

1914 fusionierte die NAMAG mit der Vareler Hansa-Automobil-Gesellschaft m.b.H. zur Hansa-Lloyd A.G. Fertigungsprogramm: Personen- und Nutzfahrzeuge mit Verbrennungs- und mit Elektromotoren. Während des I. Weltkriegs entwickelte sich Hansa-Lloyd zum grössten Lkw-Produzenten des Kaiserreichs.

Es ging bergab und 1929 übernahm der Industrielle Carl F. W. Borgward das marode Werk und fertigte erfolgreich Kleinstwagen (Goliath Pionier),

Personenwagen (Hansa 1100 und 1700) sowie Nutzfahrzeuge.

Während des II. Weltkriegs baute er Halbkettenfahrzeuge, Torpedos, ferngelenkte Panzer und in hohen Stückzahlen 3 to Lastwagen für die Wehrmacht.
Bomben zerstörten 75 % der Werke, die in Bremen-Hastedt, Bremen-Sebaldsbrück, Delmenhorst, Nadah und Viersen lagen.

Die Hauptwerke in Sebaldsbrück und Hastedt sind durch den Hamburger Architekten Rudolf Lodders wieder aufgebaut worden. 1950 kaufte Borgward eine ehemalige Munitionsfabrik in der Bremer Neustadt, in der heute die Lloyd-Kleinwagen produziert werden.

B) Struktur und Verkaufsprogramm

1949 wandelte C. Borgward seine Einzelfirma zu einer Muttergesellschaft (Carl F. W. Borgward GmbH) und zwei Tochtergesellschaften (Lloyd Motoren Werke GmbH, Goliath Werk GmbH) um.
Da Stahl und Reifen zu den Mangelwaren zählten und den Auto-Unternehmen nur in geringen Stückzahlen zugewiesen wurden, erhielt Borgward mit den drei Firmen die dreifache Menge der

rationierten Waren und stellte so mehr Autos her.
Die drei Autofabriken bedienen jeweils verschiedene Segmente des Kraftfahrzeugmarktes:

- Lloyd: Ein Kleinwagen und ein Kleinliefer-Fahrzeug

- Goliath: Ein Pkw der unteren Mittelklasse, einen Dreirad- und einen Vierrad-Lieferwagen.

- Borgward: Jeweils ein Pkw der Mittel- (Hansa 1800) und der Oberklasse (Hansa 2400) sowie Liefer- und Lastwagen

Die Lloyd-Werke betätigen sich erfolgreich im Kleinwagenmarkt, in dem es

Hansa 1800

keine Konkurrenz gibt.

Die Borgward-Gruppe fertigt Einzelstücke von Sport-, Renn- und Rekordfahrzeugen, die bei Wettbewerben aus Reklamegründen eingesetzt werden.

Die Produktionszahlen 1952:

7200 Borgward Pkw
7000 Borgward Lieferwagen und Lkw
5700 Goliath Pkw
6800 Goliath Lieferwagen
10 100 Lloyd-Wagen

---

36 800 Summe

Hansa 2400

Belegschaft 1952

5400 Borgward
2200 Goliath
1400 Lloyd

9000 Summe

Umsatz 1952

135 Mio. DM Borgward
118 Mio. DM Goliath
35 Mio. DM Lloyd
---
288 Mio. DM Summe

Es wurde mir von Kamerad Naumann (Bonn) erklärt, dass ein schlechter Finanzstand vorhanden ist. Borgward benahm, sich

Lloyd Kleinwagen 400

schon immer nicht besonders geschickt .
Mit der übertrieben individuellen Ausstattung seiner Wagen, mit den grossen Auslandsprojekten (Montagefirmen in Südamerika und Südafrika) und andere Ideen übernimmt er sich.
1951 gab es erhebliche Schwierigkeiten im Absatz der Fahrzeuge. Borgward erhoffte sich zu seinen Schulden einen grossen Kredit, der durch den Bremer Staat verbürgt werden sollte. Den Gefallen tat ihm die Regierung nicht. Ihn rettete ein grosser Exportauftrag.

C) Carl Friedrich Wilhelm Borgward (1890)

I) Sohn eines Hamburger Kohlenhändlers.
Ausbildung: Mittlere Reife und eine

Goliath

Schlosserlehre. Er ging für zwei Jahre zur Höheren Maschinenbauschule Hamburg (Ingenieur) und besuchte als Gasthörer Vorlesungen an der Technischen Hochschule Hannover.

2) Erster Weltkrieg
1915 an der Westfront verwundet.
Auszeichnungen: Eisernes Kreuz II.

3) Nachkriegszeit
Nach seiner Genesung fing er 1916 in Bremen bei einer Firma an, die Geräte zur Herstellung von Traggas für Zeppeline produzierte.
Er beteiligte sich 1919 an einer Bremer Firma, die er zum Zulieferer der Bremer Autoindustrie umwandelte. Das Hansa-Lloyd Werk war sein zahlungskräftiger Grosskunde.

Ab 1924 bot er ein dreirädriges Transportvehikel an, das Gemüsehändler und Handwerker kauften. 1931 kam Carl B. mit seinem ersten Personenwägelchen auf den Markt (Typ Pionier, 5,5 PS, Höchstgeschwindigkeit 50 km/h).

1931 übernahm B. das in Schwierigkeiten geratene Hansa-Lloyd Werk. Damit gehörte B. zu den Grossen der Branche. Mit den 1934 vorgestellten Limousinen Hansa 1100 und 1700 landete Borgward einen weiteren Erfolg.

1938 Einweihung des neuen Werks in Bremen-Sebaldsbrück.

4) Im Reich

Mitgliedschaft: 1934 Nationalsozialistisches Kraftfahrkorps (NSKK/ (Obersturmführer), 1937 NSDAP, 1938 Wehrwirtschaftsführer, Deutsche Jägerschaft, NS Bund deutscher Techniker

5) Krieg

Produzierte in seinen Werken Torpedos, Lastkraftwagen und Halbkettenfahrzeuge für die Truppe.

Betriebsführer Borgward wurde vom Rüstungsministerium negativ beurteilt, weil er kein Interesse an der Produktion von Wehrmaterial zeigte. Das Ministerium entzog ihm zeitweise die Fabrikation eines Halbkettenfahrzeugs (Auftrag ging an Hanomag) und ab 1944 die Führung des Werks. Die Leitung übernahm ein Ingenieur Meyer vom Stab Speer.

6) Nachkriegszeit-Heute

Nach dem Krieg inhaftierten ihn die amerikanischen Besatzer für neun Monate, weil er Rüstungsproduzent und Nutzniesser des Nationalsozialismus war. Entnazifizierung: Im Juni 1948 stufte ihn die Bremer Spruchkammer als Mitläufer ein, ihm half ein Mitarbeiter, den er vor KZ-Haft bewahrte.

6) Private Verhältnisse
Seit 1935 in 2. Ehe verheiratet, 3 Kinder.

7) Einkommen und Vermögen
Einkommen 1943: 10 Mio. RM
Einkommen 1944: 2 Mio. RM
Vermögen am 1.1.1943: 24 Mio. RM
(Es liegen keine aktuellen Zahlen vor)

8) Charakter
Durch Gespräche mit Borgward-Arbeitern erfuhr unser Gewährsmann, dass Carl Borgward ein hohes Ansehen bei der Belegschaft geniesst. Bewundert werden sein Wille und die Tat, das Werk wieder aufzubauen, obwohl er über 60 Jahre alt ist. Gleichzeitig attestiert man ihm einen guten Riecher. Er bringt die richtigen Autos zur richtigen Zeit auf den Markt. Ich konnte keine Einschätzungen von Borgward nahestehenden Personen erhalten.

Sinnhoff, Essen im Juli 1953

Anlage: Fotos der Fahrzeuge

„Was sind die Schwächen der Borgward-Leute?“, fragte von Endt.

„Der Ruf ist nicht der Beste. Der Verkauf leidet unter Sprüchen wie: Mit dem Kauf eines Borgwards unterstützen sie die Gewerkschaften. Können sie sich bei dem Geklapper der Türen überhaupt unterhalten? Können sie die vielen Reparaturen bezahlen? Sie fahren einen Lloyd und leben noch? Und so weiter ...

Borgward finanziert sich durch große Zahlungsziele. Die Begleichung der Rechnungen dauert oft sechs Monate. In Bremen gibt es ein geflügeltes Wort: Borgward heißt borgen und warten. Die Rücklagen sind schwach. Die Unternehmen arbeiteten nicht mit einer Hausbank zusammen. Die Bremer sind total vom Verkauf ihrer Autos abhängig. Wenn sich der Verkauf durch irgendeine Ursache stark abschwächt, zahlt Borgward keine Gehälter, Löhne und Rechnungen mehr“, antwortete Sinnhoff.

„Dann ist Schluss mit lustig. Da müssen wir ran, den machen wir fertig. Borgward gehört bald nicht mehr der Bleistift auf dem Schreibtisch!“

3

Dienstag, 4. August 1953,
Bremen, Borgward-Werk, Rennabteilung

„So, meine Herren. Wie sie wissen, erreichten wir am Wochenende mit zwei eingesetzten Fahrzeugen den 2. und 3. Platz beim Großen Preis auf dem Nürburgring. Es sind dieses Mal keine Defekte aufgetreten. Sie sehen, es geht! Herr Borgward kommt zu einem kleinen Umtrunk um 16.30 Uhr in die Rennabteilung. Räumen sie auf und ziehen sich saubere Overalls an“, erklärte der Leiter der Versuchsabteilung Büchner seinen Rennmechanikern.

Günther Bechem beim Großen Preis von Deutschland 1953 auf dem Nürburgring.

„Zu den schlechten Nachrichten. Vor vier Wochen blieb beim Avus-Rennen Brudes liegen. Klenk gewann. In Brudes Motor war wieder Korund drin. Die Maschine wurde am gleichen Tag zusammengebaut wie der Motor aus dem einen Le-Mans-Wagen. An dem Tag pennte mal wieder einer aus dem Motorenversuch und vergaß, beim Zusammenbau die kleinen Korundsteine auszuspülen. Lasst euch das eine Lehre sein!"

Montag, 10. August 1953,
Bremen, Borgward-Werk, Verwaltungsbau

Knapp eine Woche später rief Borgwards Sekretärin Rita Elfenbein bei Büchner an: „Guten Morgen,

Bechem erreichte den 2. Platz beim Schauinsland-Bergrennen 1953.

Herr Büchner. Ich soll ihnen von Dr. Borgward zum 2. Platz beim Schauinsland-Bergrennen gratulieren. Der neue Rennfahrer Bechem scheint gut mit unseren Fahrzeugen zurechtzukommen. Dr. Borgward kommt morgen Nachmittag zu ihnen und ihren Rennmonteuren. Wieder um 16.30 Uhr. Die Kantine liefert das Bier."

Sonntag, 30. August 1953, Nürburgring, 1000-Kilometer-Rennen

Das 1000-Kilometer-Rennen auf dem Nürburgring zählte zur Sportwagen-Weltmeisterschaft, die man 1953 das erste Mal austrug. In 44 Runden (entspricht 1003 Kilometer) mussten 7645 Kurven durchfahren und 17 000 Meter Höhenunterschied absolviert werden. Für die Motoren und die Technik ein anspruchsvolleres Rennen als die 24 Stunden von Le Mans.

In der Klasse der Rennsportwagen bis 1500-cm³-Hubraum starteten drei Kiefts (MG-Motor), ein MG, drei OSCA, ein 1500er-Porsche und zwei Borgward RS. Die Borgwards teilten sich die Mannschaften Adolf Brudes/Franz Hammernick und Karl-Günther Bechem/Theo Helfrich. Bechem überdrehte den Motor in der ersten Runde und hielt an den Boxen. Brudes/Hammernick im zweiten Wagen gaben ihr Fahrzeug an die Bechem/Helfrich ab, die den 1. Platz in der Klasse bis 1500 cm³ holten und im Gesamtklassement den 3. Platz errangen. Ein ausgezeichnetes Ergebnis!

Sieg für Günther Bechem beim 1000-Kilometer-Rennen.

Dienstag, 1. September 1953,
Bremen, Wohnung Meierdierks

Genauck fragte Meierdierks direkt: „Wieso siegte Borgward beim 1000 Kilometer Rennen? Hast du nicht beide Fahrzeuge behandelt?

„Nein, ich kam nur an das eine heran. In der Rennabteilung stehen oft drei Fahrzeuge, an denen etwas repariert oder geändert wird. Ich bin in der Abteilung selten allein. Und manchmal nur für wenige Sekunden. Ich kann nur die Wagen behandeln, wo die Motorhaube offen steht. Wenn die Motorhaube zu ist, ist das laut beim Öffnen. Wenn ich sie zumache, ist das noch lauter. Und den Lärm hören andere und kommen sofort in die Rennabteilung gerannt. Es reicht nicht, wenn die Monteure den Raum verlasse. Nee, da ist der Leitstand. Von da oben aus sieht man in die gesamte Halle mit dem Musterbau, dem Fahrversuch und der Rennabteilung. Deshalb ist das so gefährlich. Wenn ich an den Rennwagen rumfummel, kommt garantiert sofort einer vom Leitstand und ich fliege auf der Stelle aus dem Betrieb raus“, verteidigte sich Meierdierks.

„Ist gut. Hier sind 150 D-Mark für die letzte Sabotage.“

„Wieso so wenig?“, sagte Meierdierks.

„Ist klar! Du hast nicht drei Wagen sabotiert, sondern einen. Und dann gewinnt Borgward noch“, erklärte Genauck.

„Was steht als Nächstes an?“, fragte Meierdierks.

„Die Carrera Panamericana im November. Eine harte Rallye in Mexiko.“

„Das wird schwierig. Die Rennwagen muss Borgward bestimmt sechs Wochen vorher verschiffen. Und nach dem Ausladen werden die Fahrzeuge mit Sicherheit untersucht, ob nicht auf der Reise etwas kaputt gegangen ist.“

„Lass‘ dir was einfallen. Verstanden? Ich komme später als Geldbote bei dir vorbei“, sagte Genauck und ging.

Samstag, 3. Oktober 1953, Hannover, Haus von Endt

Unpünktlichkeit ertrug von Endt nicht. Deshalb traf Sinnhoff haargenau zur richtigen Uhrzeit ein.

„Hast du gehört? In Le Mans haben alle drei Borgward-Wagen versagt. Beim Avus-Rennen macht das Fahrzeug von Adolf Brudes schlapp, aber Borgward kommt auf den 1. Platz. Beim Großen Preis von Deutschland erreichen die beiden Fahrzeuge der Bremer Platz 2 und 3. Beim Bergrennen im Schwarzwald kriegen die auch den 2. Platz. Und beim 1000-Kilometer-Rennen schlagen die sogar alle Porsche-Wagen. Das festigt, aber demontiert nicht Borgwards Ruf. So geht das nicht weiter. “

„Macht das der Typ, den Genauck bei Borgward rekrutierte?“, fragte Sinnhoff.

„Ja, da traf Genauck eine gute Wahl. Nur muss sein Mann sich mehr ins Zeug legen.

Nochmal zum Mitschreiben: Wir zerstören Borgwards Ruf und den seiner Unternehmen. Die Verkäufe sollen in den Keller sacken und er gerät durch seine Zahlungsschwierigkeiten an den Rand des Konkurses. Wir kaufen ihm im Namen von Rheinstahl-Hanomag seine Unternehmen für einen Pfifferling ab. Hanomag ist erpicht, dass sie Borgward in ihre Fänge bekommen. Die werden die Produktion einiger Fahrzeuge einstellen, andere unter eigenem Namen weiterbauen und so den miserablen Ruf Borgwards abstreifen. Die Personenwagen werden wie Phoenix aus der Asche steigen! Und wir kassieren bei der Sache die ganz große Provision.

Es ist nicht so einfach, wie es sich anhört. Ich habe deshalb einen Plan entworfen, der die Marschrichtung, die Strategie, vorgibt. Für die Durchführung, also die Taktik, brauche ich dich! Du kündigst bei Rheinstahl und kommst hierher nach Hannover."

„Meine Arbeit bei Rheinstahl wird gut bezahlt. Ich kann nicht einfach kündigen. Gib mir nähere Informationen. "

„Details erzähle ich dir erst, wenn du dich für unser Projekt entscheidest.

Im Groben stelle ich mir das so vor: Du erhältst von mir das Doppelte deines bisherigen Gehalts und einen großen Teil der Provision beim Verkauf der Borgward-Werke an Hanomag. Da geht es um 7-stellige Umsätze und 6-stellige Provisionen. Wir zeigen dem Herrn aus Bremen, dass es bei ihm gerade zum Führen eines Gemüseladens reicht.

Denke auch daran, dass wir Kameraden sind. Das ist verpflichtend!"

Sinnhoff eröffneten sich Aufstiegsmöglichkeiten, die ihn nach oben katapultieren könnten. Hannover war zwar keine Weltstadt, aber besser als Essen mit seiner schlechten Luft und der alles beherrschenden Montanindustrie. Und mit von Endts Ideen war er immer gut gefahren.

„Ich bin dabei!", sagte Sinnhoff.

„Gut. Wir nennen unser Projekt ‚Unternehmen Phoenix'. Ich habe mich näher über die Bremer

Der Verkauf des Hansa 2400 litt unter Borgwards Renommee als Hersteller einfacher Dreirad-Lieferwagen (links). Obernstr. 1952/53

informiert. Die Personenwagen von Goliath und der Borgward Hansa 1800 laufen nicht gut. Letztes Jahr brachten die Bremer einen Repräsentationswagen heraus, den Hansa 2400. Der sollte Mercedes und dem Opel Kapitän Paroli bieten. Das gelang ihm nicht; die Verkäufe sind nach wie vor lächerlich gering. Große Wagen von Borgward kauft keiner, weil die Kunden mit Borgward kleine, stinkende dreirädrige Lieferwagen in Verbindung bringen. Die Wertschätzung für die Bremer reicht für die Oberklasse nicht aus. Seit kurzer Zeit baut BMW wieder Autos und bietet ebenfalls einen großen Wagen an. Dadurch ist noch weniger Platz für den Hansa 2400 auf dem Markt."

„Wieso baut BMW jetzt erst wieder Autos? Die

waren vorm Krieg doch eine große Nummer mit ihren Motorrädern und Autos“, warf Sinnhoff ein.

„BMW hatte die Autos in Eisenach gefertigt, das heute in der sowjetisch besetzten Zone liegt. Damit ist das Werk für die Bayern verloren. In München produzierte man nur die Flugmotoren und die Motorräder. Der Aufbau einer Automobilproduktion in München dauerte seine Zeit. Die Serienfertigung des ersten Wagens nach 1945 startete erst im November letzten Jahres.

Doch zurück zu Borgward. Dessen finanzielle Lage ist durch die miserablen Verkäufe der Hansa-Wagen und der Goliath-Typen sowie durch die Entwicklungskosten des Nachfolgers vom Hansa 1800 angespannt. Er besitzt keine Rücklagen! Da

BMW kam erst Ende 1952 mit Personenwagen auf den Markt. Die Vorkriegsform der Karosserie war nicht verkaufsfördernd.

ist er schwach auf der Brust. Es helfen ihm kaum die brauchbaren Verkaufszahlen der Laster und des kleinen Lloyds. Ihm bleibt nichts anderes übrig, als schnell einen neuen Wagen auf den Markt zu bringen. Und das Auto muss sich sofort erfolgreich verkaufen, damit Geld reinkommt, womit er seine Löhne, Gehälter und Rechnungen zahlen kann. Gelingt ihm das nicht, so bleibt ihm nichts anderes übrig, als sich große Geldbeträge von den Banken zu leihen. Und wir sorgen dafür, dass sich der neue Wagen schlecht verkauft! Borgward mag die Geldinstitute nicht, er arbeitet mit keiner Bank eng zusammen. Um Kredit zu erhalten, müssen die Bankleute dem Kunden vertrauen. Bestehen keine Kontakte oder nur über das Kleingeschäft, so ist es in einer Notsituation aussichtslos, Kredit zu erhalten. Dazu lieben die Herren ihr Geld zu sehr, um es einem Hasardeur wie Borgward zu leihen, der seine Unternehmen an den Rand des Ruins führt."

„Wie willst du erreichen, dass Borgward das Werk Hanomag verkauft?"

„Wir bieten ihm im Namen Hanomag-Rheinstahls die Übernahme seiner Unternehmensgruppe an. Wir versprechen ihm eine Fortführung der Werke unter seinem Namen und den Erhalt der Arbeitsplätze. Das ist natürlich Humbug. Hanomag wird mit Sicherheit nicht den Namen Borgward übernehmen. Aber solche falschen Versprechungen machen ihn uns gewogen. Er wird zustimmen und froh sein, mit einem blauen Auge davonzukommen. Hanomag übernimmt die

Grundstücke, Hallen, Fertigungseinrichtungen, einen Teil der Mitarbeiter, die Konstruktionspläne der Autos und so weiter. Die Hannoveraner zahlen uns eine Provision von 5 bis 10 % des Kaufpreises. Im Prinzip mache ich genau die Arbeit, die ich als Angestellter Hanomags machen sollte. Nur jetzt als Selbstständiger gegen erheblich mehr Kohle!

Das Ergebnis unserer Arbeiten ist eine Gewinnsituation für mich und für dich. Hanomag profitiert zwar von unseren Maßnahmen, muss dafür an uns aber auch viel bezahlen. Die einzigen Verlierer sind zahlreiche Mitarbeiter, die Hanomag entlassen wird, und Carl Borgward. So kann ich dem alten Mann auch zeigen, dass es bei ihm nicht mal zum Führen eines Gemüseladens reicht.

Hanomag wird die Vorteile des Kaufs sehen. Die Presse wird die Hannoveraner als Retter feiern. Zukünftig bietet Hanomag-Rheinstahl neben den eigenen Lastwagen dann Personenwagen unter dem Namen Hanomag an.

Und du und ich, wir kennen die Rheinstahl-Leute. Diese Ruhrbarone schwimmen in Geld. Die wissen nicht, wohin damit. Da Hanomag zu ihnen gehört, zahlen die jeden Preis für lukrative Werks- und Produktionserweiterungen."

„Wie sieht deine Marschrichtung im Detail aus?", fragte Sinnhoff.

„Meine Strategie, der Weg zu unserem Erfolg:

Wir schädigen den Ruf seiner Autos durch Sabotage bei den Rennen.

Wir verursachen Produktionsausfall, ebenfalls mithilfe von Sabotagemaßnahmen. Wir zetteln Streiks an. Wir werden sehen, dass das Führungspersonal das sinkende Schiff verlässt. Wir säen Misstrauen zwischen den Arbeitern, der Führung und Carl Borgward. Wir diskreditieren ihn als Person, indem wir ihm alle Misserfolge anlasten, und sorgen zusätzlich für eine schlechte Presse.

Die Einzelheiten arbeitest du aus“, sagte von Endt.

„Welchen organisatorischen Rahmen schlägst du vor?“, fragte Sinnhoff.

„Wir tauchen nicht als von Endt & Sinnhoff auf – mein Name bleibt komplett außen vor. Du gründest eine Kanzlei für Wirtschaftsberatung und bist der Geschäftsführer. Das Kapital steuer ich bei.

Das Ganze erledigen wir nicht von heute auf morgen. Ich peile einen Zeitraum bis Frühjahr 1955 an.

Du kündigst sofort bei Rheinstahl und mietest hier in Hannover repräsentative Büroräume an. Die dienen uns als Hauptquartier. Personal suchen wir uns unter den alten Kameraden.

Sieh zu, dass du einen Spion, einen Maulwurf, bei Borgward installierst, der uns informiert. Genauck bleibt mir unterstellt, der kümmert sich um die Maßnahmen, die mehr Druck verlangen. Falls du ihn benötigst, sprichst du das vorher mit mir ab.

Und denke daran, wir machen einen auf seriös und unser Feind darf nie merken, dass wir sein Feind sind. Dann bleibt er wehrlos!“

Montag, 12. Oktober 1953, Bremen, Borgward-Werk, Versand

Zwei Borgward-Rennsportwagen befanden sich in der Versand- und Transportabteilung in der Halle 0. Beide Fahrzeuge sollten stabil verpackt werden, um sie mit dem Schiff „Anita“ am 13. Oktober nach Mexiko zu transportieren. Am 19. November startet dort das gefährlichste Langstreckenrennen der Welt.

Egon Meierdierks kam mit den Leuchtstoffröhren und dem Werkzeugkasten in den Raum der Transportabteilung. Die RS-Wagen standen auf kleinen Podesten, die als Unterteil der Seekisten dienen sollten. Die Versandarbeiter verzurrten die Fahrzeuge auf den Böden und errichteten die Seitenwände.

Die Seekisten, die in der Versandabteilung gezimmert wurden, auf dem Weg zum Hapag-Frachter „Anita“.

Meierdierks baute neben einer Kiste die Leiter auf und kletterte hinauf, um Lampe und Starter zu wechseln. Für Sabotage eignete sich der Raum schlecht, da es an der Südseite Fenster zur Laderampe gab. Von der Rampe aus konnte Kollegen ihn beobachten.

„Mohltied!", sagte einer der Packer auf Plattdeutsch zu ihm.

„Ich befestige noch eben den Starter!", antwortete Meierdierks, als die Arbeiter den Raum verließen, um draußen, im Umkleideraum oder in der Kantine essen zu gehen. Der eine RS-Wagen stand in einer Kiste, an der die Vorderseite und der Deckel fehlten. Die hintere Seite befand sich vor den Fenstern, sodass von außen niemand den RS sah. Meierdierks ließ, wie schon einmal, unauffällig einen Starter in die Kiste fallen. Er kletterte die Leiter herunter und tat so, als ob er den Starter suchte. Er öffnete die Haube des Wagens sowie den Öleinfülldeckel, nahm aus seiner kleinen Tüte kurze Metallspäne und füllte sie mithilfe eines Teelöffels in die Öleinfüllöffnung. Er betrachtete zufrieden sein Werk. Die Späne platzierte er mit dem Löffel so, dass man sie nicht sehen konnte, wenn man den Deckel abhob. Schnell verschloss er die Einfüllöffnung und die Motorhaube. Den Starter fand er am Rand der Transportkiste.

Donnerstag, ab 19. November 1953, Hannover, Schopenhauerstr. 7, WDI

Sinnhoff kündigte bei Rheinstahl mit der Begründung, sich selbstständig zu machen. Er zog in die niedersächsische Hauptstadt. Ein Makler hatte ihm eine elegante Wohnung und eine repräsentative Villa im Philosophen-Viertel in Hannover-Kleefeld, Schopenhauerstraße, vermittelt. Für die Firma „Wirtschaftsdienst der deutschen Industrie GmbH in Gründung“ (WDI) eröffnete das Bankhaus Mercklin & Schumacher ein Girokonto mit einer Vollmacht für Geschäftsführer Sinnhoff. Das Gründungskapital der GmbH überwies von Endt prompt. Daraufhin arbeitete ein Notar die Verträge aus und Sinnhoff beantragte beim Amtsgericht die Eintragung der Firma in das Handelsregister. Man trug ihn und seine Frau als Gesellschafter ein.

Aus der Kartei früherer Mitstreiter suchte er sein Personal zusammen. Eine Sekretärin und zwei Sachbearbeiter reichten für den Anfang. Aus Gründen der Tarnung wollte er wirkliche Reorganisationsaufträge annehmen.

Eine kleine Telefonanlage mietete er. Die Büroausstattung lieferte die Firma Kleinschmidt. Briefpapiere, Visitenkarten und Formulare kamen von der Druckerei Otto. Die „graue“ Post schloss die Telefonanlage an das Netz an. Der Aufbau der Organisation zog sich bis Ende Februar 1954 hin.

Carl F. W. Borgward verabschiedet Brudes und Hartmann (v. r.).

Donnerstag, 19. bis Montag, 23. November 1953, Mexiko, IV. Carrera Panamericana

Carl F. W. Borgward und seine Gattin verabschiedeten die beiden Rennfahrer Hans Hugo Hartmann und Adolf Brudes auf dem Bremer Flughafen. Hartmann und Brudes flogen via London und New York nach Mexiko-City.

Am 8. November kam das Frachtschiff „Anita“ planmäßig mit den Rennmonteuren und den beiden Rennsportwagen in Mexiko im Hafen von Vera Cruz an. Auch Porsche hatte den Transport der zwei 550 Spider-Werkswagen der „Anita“ anvertraut.

Die nächsten Tage verbrachten Hartmann, Brudes und die Monteure mit Test- und Trainingsfahrten. Der Motor von Brudes Wagen lag leistungsmäßig unter dem von Hartmann. Die Ursache war eine etwas geringere Kompression auf allen 4-Zylindern.

Am 23. November startete das Rennen in Tuxtla Gutiérrez (Süd-Mexiko), das über eine Strecke von 3077 Kilometern über Oaxaca, Puebla, Mexiko-Stadt, León, Durango, Parra, Chihuahua nach Ciudad Juárez (Nord-Mexiko) ging. Die Borgwards liefen in der Klasse der Sportwagen bis 1,6 Liter Hubraum. Konkurrenten waren die beiden Porsche-Werkswagen mit Karl Klink und Hans Herrmann am Lenkrad, ein OSCA, ein Siata sowie weitere Porsche-Wagen der Typen 550 und 356 mit Fahrern aus Argentinien, Guatemala, Mexiko und den USA.

Brudes kam gut vom Start weg, geriet nach 100 Kilometern an einen Felsblock und überschlug sich. Er verletzte sich leicht, das Rennen war für ihn gelaufen.

Die Rennsportwagen werden ausgepackt.

In der ersten Etappe fielen neben Brudes der OSCA und zwei Porsche aus. Im zweiten Teilbereich traf es die beiden Porsche-Werkswagen mit Klink und Hermann. Juhann (Guatemala) führte mit seinem Porsche 550 Coupé. Hartmann lag 4 Minuten zurück. Ab dem Abschnitt Leon - Durango führte Hartmann deutlich. Im letzten Abschnitt (Chihuahua - Ciudad Juárez), 200 Kilometer vor dem Ziel, ging die Leistung des Motors rapide herunter. Auf drei Zylindern schleppte sich Hartmann zur Ziellinie und war, trotz des Defekts, 1 Stunde und 43 Minuten eher da als der Zweitschnellste seiner Klasse. Der Sieg gehörte Hartmann. Doch das Reglement der Veranstalter bestimmte, dass Etappen in festgelegten Mindestzeiten zu bewältigen waren. Hartmann überfuhr die Ziellinie um 7 Sekunden zu spät und

Nach dem Unfall war Brudes' Wagen schrottreif.

wurde disqualifiziert. Der Gewinner, José Herrate (Guatemala) auf Porsche 550 Coupé, erreichte eine Durchschnittsgeschwindigkeit von 128 km/h. Hartmann, der moralische Sieger, schaffte 138 km/h.

Die Enttäuschung war groß, Hartmann weinte. Bei der Siegerehrung erhielt er einen Sonderpreis. Der „7-Sekunden-Pechvogel" und der Name Borgward fanden Erwähnung in den gesamten Zeitungen der westlichen Welt. Für Borgward war das eine exzellente Reklame.

In der Motorenversuchsabteilung untersuchte Ingenieur Hattesohl Hartmanns Motor. Eins der vier Ansaugrohre wies am Übergang zum Stutzen einen Dauerbruch mit Riss auf, der Luft hereinließ und das Kraftstoff-Luftgemisch abmagerte, sodass es nicht mehr zündfähig war. Spannungssprünge verursachten

Hans Hugo Hartmann am Start der Carrera Panamericana 1953.

Großer Empfang im Werk für den Pechvogel Hartmann.

den Dauerbruch. An Brudes Motor diagnostizierte Hattesohl hohen Verschleiß durch Metallspäne. Der Gedanke an Sabotage kam niemandem. Die Ursache des Schadens ergründete man nicht weiter.

4

Montag, 30. November 1953, Bremen, Wohnung Meierdierks

Genauck trat in Meierdierks‘ möbliertes Zimmer mit den Worten: „Der Geldbriefträger ist da!“ Er drückte Meierdierks 400 D-Mark in die Hand. „Saubere Arbeit! Wie hast du das mit dem Unfall gemacht?“

Meierdierks überlegte krampfhaft eine Antwort, da er nur einen Motor sabotiert hatte.

„Ich schüttete Pulver in beide Motoren. Vermutlich erschreckte sich der Rennfahrer Brudes, als sein Motor einen Kolbenfresser bekam und er das Lenkrad verriss.“

Genauck gab sich mit der Erklärung zufrieden.

Sonntag, 24. Januar 1954, Buenos Aires, 1000-Kilometer-Rennen

Carl Borgward zeigte großes Interesse am argentinischen Markt und plante ein Montagewerk in der Nähe von Buenos Aires. Seine Delegation lotete die Möglichkeiten der Gründung aus, mit dem Ziel ab 1955 im Land vertreten zu sein. Eine Teilnahme und ein Sieg beim 1000-Kilometer-Rennen in Buenos Aires sollte die Verhandlungen flankieren.

Das bewährte Duo Hans Hugo Hartmann und Adolf Brudes wechselten sich am Lenkrad ab. Die Strecke des Autódromo Juan y Oscar Alfredo Gálvez war annähernd 10 km lang und wies wenige Kurven und fünf Geraden mit einer Länge zwischen 700 und 3000 Metern auf.

Nach zig Runden meldete sich das 110 PS leistende 4-Zylinder-Triebwerk mit den zwei Solex-Vergasern ab, Brudes und Hartmann schieden aus. Peinlich! Borgwards Führungsebene tröstete sich damit, dass sie wenigstens Präsenz auf dem zukünftigen Markt gezeigt hatten.

Nachdem der Ausfall beim Rennen in den Zeitungen stand, kam Genauck erneut zu Meierdierks und gab ihm 200 D-Mark. Meierdierks schluckte, weil er nichts sabotiert hatte. Er erzählte Genauck irgendeine Geschichte mit Öl auf dem Kupplungsbelag und kassierte die beiden Scheine.

Hartmann beim 1000-Kilometer-Rennen in Buenos Aires.

Dienstag, 23. Februar 1954, Hannover, Schopenhauerstr. 7, WDI

Sinnhoff beschäftigte sich mit dem organisatorischen Aufbau der WDI. Vor ihm lag das Taschenbuch für Motor-Journalisten aus dem Kroll-Verlag. Er suchte einen Berichterstatter, der eine Journalisten-Gruppe zusammenstellen könnte, die eine gegen Borgward gerichtete Pressekampagne betreibt. Er schrieb mehrere Mitglieder des Motor Presse Clubs und des Verbandes der Motorjournalisten an, ob sie einen Kollegen wüssten, der Zeit und das Können für ein journalistisches Projekt hätte. Sinnhoff bekam wenige Tage später einige Tipps per Brief.

Er stellte eine Liste der Schreiber zusammen und lud sie mit einem Brief ein, nach Hannover zu kommen. Die Rückmeldungen sortierte er. Diejenigen, die aufgrund mangelnder Zeit ablehnten oder Geld für die Bahnfahrt forderten, wanderten in den Papierkorb. Die übrig gebliebenen drei Kandidaten trugen die Fahrtkosten selbst, was Sinnhoff als Zeichen eines gewissen journalistischen Erfolgs wertete. Anhand der eingereichten Arbeitsproben sortierte Sinnhoff einen Weiteren aus, weil der nur über Motorräder schrieb.

Die beiden Bewerber forderte er auf, ihn in der Bahnhofsgaststätte der niedersächsischen Hauptstadt zu treffen.

Samstag, 6. März 1954,
Hannover, Hauptbahnhof, Gaststätte

Um 13 Uhr kam der erste Kandidat. Sinnhoff stellte sich als Harald Müller vor und erweckte den Eindruck, Mitarbeiter in der Werbeabteilung eines Autoherstellers zu sein. Der schmierig wirkende Bewerber kam aus Ingolstadt, sprach über seinen Lebensweg und seine Artikel für die Verkehrsredaktionen verschiedener Tageszeitungen. Sein Engagement als Vorsitzender eines Schützenvereins hob er hervor.

„Können sie sich vorstellen, eine kleine Mannschaft zusammenzustellen, die die Pressearbeit im Bereich Auto und Kfz-Wirtschaft nach unseren Richtlinien durchführt? Es ist an Zeitungen und Zeitschriften in Deutschland sowie in Holland, der Schweiz und Österreich gedacht", fragte Sinnhoff.

„Das geht! Kann ich dazu Kollegen einspannen?"

„Wenn sie für die Kollegen die Hand ins Feuer legen ... Sind sie bereit, auch etwas negative Artikel über die Konkurrenz zu platzieren?"

Der Interessent grinste und erkannte, woher der Wind wehte.

Sinnhoff zahlte ihm 50 D-Mark als Kostenerstattung, ließ sich eine Quittung unterschreiben und meinte: „Ich bespreche das mit meinem Chef. Sie hören von mir."

Um 16 Uhr kam der zweite Bewerber, Horst Ludwig aus Celle. Das Gespräch verlief ähnlich. Die

Qualifikationen unterschieden sich kaum, wobei Ludwig dem Alkohol wohl nicht so zugetan war wie der Kollege aus Ingolstadt.

Montag, 8. März 1954,
Hannover, Schopenhauerstr. 7, WDI

Zwei Tage später kam von Endt in das Büro. Sinnhoff erstattete Bericht.

„Paul, denk nicht so viel nach. Was sagt deine innere Stimme? Wem traust du die Aufgabe mehr zu?“, fragte von Endt.

„Dem Horst Ludwig aus Celle. Der scheint für Geld alles zu machen.“

„Gut, dann ist er der Richtige. Schreib ihm heute und norde ihn gleich in eurer ersten Besprechung ein. Es gibt genug Geld, er muss die Klappe halten. Mach ihm klar, dass aus der Reihe tanzen, unangenehme Folgen für ihn nach sich zieht.“

„Geht in Ordnung, Chef. Den von mir aufgestellten Plan spreche ich mit Ludwig durch. Die Kostenkalkulation schicke ich dir zu“, erwiderte Sinnhoff.

„Das ist alles dein Bier. Ich beschäftige mich nicht mit so einem Kleinkram. Entscheide endlich selbst und lass mich mit den Details in Ruhe. Du kennst meinen Plan und deinen Auftrag. Ich will Ergebnisse sehen. Denke an dein Budget! Sieh zu, dass du damit hinkommst. Nur für besondere Maßnahmen, die viel Erfolg versprechen, mache ich mehr Geld locker.“

Mittwoch, 24. März 1954, Hannover, Herrenhäuser Gärten

Ludwig kam mit seinem Motorrad, einer DKW RT 125 W, von Celle nach Hannover gefahren. Sinnhoff und Ludwig spazierten durch den Park.

„Wir brauchen Artikel in den Zeitungen und Zeitschriften, die von Autokäufern gelesen werden. Das sind Illustrierte wie Revue, Stern, Spiegel und die Tageszeitungen. Dort veröffentlichen sie Informationen über Borgward, über die Autos und Wirtschaftsnachrichten", erklärte Sinnhoff.

„Die Tageszeitungen sind kein Problem. Spiegel und Stern ... das wird schwierig."

„Versuchen sie es. Die Artikel sollen sich nicht plump gegen Borgward richten, sondern zu 90 % gut und möglichst objektiv sein, aber eine Behauptung aufstellen, die alles wieder nieder macht. Bei Autorennen schlugen sich die Bremer wacker, leider fiel der Motor kurz vor dem Ziel aus. Oder nehmen sie den Hansa 1800. Ein kleiner Bericht, dass der Wagen sich im täglichen Gebrauch bewährt. Der Spritverbrauch ist gering. Die Limousine bietet viel Platz für Fahrer, Mitfahrer und Gepäck. Alles bestens! Im letzten Absatz schreiben sie, dass es einen Fehler gibt: Die vorderen Türen schließen nicht dicht, sodass Regen eindringt. Man gewöhnt sich daran und wischt die Nässe weg. Obwohl 90 % des Textes prima für Borgward sind, so kauft kein normaler Mensch mehr einen Hansa 1800. Genauso läuft das.

Bekommen sie das hin?“

„Ja klar. Doch wie ist die Richtung im Wirtschaftsteil?“

„Ähnlich! Sie schreiben zum Beispiel, dass Borgward den Export erhöhte und wie gut es der deutschen Wirtschaft geht. Schließen damit, dass die Bremer Autofabrik sich tapfer gegen die Großen wehrt. So hat VW erst zig Millionen in die Automation investiert, Opel folgt mit soundsoviel Millionen. Da hält Borgward als privat geführtes Unternehmen nicht lange mit, die Produktionskosten laufen ihm davon. Oder schreiben sie kurz, dass es bewundernswert ist, wie Borgward mit so einem geringen Kapital solche großen Sprünge wagt. Wir hoffen für ihn, dass es gut geht.

So sollte ihr Tenor in den Berichten sein. Sie senden den Redaktionen auch Leserbriefe. Immer unter veränderten Namen!“

Sinnhoff sprach über die Dauer des Auftrags und über das Honorar, welches er an der Anzahl der Veröffentlichungen festmachte.

„Erarbeiten sie einen Presseverteiler. Das Entgelt der Zeitungen steht ihnen zu. So verdienen sie zusammen mit unserer Entlohnung doppelt. Haben sie ein Konto? Oder soll ich ihnen das Honorar per Geldbote schicken?“

„Ich eröffne ein Konto. Das ist besser als der Geldbriefträger, weil ich häufig außer Haus bin. Wie erreiche ich sie?“, fragte Ludwig.

„Ich rufe sie wöchentlich an. Die Belege und Listen

Porsche Typ 550, 115 PS, 4-Zylinder Boxermotor.

schicken sie mir postlagernd zu. Das Postamt für ihre Sendungen nenne ich ihnen in den nächsten Tagen. Denken sie an strikte Geheimhaltung. Entstehen da unserseits Zweifel, möchte ich nicht in ihrer Haut stecken."

Sonntag, 23. Mai 1954, Nürburgring, Eifelrennen

Ein Rennen ohne Formel 1- und Formel 2-Rennwagen? Ohne Sportwagen über 2-Liter-Hubraum? Es ging! 100 000 Zuschauer besuchten bei strahlender Sonne den Nürburgring, um die Wettbewerbe zu sehen. Den Höhepunkt stellte die Rennsportwagen-Klasse bis 1,5 Liter Hubraum dar. Alle waren gespannt, wer siegen würde: Porsche oder Borgward.

Der 1953 entwickelte Porsche 550 besaß ein 4-Zylinder Boxer-Aggregat mit einer Leistung von annähernd 115 PS, das gewichtsgünstig vor der Hinterachse lag. Die Vorderachse, die wie die des VW Käfers arbeitete, bestand aus zwei Kurbellängslenkern je Rad, die Federung übernahmen Drehstäbe. Hinten verwendete man eine Pendelachse an Längslenkern.

Im Borgward befand sich der Hansa 1500-Rumpfmotor mit dem Spezialzylinderkopf. Die Leistung betrug ebenfalls 115 PS. Doppelquerlenker an der Vorderachse sorgten für die Seitenführung der Räder, hinten fand eine De-Dion-Achse mit Schräg- und Längslenkern Platz. Der Porsche besaß durch den Mittelmotor eine bessere Gewichtsverteilung, Borgwards Trumpf war die Hinterachse. Ähnliche

Borgward RS, 1954.

Leistung, ähnlich gute Straßenlage. Da kam es auf das Können der Fahrer an. Für Porsche startete Hans Herrmann, für Borgward fuhren Karl Günther Bechem, Adolf Brudes und Hans Hugo Hartmann.

Zwei Außenseiter beteiligten sich an dem Rennen. Colin Chapman meldete seinen Lotus spät zum Rennen. Da er den Nürburgring nicht kannte, verpflichtete er den Stuttgarter Borgward-Händler Erwin Bauer, der aufgrund der späten Meldung nur drei Trainingsrunden fahren konnte. Aus der SBZ (Sowjetisch besetzte Zone/Ostdeutschland) kam das Eisenacher Rennkollektiv mit einer Neuentwicklung. Der EMW-Motor des 1,5 Liter Rennsportwagens leistete mit seinen 6 Zylindern und 6 Vergasern sowie 2 oben liegenden Nockenwellen 110 PS. Das Fahrzeug wog nur 470 kg und beschleunigte schneller als die Konkurrenten. Doch aufgrund

EMW-Rennkollektiv, 6 Zylinder Reihenmotor, 110 PS.

Reklamedia für Vorführungen vor dem Hauptfilm im Kino.

der kurzen Entwicklungszeit war die Straßenlage trotz De-Dion-Achse nicht ausgereift.

Ab dem Start führte Herrmann das Feld vor Bechem und Giardini (OSCA) an. Herrmann schied in der ersten Runde aus, da seine Lenkung nicht mehr mitmachte. Trotz des Defekts brachte er seinen Wagen ohne eine Schramme zum Stehen.

Bechem übernahm die Führung, Hartmann pirschte sich an Bechem heran und sie erreichten das Ziel als Erster und Zweiter. Dritter wurde Giardini, gleich hinter ihm Bauer auf dem für ihn ungewohnten rechtsgelenkten Lotus. Es folgten Trenkel (Privat-Porsche), Seidel (OSCA), Cappenberg (Privat-Porsche) und Brudes auf dem Borgward.

Ein verdienter Sieg für die hervorragend laufenden Wagen aus Bremen.

Dienstag, 25. Mai 1954,
Hannover, Schopenhauerstr. 7, WDI

Entspannt lehnte sich Sinnhoff in seinem Bürosessel zurück. Vor ihm lagen die „Bremer Nachrichten" und der „Weser Kurier", die Tageszeitungen der Hansestadt. Er erhielt sie täglich im Abo, weil eine Bremer Lokalzeitung ihn besser über Borgward informierte als andere Blätter. Eine Stellenanzeige war rot markiert.

Für das Direktionssekretariat suchen wir eine

Sekretärin

Die Bewerberin sollte gebildet sein und umfassende praktische Erfahrung, Kontaktfähigkeit und Englisch-Kenntnisse vorweisen. Perfekte Beherrschung der Stenografie, des Maschineschreibens und der Orthografie werden vorausgesetzt. Angenehme Telefonstimme und ein gepflegtes Äußeres sind erwünscht.
Bewerbung mit handschriftlichem Lebenslauf, Zeugnisabschriften, Referenzen und einem Lichtbild richten sie bitte an unser Sekretariat.

Carl F. W. Borgward GmbH
23 Bremen

Stolz steht Carl F. W. Borgward an der Tür der ersten Isabella.

Mittwoch, 9. Juni 1954,
Bremen, Borgward-Werk, 1. Isabella

Wer von den Mitarbeitern konnte, der kam in die große Produktionshalle. Dort sollte die erste „Isabella" vom Band rollen. Dicht gedrängt standen die Arbeiter und die Angestellten am Ende der Montagestraße. Sie sahen, wie der „Boss" Carl F. W. Borgward mit seiner Ehefrau Elisabeth den geschmückten Premieren-Wagen vom Band fuhr.

Zwei Tage später kamen die Pressevertreter ins Werk, um den neuen Wagen zu begutachten. Nach etlichen Probefahrten traf man sich im Kleinen Saal des Konzerthauses „Die Glocke" an der Domsheide. Während des Mittagessens hielt Wirtschaftssenator Hermann Wolters (SPD) eine Rede. Er betonte die

Wichtigkeit der Borgward-Betriebe für das Land Bremen sowie für die junge Bundesrepublik. Carl F. W. Borgward wünschte in einem kleinen Beitrag der Isabella allzeit gute Fahrt.

Bei Kaffee und Keksen sahen die Journalisten den Werksfilm „Männer, Motoren und Rekorde", der die Motorsport-Aktivitäten des Bremer Werks zeigte. Am Nachmittag beantworteten die Borgward-Leute die Fragen der Reporter.

In der „Glocke" an der Domsheide fand die Pressekonferenz statt.

Offiziell wird die Isabella noch Hansa 1500 genannt.

Zum Abschluss der Veranstaltung stellte der Senior des Motor-Presse-Clubs, Wolfgang B. von Lengerke, fest, dass „der Wagen seinen Weg machen wird wie selten einer." Carl F. W. Borgward war zufrieden.

Die Isabella

Bei Borgward war das Geld immer knapp. Deshalb musste man an allen Enden sparen. Im Gegensatz zu den großen Autoherstellern war es Carl F. W. Borgward nicht möglich, ausreichende Summen in den Ausbau der Werke und in die Entwicklung der Wagen zu stecken.

Wenn eine Fahrzeuggeneration konstruiert wird, verwendet der Hersteller aus Kostengründen üblicherweise

Achsen, Motoren oder andere Baugruppen des Vormodells und entwirft lediglich eine neue Karosserieform. Nicht so bei der Isabella. Bei ihr, der Nachfolgerin des Hansa 1500 bzw. 1800, war alles neu: Motor, Fahrwerk, Bremsanlage, Interieur und Aufbau, nichts stammte vom Vorgänger. Entsprechend teuer war die Entwicklung. Die 1:5-Plastilin-Modelle mit der eleganten Karosserie formte der Chef selbst, die Entwicklung des Aufbaus lag in den Händen von Oberingenieur Walter Dziggel (Leiter Pkw-Gesamtkonstruktion), Ingenieur Hermann Lünsmann und Konstrukteur Hermann Böse.

Carl F. W. Borgward und Ingenieur H. Lünsmann am 1:5-Plastilin-Modell.

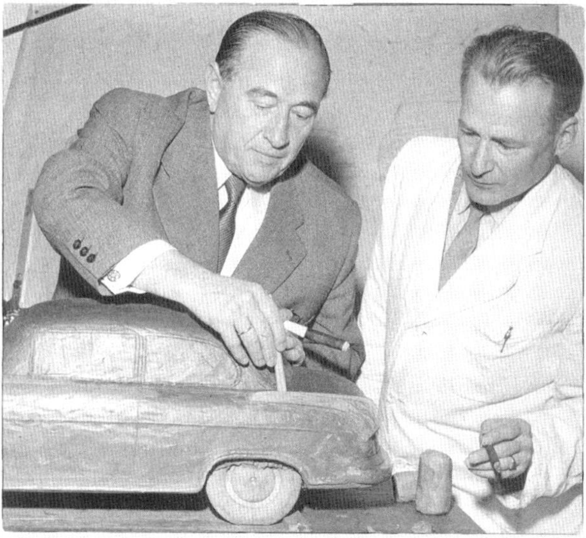

Isabella auf der Friedrich-Ebertstraße/Ecke Westerstraße.

Setzte man beim Hansa 1500/1800 auf die konventionelle Technik mit Rahmen und Aufbau, so folgte man bei der Isabella der Konkurrenz und entwickelte eine selbsttragende Karosserie mit einem Zentralrohr. Die Vorteile dieser Bauart: geringeres Gewicht und kostengünstigere Fertigung bei größeren Stückzahlen. Nachteilig bei dieser Bauart ist die Beherrschung der Geräuschkulisse. Die Karosserien wirken als Resonanzkörper, geraten in Schwingungen und dröhnen. Die Ursachen dieser Geräusche ermittelt die Versuchsabteilung und versucht sie durch Verstärkungen an den Blechen sowie Dämmmaterial zu minimieren. Das gelang bei den wenigen Vorserienfahrzeugen, aber nicht immer in der Serienproduktion. Manche Isabellen dröhnten bei 80 km/h, andere bei 88 km/h.

Doch bevor die Isabella endgültig in Produktion ging, kam es wie bei allen anderen Personenwagen aus Bremen zur „Zierleistenritis“. So bezeichnete Borgwards Designer Roberto Hernandez die Auswahl des Zierrats durch den Chef. Carl F. W. Borgward ging in aller Ruhe in kleinen und großen Kreisen um einen Prototyp herum. Ein Tisch mit Zierleisten, Schriftzügen und Rücklichtern war aufgestellt worden. Diese Teile klebte Borgward an die hochglanzlackierte Karosserie, trat einige Schritte zurück, begutachtete sein Werk und nahm die eben befestigten Teile wieder ab. Dieser Vorgang wiederholte sich, bis der Chef nach Stunden die endgültige Lösung fand.

Carl Borgward war es gelungen, einen modernen 60 PS Wagen der Mittelklasse (Höchstgeschwindigkeit 135 km/h) auf die Räder zu stellen. Und das zu einem

Isabella und ein Lkw Borgward B 1500 vor der neuen Berufsschule.

günstigen Preis von 7265 D-Mark. Durch die gute Gestaltung und die harmonischen Formen sollte die Isabella die Gunst des Publikums schnell erobern und die Konkurrenz hinter sich lassen. Die bot nicht das, was die Bremer auf die Räder stellten:

Der Opel Olympia Rekord kostete 6.410 D-Mark, hatte einen 40 PS-Motor und erreichte eine maximale Geschwindigkeit von 120 km/h. Für den 112 km/h schnellen Taunus verlangte Ford 6.760 D-Mark und Mercedes-Benz nahm für den 180er 9.450 D-Mark (52 PS, 126 km/h).

Sonntag, 1. August 1954, Nürburgring, Großer Preis von Deutschland

Für das Rahmenrennen des GP von Deutschland wollte Ingenieur Büchner die beiden Borgward RS nicht melden, weil der Lauf der Rennsportwagen gemeinsam mit den zwei Sportwagen- und der Gran-Turismo-Klasse ausgeführt werden sollte. Gedränge auf dem Nürburgring mit stark unterschiedlichen Geschwindigkeiten bedeutete Gefahr für Fahrer und Wagen. Bechem und Hartmann meldeten sich in letzter Minute für den Wettbewerb als Privatfahrer an. Die Borgwards besaßen eine neue Maschine. Sie bestand aus dem Isabella-Rumpfmotor, der mit einer Einspritzanlage ausgerüstet war und rund 115 PS leistete. Damit lag das Triebwerk gleich auf mit dem des Porsches. Es reichte für eine Höchstgeschwindigkeit von 223 km/h.

Hans Hugo Hartmann im Borgward RS. Das Cockpit war so eng, dass zum Ein- und Aussteigen das Lenkrad abgenommen werden musste.

Das EMW-Rennkollektiv setzte wieder die vom Eifelrennen bekannten RS ein, die statt der sechs BVG-Vergaser jetzt drei Weber-Doppelvergaser besaßen. Die Eisenacher gaben die Leistung mit 120 PS an.

Vom Start weg zogen die vier Porsche-Wagen sofort davon. Nach der ersten Runde schmuggelte sich der OSCA dazwischen. Erwin Bauers Lotus hielt nicht durch: Schalthebeldefekt. In der dritten Runde führte Hermann (Porsche) mit einem Vorsprung von 19 Sekunden. Huschke von Hanstein (Porsche) drehte sich in einer Kurve und landete an vierter Stelle. Der zweite Lotus schied mit Motorschaden aus. Der Düsseldorfer Seidel musste mit seinem OSCA an die Boxen und fiel zurück. Richard von Frankenberg fuhr die schnellste Runde. Sein Porsche benötigte 10 Minuten und 56 Sekunden, was einer Durchschnittsgeschwindigkeit von 125,3 km/h entspricht. Hermann siegte, Bechem erreichte den fünften, das Eisenacher Kollektiv den sechsten Platz. Hartmann erlitt einen Unfall und verletzte sich schwer. Er musste seine Rennfahrer-Karriere beenden.

Bechem führte mit sieben Punkten nach wie vor die Deutsche Meisterschaft an. Es folgten Hermann mit sechs, von Frankenberg und Hans Hugo Hartmann mit jeweils drei Punkten.

Wenige Tage später untersuchten die Techniker der Versuchsabteilung Hartmanns Fahrzeug. An der Vorderachse waren Aufhängungen abgerissen. Die Analyse der Bruchoberflächen kam zu dem Ergebnis Gewaltbruch. Es lag vermutlich ein Fahrfehler von Hartmann vor, der den Wagen ins Aus beförderte. Die

Start zum GP von Deutschland 1954. 4 Porsche Spyder führen.

Kräfte, die beim Aufwühlen der Grasnarbe entstanden, waren der Impuls für den Abriss und nicht die Ursache des Abkommens von der Fahrbahn. Auf die Idee, dass an den Spurstangen manipuliert worden war, kam keiner der Techniker.

5

Samstag, 7. August 1954,
Bremen, Wohnung Meierdierks

Meierdierks betrat seine Wohnung und zuckte zusammen. Im alten Sessel saß Genauck, der sich an Meierdierks' Schnapsflasche gütlich tat und sich sichtlich über seinen Auftritt freute.

„Mensch, Genauck, haben sie mich erschreckt."

„Wer sich erschreckt, hat ein schlechtes Gewissen, sagte meine Oma. Und, hast du ein schlechtes Gewissen?"

„Nein!", antwortete Meierdierks.

„Auch nicht, weil beim Eifelrennen vor fünf Wochen nichts passierte?"

„Das ist nicht meine Schuld. Ich löste eine Spurstange. Die Mechaniker bemerkten das und zogen sie wieder fest und sicherten sie."

„Lass dir in Zukunft was Besseres einfallen. Ich habe gehört, dass Salpetersäure gut wirkt", sagte Genauck und schenkte sich aus Meierdierks' Doppelkorn-Flasche nach.

„Säure ist schlecht. Bei Korundpulver vermuten die Techniker einen Herstellungsfehler. Bei Säureschäden im Motor wissen die sofort, dass das Sabotage war. Und das dürfen die ja nicht merken", sagte Meierdierks.

„Dafür war die Aktion mit dem Unfall von Hartmann

letztes Wochenende gut. Wie hast du das eingefädelt?", fragte Genauck.

Den zweiten Wagen hatte Meierdierks nicht sabotiert. Da das Fahrzeug trotzdem verunglückte, stand ihm Genaucks Prämie zu. Zumindest sah er das so und sagte grinsend:

„Das Gleiche noch einmal, nur ein wenig schlauer. Ich zog den Splint, der die Mutter sichert, aus der Spurstange. Den zerteilte ich und drückte den Kopf und das Ende des Splints mit etwas Fett wieder in die Mutter und das Loch. Das sieht so aus, als wenn alles in Ordnung ist. Beim Rennen löste sich die Mutter und Hartmann rauschte ins Gelände."

Genauck grinste ebenfalls, drückte ihm 250 D-Mark in die Hand und seufzte: „Du bist schon so ein Pfiffikus. Mach weiter so. Verstanden? Ich komme wieder vorbei. Und kauf mal einen besseren Schnaps. So'n mieses Zeug ist nichts für mich."

Freitag, 10. September 1954, Bremen, Borgward-Werk, Sitzungssaal

Anwesend:
Carl F. W. Borgward, die Kaufmännischen Direktoren Otto Carstens (Borgward GmbH), Albert Doeding (Goliath GmbH), Willy Tegtmeier (Lloyd GmbH) und die Technischen Direktoren Wilhelm Black (Borgward), August Momberger (Goliath), Hans Krämer (Lloyd)

„Meine Herren, wir sind zusammengekommen, weil ich bemerkt habe, dass über unsere Isabella von einigen Journalisten schlecht gesprochen und geschrieben wird. Mein Eindruck ist, dass sich solche Missstände in der letzten Zeit häufen."

„Welches Unternehmen und welche Bereiche meinen sie?", fragte Lloyd-Chef Tegtmeier.

„Es betrifft hauptsächlich das Werk Sebaldsbrück. Allein die Berichte über die Fahrzeug-Ausfälle bei den Rennen sind zahlreich. Und wie das auf die Öffentlichkeit wirkt, brauche ich ihnen nicht erklären!"

„Herr Borgward, wir kennen keine Vergleichszahlen. Die Rennfahrerei gibt es bei uns doch erst seit zwei Jahren!"

„Herr Carstens, dazu brauche ich keine Vergleichszahlen. Entweder sind das die letzten Chaisen, die

Der Sitzungssaal im Verwaltungsbau in der Chefetage (I. Stock).

Carl F. W. Borgward.

Fahrer sind nicht gut oder es steckt etwas anderes dahinter.

Woher wissen beispielsweise die Redakteure, dass die Nutzlast der Isabella so gering ist? Die wussten sogar, dass bei fünf Personen kein Gepäck mitgenommen werden darf. Wir haben das in der Pressemappe doch überhaupt nicht erwähnt. Das hat doch denen jemand von uns gesteckt. Wieso reden die Presse-Heinis davon, dass bei Borgward die ersten Käufer die Versuchsabteilung spielen? Wer bringt solche Gerüchte in Umlauf?"

Betreten senkten die Manager die Köpfe. „Ich will Antworten!", erklärte Carl Borgward wesentlich lauter.

Lloyd-Chef Tegtmeier antwortete und nahm kein Blatt vor den Mund: „Die geringe Nutzlast haben die Presse-Fritzen vermutlich aus dem Kfz-Schein erfahren, der sich wohl im Handschuhfach eines Isabella-Testwagens befand. Wir kennen alle die Zeitungsschreiber. Reden viel und liefern hinterher meistens vernünftige Artikel ab, zumal unsere Presse-Abteilungen ihre Arbeit beherrschen. Vermutlich handelt es sich um Einzelfälle, bei denen ein Journalist einem ihrer Mitarbeiter etwas entlocken konnte, um sich anschließend hervorzutun. Ich glaube nicht, dass da ein Konkurrent oder die Gewerkschaft hinter steht. Eine generelle negative Tendenz hinter den Nachrichten vermute ich nicht.

In letzter Zeit ist mir gemeldet worden, dass sich bei uns das Presseecho verschlechterte. Das liegt daran, dass der 2-Takt-Motor unseres derzeitigen Wagens mehr und mehr ungeliebt ist. Wir kommen nächstes Jahr zur Internationalen Automobilausstellung in Frankfurt mit dem neuen Modell 600 mit 4-Takt-Motor heraus. Dann bekommen wir mit Sicherheit eine umfangreiche und gute Berichterstattung."

„Ich glaube nicht, dass sie im Recht sind. Deshalb veranlassen sie, meine Herren, dass größere Missstände in der Produktion, im Bereich der Presse und der Werbung sowie im Verhältnis zu den Arbeitern mir sofort gemeldet werden", verlangte Borgward und verließ den Sitzungsraum.

Die Direktoren der verschiedenen Werke, die sich nicht häufig trafen, diskutierten über die Situation in den Betrieben. Sie kamen zu dem Schluss, dass in ihren Bereichen außergewöhnliche Sachen passierten, aber eben nicht mehr als früher.

**Montag, 13. September 1954,
Bremen, Borgward-Werk,
Büro Carl F. W. Borgward**

„Kaum bin ich aus dem Sitzungssaal, werden meine Direktoren wieder lästern und das Problem ignorieren. Ich kenne meine Pappenheimer“, meinte Borgward zu seiner Sekretärin Rita Elfenbein.

„Bei uns arbeitete vor dem Krieg ein Mitarbeiter, der als Werkstudent begann, und anschließend in der Auslandsabteilung unterkam. Den zog die Wehrmacht ein und er kam später als Soldat vom Amt Abwehr zu uns zurück. Der beriet uns in Sachen Sabotage. Ein pfiffiger Kerl. Hilker soll herausfinden, ob und wo der lebt, und ihm auf den Zahn fühlen. Was er so machte, was er plant und womit er sein Geld verdient. Das möglichst schnell.“

Carl F. W. Borgward an seinem Schreibtisch im Werk.

Dienstag, 14. September 1954
Bremen, Schwachhausen und Neustadt

Christian Hilker, Chef der Werbe- und Presseabteilung der Carl F. W. Borgward GmbH, fuhr mit einem Hansa 1500-Dienstwagen zum ehemaligen Borgward-Direktor August Bode in die Colmarer Straße. Bode war bis Mai 1945 auch der Abwehr-Beauftragte der Werke gewesen. Soldaten des Amtes Ausland/Abwehr im Oberkommando der Wehrmacht prüften und berieten regelmäßig alle Rüstungsbetriebe. Durch Maßnahmen wie der bestmöglichen Verteilung der Feuerlöscher im Werk bis hin zur Überprüfung der Belegschaft auf „politisch unzuverlässiger Elemente" versuchte die Abwehr, Sabotage und Werksspionage zu verhindern. Bodes Aufgabe hatte darin bestanden, mit dem Amt zusammenzuarbeiten.

Er wusste sofort Antworten auf Hilkers Fragen.

„Das war Robert Klenk. Der war, glaube ich, um 1915 geboren. Ein aufgeschlossener und fixer Kerl. Er erzählte mir, dass sein Vater in der Neustadt zwei Drogerien besaß, und dass im Labor die Gesellen nach alten Rezepten Seifen, Möbelpolitur, Lacke, Haarwasser, Fotoentwickler und Liköre zusammenbrauten.

Klenk hatte in Berlin Wirtschaft studiert. In den Semesterferien arbeitete er bei uns als Werkstudent. Nach dem Abschluss war er kurze Zeit bei mir in der kaufmännischen Abteilung. Und 1938 zog ihn die Wehrmacht ein."

„Wo war er im Krieg?“, fragte Hilker.

„Er stand 1940 in Uniform vor mir und war beim Geheimdienst der Wehrmacht gelandet, dem Amt Ausland/Abwehr. Und weil er unseren Betrieb kannte, versetzte man ihn zur Abwehrnebenstelle Bremen. Die war im Haus des Reichs, wo heute das Finanzamt drin ist. Er beriet uns mit Vorschlägen, die Sabotage und Werkspionage verhinderten. Das erledigte er zusammen mit Abwehr-Kollegen auch für die Werften, die Flugzeughersteller Focke-Wulf und Weserflug sowie für Theodor Klatte. Klatte in Huchting fertigte damals Flugzeugteile.

Wir unterhielten uns damals länger. Ich sagte ihm, dass wir uns für ihn interessieren und ihn nach dem Kriege gerne einstellen. Wir sahen uns nie wieder. Vielleicht ist er im Krieg gefallen. Frage einmal seinen

Drogerie von Klenks Vater in der Bremer Neustadt.

Vater. Die Drogerie ist in der Kornstraße."

Hilker fuhr über die Große Weser-Brücke in die Neustadt und parkte vor der Drogerie. Im Laden stand ein älterer Herr mit weißem Kittel hinter dem Tresen.

„Guten Tag, mein Name ist Christian Hilker, ich komme von Borgward und suche Robert Klenk."

„Ja, das bin ich. Aber sie wollen vermutlich zu meinem Sohn, der auch Robert heißt und früher bei Borgward gearbeitet hat."

„Genau, den suche ich. Wir wollen ihm eine Stellung anbieten."

„Der hat wenig Zeit. Versuchen sie es. Sein Büro ist in der Donandtstraße 39. Ich rufe ihn an, ob er dort ist", sagte der Drogist, telefonierte mit seinem Sohn und sprach zu Hilker: „Er ist im Büro und wartet auf sie!"

Hilker fuhr wieder nach Schwachhausen. Am Haus in der Donandtstraße befand sich ein Schild „Georg Klenk · Handelsvertretungen". Dort klingelte er und ein großer, schlanker Mann öffnete die Tür.

„Guten Tag, Herr Hilker, sie erkennen mich nicht, oder? Ich kenne sie aus der Vorkriegszeit."

„Guten Tag, Herr Klenk! Ich erinnere mich an sie."

„Kommen sie herein."

„Weshalb steht draußen ein Schild ‚Georg Klenk, Handelsvertretungen'?", fragte Hilker.

„Das ist mein Cousin. Er überlässt mir ein Büro für meine journalistische Arbeit."

Robert Klenk führte Hilker zu einer Sitzecke. Die Sekretärin des Cousins brachte zwei Tassen Kaffee und zwei dezent gefüllte Cognac-Gläser.

„Was kann ich für sie tun?“, fragte Klenk.

„Herr Dr. Borgward schickt mich. Er hätte einen Auftrag für sie.“

„Das sieht schlecht aus. Sie wissen, dass ich als Journalist arbeite und gut beschäftigt bin?“

„Ja, das erklärte mir ihr Vater.“

„Ich sitze an einer Artikel-Serie für eine Tageszeitung. Was will Herr Borgward von mir?“

„Herr Klenk, Dr. Borgward schätzt sie. Was er ihnen anträgt, weiß ich nicht. Der Auftrag dauert rund drei Monate und scheint Dr. Borgward enorm wichtig zu sein.“

„Ich schaffe das nicht. Bestellen sie dem Chef einen schönen Gruß. Ich fühle mich geehrt, dass er an mich dachte. Aber ich bekomme das beim besten Willen nicht hin.“

Dienstag, 14. September 1954, Bremen, Riensberger Straße, Wohnung Klenk

„Hast du an das Brot gedacht!“, rief Luise Robert zu, als er seine kleine Zwei-Zimmer-Wohnung betrat.

„Verdammt, vergessen“, antwortete er und küsste sie.

„In deinem Brotkasten ist nur ein Knust!“

„Den essen wir zusammen mit Heringen aus der Dose. Ein fürstliches Mahl!“, bemerkte er und lächelte Luise verliebt an.

Sie deckte den Tisch und Robert erzählte von der Begegnung mit Christian Hilker.

„Weshalb nimmst du den Auftrag nicht an? Da verdienst du gut. Wir könnten heiraten und uns zusammen eine größere Wohnung leisten."

„Ich schaffe das zeitlich nicht", antwortete er.

„Was, das Heiraten?"

„Nein, den Borgward-Auftrag", wehrte Robert ab.

„Gib zu, dass das eine Aufgabe ist, zu der du keine Lust hast, weil du deinen bequemen Schreibtischstuhl verlassen und den Hintern hochbekommen musst." Sie lachte.

Wie Margret, dachte Robert und erinnerte sich an seine Tochter und seine Frau, die bei einem Bombenangriff auf Bremen 1942 verschüttet wurden und starben.

Luise fuhr fort: „Wir wollen Kinder und ein Haus hier in Bremen. Wir sparen darauf und der Borgward-Auftrag ist genau das Richtige. Nimm ihn einfach an. Zack, zack!", und lachte.

„Jawoll, mein Führer", gab Robert zurück, wie er es immer tat, wenn seine Verlobte die Richtung vorgab. Sie kam aus einer Soldaten-Familie. Ihr Opa war General im Ersten Weltkrieg und ihr Vater Oberst im Zweiten. Der Apfel fällt nicht weit vom Stamm.

„Komm her, mein kleiner Spring-ins-Bett", sagte Luise mit einem verschmitzten Lächeln.

„Es heißt Spring-ins-Feld!", verbesserte Robert und wunderte sich, weshalb Luise die Worte durcheinander warf. Das musste er ihr im Schlafzimmer erklären.

Mittwoch, 15. September 1954, Bremen, Donandtstraße, Büro Robert Klenk

Gestern Nachmittag hatte Hilker dem „Boss“ (so nannten einige Mitarbeiter Carl F. W. Borgward) von seinem Besuch bei Klenk und der Ablehnung berichtet.

Nun saß Carl F. W. Borgward am Lenkrad seines Hansa 2400, fuhr zu Klenk und murmelte vor sich hin: Wenn man nicht alles selbst macht …

Er bog von der Schwachhauser Heerstraße in die Donandtstraße ein und suchte die Hausnummer 39. Dort stellte er den Wagen ab. Ein etwa 40-jähriger, sportlicher Mann spielte mit drei kleinen Jungen Fußball und stand im Tor. Als Pfosten dienten zwei Pullover. Er gab sich redlich Mühe, die Bälle, die der Kleinste schoss, unauffällig nicht zu halten. Und der kleine Kerl war über seine Treffer glücklich. Borgward lächelte und ging zur Haustür. Der Torwart schaute und kam auf ihn zu.

„Herr Borgward. Wollen sie zu mir?“

„Herr Klenk? Sie sind älter geworden. Ja, ich will zu ihnen.“

„Dann kommen sie herein!“ Klenk führte Borgward in sein Büro und bot ihm einen Sessel an.

„Herr Klenk, sie haben in der Vorkriegszeit als Werkstudent und als Sachbearbeiter bei mir gearbeitet. Im Werk gibt es jetzt Probleme. Sie können diese Schwierigkeiten lösen mit ihren Erfahrungen in meiner Firma, in der Abwehr und als Journalist. Deshalb brauche ich sie.“

„Herr Borgward, ich sagte Herrn Hilker, dass ..."

„Ja, ja, das weiß ich alles" unterbrach ihn Borgward.

„Als der neue 1,5-Liter-Wagen, die Isabella, im Juni auf dem Markt kam, gab es einige negative Presseartikel darüber. Wenn unsere Rennwagen bei einer Motorsportveranstaltung ausfielen, meckerte die Presse an uns herum. Und zwar mehr als im üblichen Rahmen. Das sieht für mich nach System aus. Beleidigten wir einige Journalisten? Steckt die Konkurrenz dahinter? Will uns jemand ans Leder?

Das, Herr Klenk, finden sie heraus. Ich brauche ihre Hilfe."

„Herr Borgward, ich schaffe das zeitlich nicht. Die Arbeit stapelt sich bei mir."

„Herr Klenk, wenn das eine Frage des Honorars ist, so werden wir uns schon einig. Ich biete ihnen ihren Stundensatz und eine Erfolgsprämie."

„Nein, nein, Herr Borgward. Es ist ein Zeitproblem."

„Übernehmen sie die Aufgabe. Verschieben sie ihre Artikelserie. Oder soll ihnen Presseleiter Hilker helfen? Der recherchiert für sie, sodass sie abends schreiben.

Herr Klenk, ich brauche sie!"

Klenk bemerkte, wie wichtig dem Unternehmer das Anliegen war. Er fühlte sich geschmeichelt und gebauchpinselt. So ein wichtiger Mann wie Borgward traute ihm die Lösung seines Problems zu. Und er dachte an Luises Heiratsantrag.

„Gut, Herr Borgward, ich mache mit!"

Sonntag, 19. September 1954, Berlin, Avus

Für Borgward starteten Günther Bechem und Adolf Brudes. In den letzten beiden Jahren fuhr das Bremer Team hier Siege ein. Doch dieses Jahr fand man keinen Anschluss an die erfolgreichen Porsche-Fahrer. Kam man an diesem Wochenende wieder ins Spiel? Vom Start an führten Richard von Frankenberg und Hans Herrmann mit ihren Porsche 550 das Rennen an. An dritter Position fuhr Rosenhammer, der Chef des ostzonalen Rennkollektivs der Eisenacher Motorenwerke, bis sein Wagen in der Südkurve in Flammen aufging. So erreichte Bechem den dritten Platz, vor Edgar Barth (EMW) und Richard Trenkel (Porsche). Brudes kam auf den 6. Platz.

Bechem #34 am Start auf der Avus in der ersten Reihe.

Montag, 27. September 1954,
Bremen, Borgward-Werk,
Büro Carl F. W. Borgward

„Guten Tag, mein Name ist Robert Klenk. Ich wollte zu Herrn Borgward."

„Guten Tag, Herr Klenk. Ich bin Frau Elfenbein, die Sekretärin von Herrn Borgward."

Das Lächeln der um die 40 Jahre alten Rita Elfenbein zeugte von Humor. Großes Können setzte Klenk voraus, weil sie sonst niemals Chefsekretärin geworden wäre. Sympathische Frau. Sie drückte einen Telefon-Knopf, Carl F. W. Borgward öffnete die Verbindungstür und bat Klenk hereinzukommen.

„Besprechen sie alles mit Frau Elfenbein. Sie ist wie Herr Gieschen und Direktor Carstens eingeweiht.

1 Sitzungssaal des Werks, 2 Büro Carl F. W. Borgward.

Sie berichten schriftlich wöchentlich an Frau Elfenbein. Damit ihr wirklicher Auftrag nicht bekannt wird, erfand Frau Elfenbein die neue Abteilung ‚Konkurrenzbeobachtung'. Deren Leiter sind sie. Das sind gute Gründe, verschiedenen Personen im Werk Fragen zu stellen und sie zu interviewen.

Carstens stellt ihnen einen Assistenten zur Seite, der nicht eingeweiht ist und an Konkurrenzbeobachtung glaubt.

Klappte das Verschieben ihrer Arbeit oder brauchen sie Hilker?", fragte Borgward.

„Nein, alles bestens. Ein Kollege schreibt unter meinem Namen die Artikel."

Elfenbein wies ihm ein Büro im Westflügel des Verwaltungsbaus zu. Die Büroeinrichtung entsprach dem Borgward-Standard. „Kann ich bitte ein

Klenk erhielt ein Büro im Westflügel des Verwaltungsbaus.

Finanzdirektor Otto Carstens.

Telefon, eine Schreibmaschine und einen Kasten mit Karteikarten bekommen?“ Elfenbein lächelte: „Ich leite das weiter!“

Nach der Einrichtung seines Büros fragte er sich zum Direktor Carstens durch. Klenk stand in Carstens Vorzimmer.

„Guten Tag, mein Name ist Robert Klenk von der Abteilung Konkurrenzbeobachtung. Ich wollte gerne Herrn Carstens sprechen.“

„Guten Tag, Herr Klenk. Ich bin Fräulein Hildegard Brennecke. Herr Carstens kündigte sie mir erst für morgen an. Ich frage ihn, ob es ihm vielleicht jetzt schon passt“, sagte die Sekretärin mit der niedlichen Bubikopffrisur.

Sie öffnete die Verbindungstür und einen Moment später rief Carstens laut „Herr Klenk, kommen sie herein! Fräulein Brennecke, bringen sie uns zwei Kaffee und zwei Cognac!“

Weser-Kurier

6. Mai 1954

Pkw.-Produktion arbeitstäglich gestiegen

Frankfurt. (VWD) Die Pkw.-Produktion der Bundesrepublik erreichte im April nach vorläufigen Angaben etwa 39 590 Einheiten gegenüber 43 678 Pkw. im März. Damit lag die Pkw.-Herstellung im Berichtsmonat trotz der geringeren Anzahl von Arbeitstagen (Ostern) arbeitstäglich noch über dem März-Ergebnis.

Vom Ausschnittdienst an die Pressestelle gelieferte Nachricht.

Carstens und Klenk setzten sich an den kleinen Konferenztisch.

„So, Herr Klenk. Der Boss beauftragte sie, nachzuforschen, wer hinter der negativen Presse steckt. Ich halte das Ganze für überzogen. Es sind wenige für uns schlechte Artikel erschienen in Zeitungen, die kaum gelesen werden. Was planen sie?“

„Ich vergleiche die Presseartikel der letzten Jahre über unsere Fahrzeuge, und stelle fest, ob es eine Tendenz zum Negativen gibt. Falls ich etwas finde, schaue ich nach dem Verfasser. Ist es immer der gleiche Verfasser, so gehe ich von einem Einzelfall aus. Da fühlt sich ein Journalist vom Borgward-Werk betrogen, weil sein neuer Wagen kaputt gegangen ist. Oder weil die Werkstatt ihm eine Reparatur berechnete, ohne den Fehler zu beseitigen. So eine Art von Rache steckt eventuell dahinter. Und das lässt sich leicht wieder in Ordnung bringen."

„Die Mühe sparen sie sich. Ich bekam die Ordner des Ausschnittdienstes mit allen Artikeln über Borgward-Fahrzeuge aus den Zeitungen der Jahre 1953 und 1954 von unserem Presse-Chef Hilker. Die Artikel beinhalten wenig schadende Formulierungen", erklärte Carstens, stand auf und betrat das Vorzimmer.

„Fräulein Brennecke, geben sie mir die Ordner Auto-Presse 1953 und 1954."

Carstens setzte sich und die hübsche Sekretärin brachte die beiden Ordner. Sofort blätterte Klenk durch die 54er-Artikel. Er schaute kurz hoch und bemerkte, wie Carstens beim Hinausgehen seiner Vorzimmerdame über ihren verlängerten Rücken streichelte. Klenk tat so, als hätte er nichts wahrgenommen und meinte unbefangen:

Presse-Chef Christian Hilker und Carl F. W. Borgward.

Motor-Rundschau TEST: Borgward „Hansa 2400" 2,4 L

MIT NKZ

mit Getriebe-Automat

Dieser große repräsentative Typ „Hansa 2400" hat den „Borgward-Stil", aber er ist im Vergleich zum Typ 1800 noch flussiger in der Linienführung, ist noch schneller, und er gehört zu den geräumigsten Fünfsitzern überhaupt.
Damit ist der Typ 2400 ein **sehr schneller Reisewagen** mit besonders geräumigen Innenmaßen bei mäßigem Radstand und im Verhältnis zu den Gesamtabmessungen. Die stabile aber etwas schwere selbsttragende Ganzstahlkarosserie in Pontonform hat vier auswechselbare Kotflügel!! Unter Berücksichtigung von Gewicht und Raumgröße hat der Wagen durch die Motorcharakteristik und die strömungsgünstige Form (niedrig und doch gute Innenraumhöhen!) eine **günstige Verbrauchskurve!**
Dieser Prüfbericht bezieht sich auf den 2400 mit **automatischem Getriebe** (ohne Kupplungs- und Schalthebel!), das durch seinen guten Wirkungsgrad und eine Zusatzübersetzung ein überraschendes Temperament bei geschmeidig-weichem und laufruhigem Antrieb gewährleistet. Damit sind erstmalig in Deutschland Automatik und Temperament mit Erfolg vereint!

BEWERTUNG

Motor und Antrieb

Der ausgeglichene Sechszylindermotor leistet 82 PS (!), ist im gesamten Drehzahlbereich ruhig und schafft die Voraussetzung für das Temperament und die Bergfreudigkeit. Der Motor arbeitet bei relativ hoher Verdichtung (6,9 : 1) beacht-

Ruhesitze). Volle Polster mit Schaumgummiauflage! Vier Armlehnen. Praktische Haltestangen für die Mitfahrer im Fond. — Vorn breiter hoher Getriebetunnel (zweisitzig gefahren wenig störend); Kardantunnel hinten, auch bei drei Personen wenig behindernd. — Für niedrigen Wagen bequemer Einstieg zu allen Plätzen, nur Fahrereinstieg von rechts durch Getriebetunnel behindert. — Klare Instrumente im Fahrerblickfeld. — Sicht von allen Plätzen sehr gut (vorn nur durch die Dreieckscheiben und Glasblenden etwas beengt), große Fensterfront. — Wirksame, sehr durchdachte **Heiz-Lüftungs-Anlage** (Luftkanäle organisch im Karosseriekörper) mit doppelter Frischluftzuführung und getrennt regelbarer Aufheizung (mit Stirnfensterentfrostung) und vier ein-

(Fortsetzung nächste Seite)

In den Ordnern befanden sich Testberichte der Presse.

„Da ist wenig angestrichen. Und das Wenige sind Formulierungen, wie es sie in jedem anderen Autotest gibt."

„Genau das sagte ich ja. Behalten sie die Ordner erst einmal. An der Sache ist nichts dran. Sprechen sie mit den Presse-Chefs vom Lloyd- und vom Goliath-Werk, die werden ihnen das Gleiche erzählen.

Bei ihren Recherchen kann ihnen unser Tausendsassa Otto Graf behilflich sein. Ich sage ihm Bescheid, dass er sich morgen früh bei ihnen vorstellt."

Klenk verabschiedete sich und grinste die flotte Hildegard Brennecke beim Hinausgehen ein wenig zu frech an. Sie wurde leicht rot und lächelte zurück.

6

Dienstag, 28. September 1954,
Bremen, Borgward-Werk, Büro Klenk

Klenks neuer Helfer stellte sich vor: „Guten Morgen, Herr Klenk. Mein Name ist Otto Graf, man nennt mich Graf Otto. Ich kenne im Werk jeden und jeder kennt mich. Ich soll ihnen helfen."

Klenk konnte es nicht fassen. Was war das für ein Hans Dampf?

„Na, dann helfen sie mir mal schön. Es dreht sich um Folgendes: Diese Abteilung, die nur aus mir besteht, beobachtet die Konkurrenz. Dr. Borgward

Klenks Büro: Die Zeichenplatte diente als Ermittlungstafel. An ihr klebten Karteikarten mit Hinweisen und Fotos.

erwartet von mir, dass ich die Geschäftsleitung über die Entwicklung der Wettbewerber informiere. Das soll auf keinen Fall an die Öffentlichkeit oder die Mitarbeiter im Werk gelangen.

Gehen sie zur Presse- und Werbeabteilung zu Herrn Hilker. Bitten sie ihn, mir die Presse-Ordner der letzten zwei Jahre über die Autos der Tochterfirmen Goliath und Lloyd zusammenzustellen. Holen sie die Berichte später ab und legen sie sie mir auf den Schreibtisch."

Klenk beschäftigte sich weiter mit den Artikeln in dem Presseordner von Carstens. Es waren Testberichte, Vorstellungen, Beiträge zum Motorsport und kleine Notizen zur Isabella, zum Hansa 1800 und 2400 sowie zu den Lastkraft- und den Rennsportwagen des Borgward-Werks. Diese

Musikhaus Warnke in der Hutfilterstraße.

Elektrisch angetriebener Plattenspieler mit Verstärker von Philips.

Veröffentlichungen klebte die Presseabteilung auf DIN-A4-Papierbögen. Die Ausschnitte stammten zum größten Teil aus den Magazinen Auto Motor und Sport, Automobiltechnische Zeitschrift, Motor-Rundschau und ADAC-Motorwelt.

Dienstag, 28. September 1954, Bremen, Riensberger Straße, Wohnung Klenk

Klenk stellte einen Karton und den Korb mit dem Hemelinger Flaschenbier auf den Küchentisch seiner Zwei-Zimmer-Wohnung. Gespannt packte er den gerade im Musikhaus Warnke in der Hutfilterstraße gekauften Plattenspieler aus. Das Philips-Gerät sah aus wie eine Hutschachtel, kostete fast 200 D-Mark, besaß einen elektrischen Antrieb und spielte die alten Schellack-Platten, die neuen Langspiel-Schallplatten und sogar die kleinen Scheiben ab. Er legte Vico Torriani mit „Bonsoir, Herr Kommissar" auf und freute sich wie Bolle. Das Bier schmeckte, das Borgward-Honorar schien leicht verdientes Geld zu sein und dazu gab es die herrliche Musik.

Luise klingelte und öffnete sich mit ihrem Schlüssel die Wohnungstür. „Hallo Luise!" Er grinste, trat auf sie zu und küsste sie.

„Du wolltest doch heute gar nicht kommen."

„Ja, aber Sigrid sagte unser Treffen ab. Was ist das für Musik, Robert?"

„Komm her, du wirst staunen."

Luise betrachtete verwundert den Plattenspieler und die Platte von Glenn Miller. Gemeinsam hatten sie den Farbfilm „Die Glenn Miller Story" mit James Stewart im Kino gesehen. Vorsichtig hob Robert den Tonarm an, nahm Vico herunter, legte langsam die Glenn-Miller-Langspielplatte auf den drehenden Plattenteller und setzte den Tonarm auf den Rand der schwarzen Scheibe. Die Musik begann in einem atemberaubenden Tempo und klang blechern. Luise lachte und Robert kam erst langsam dahinter, dass er erst den Plattenspieler von den 45 Umdrehungen des Vico-Torriani-Schlagers auf die 33 der Langspielplatte umstellen musste. Jetzt erfüllte Musik das Wohnzimmer. Sie tanzten.

Als er später sie in seinem Wagen zu ihrer Wohnung brachte, erzählte er von dem Gespräch mit Direktor Carstens.

Luise meinte: „Borgward baute die Firma auf und vergrößerte sie. Dieser Mann besitzt einen guten Riecher. Hör auf ihn und nicht auf Carstens. Außerdem zahlt er dein Honorar. Forsche nach und wenn nichts ist, schreibst du das in deinem Bericht. Dafür engagierte Borgward dich."

„Jawoll, mein Führer!", antwortete er zackig und lachte über Luises Befehl.

Mittwoch, 29. September 1954, Bremen, Borgward-Werk, Presse- und Werbeabteilung

Robert Klenk betrat das Portiersgebäude am Haupteingang des Werks, in dem die Presse- und Werbeabteilung untergebracht war. Er begrüßte Christian Hilker und fragte:

„Haben sie einen Ausschnittdienst für Wirtschaftsnachrichten? Ich sah nur die Ordner 1953 und 1954, die Direktor Carstens mir gab, und da sind die Artikel erfasst, die sich um die Borgward-Fahrzeuge drehen."

„Wir archivieren auch die Wirtschaftsnachrichten. Hier sind alle Borgward-, Lloyd- und Goliath-Ordner mit den Wirtschaftsnachrichten. Es sind die Ausschnitte aus den Bremer Zeitungen, aus der nationalen Tages- und Wochenpresse sowie den Nachrichtendiensten Associated Press, Deutsche Presseagentur, Interpress, Reuters und Vereinigte Wirtschaftsdienste."

„Genau die brauche ich“, sagte Klenk.

„Gerade war Graf Otto hier. Er bestellte für sie die Ordner ‚Auto-Presse Tochterfirmen‘. Deshalb liegen sie schon hier. Nehmen sie sie gleich mit. Die Autotests der September-Ausgaben sind nicht dabei. Die werden mir erst von den Goliath- und Lloyd-Presseabteilungen am 10. des Folgemonats geschickt.“

„Vielen Dank. Da werde ich mich durcharbeiten.

Sagen sie, wie kommt es, dass Borgward im Autobereich so eine positive Presse bekommt?“, fragte Klenk.

„Wieso positive Presse, die ist teilweise unter der Gürtellinie.“

„In der Mappe, die ich von Herrn Carstens bekam, waren nur neutrale Artikel, oder welche, die den Borgward-Fahrzeugen Gutes attestierten.“

Die Presseabteilung befand sich im Flachbau am Haupttor.

„Herr Klenk, sie irren sich. Zeigen sie mir einmal die Mappe."

Nach fünf Minuten war Klenk zurück und legte die Ordner „Auto-Presse 1952 bis 1954" auf Hilkers Schreibtisch. Der blätterte die Akte flüchtig durch.

„Da fehlt die Hälfte. Alle negativen Berichte fehlen!"

„Danke, Herr Hilker. Ich gehe der Sache nach. Lassen sie mir bitte eine vollständige Mappe zukommen."

„Das geht leider nicht sofort, weil wir über keine Kopien oder Abschriften der Artikel verfügen. Ich frage beim Ausschnittdienst an und schicke ihnen die Mappe vorbei. Das ist eine große Menge Lesestoff.

Ich finde es übrigens gut, dass der Boss eine Abteilung für Konkurrenzbeobachtung einrichtete. Das forderte ich seit Jahren. Ich wünsche ihnen viel Erfolg."

Die Frage, wieso ihm Carstens nur den halben Ordner gar, beschäftigte ihn.

Donnerstag, 30. September 1954, Bremen, Borgward-Werk, Büro Klenk

Klenk arbeitete ab Donnerstag und benötigte zwei Wochen, um die Veröffentlichungen der Presse seit Januar 1952 zu lesen und zu analysieren. In der zweiten Woche erhielt er vom Ausschnittdienst den vollständige Ordner „Borgward Auto-Presse 1954".
Jede Notiz und jeden Bericht legte er nach dem Tenor gegenüber dem Unternehmen in einen der

Ablagekörbe, die mit gut, neutral, schlecht und sehr schlecht beschriftet waren. Dann erfasste er auf Karteikarten das Erscheinungsdatum, die Zeitung, den Autor und das Urteil. Die Karten sortierte er nach Datum und es ergab sich folgendes Bild: Bis März 1954 gab es keine Beiträge der Kategorie „sehr schlecht" und wenige der Gruppe „schlecht". Das Gros war neutral und objektiv. Das änderte sich ab April. Es tauchten zahlreiche Artikel auf, die zur Gruppe „schlecht" oder „sehr schlecht" gehörten. Hauptsächlich erschienen diese in kleineren Tageszeitungen und betrafen Wirtschaftsnachrichten und sämtliche Personenwagen der Borgward-Gruppe. Die Autoren besaßen unterschiedliche Namenskürzel oder Namen.

Auf dem Weg zur Kantine begegnete Klenk einem Mann, der freundlich grüßte, stockte und sprach:

„Mensch, Robert! Du hier? Abwehrnebenstelle Bremen!"

„Walter? Ich fass' es nicht. Das ist ein Zufall. Was machst du hier bei Borgward?"

„Ich leite das Behördengeschäft von Borgward. Mein Büro ist in Bonn und ich bin zufällig in Bremen."

Klenk erinnerte sich gern an Walter Frischmuth genannt Freymann. Ein Mann, an dem nicht nur der Nachname außergewöhnlich war. Dieser Genanntname setzte sich aus dem Nachnamen der Familie Frischmuth und dem Namen des Bauernhofs Freymann zusammen. Die Bauernfamilie Freymann besaß keine männlichen Erben und ein Vorfahr von Walter heiratete die erbberechtigte Tochter. Da die meisten Zeitgenossen nicht verstanden, dass das Wort „genannt" Namensbestandteil war, bezeichnete er sich als Frischmuth-Freymann, als Freymann oder im Kürzel als FF.

Er war Polizist gewesen, kam 1933 zur Abwehrabteilung im Reichskriegsministerium und hatte ein umfangreiches Agentennetz aufgebaut. Er leitete das Netz von seiner Wohnung in der Mathildenstraße aus. Später befand sich sein Amtssitz in der Abwehrnebenstelle im Haus des Reichs. Sein Gebiet betraf die Auslandsspionage mit dem Schwerpunkt des Seeverkehrs. Er sprach Bremer und Hamburger Reeder, Kapitäne und andere Seemänner an. Sie lieferten ihm Informationen über Schiffsbegegnungen auf hoher See, Hafenaufenthalte von Dampfern in allen Häfen der Welt, Ladungen sowie Reiseziele der Frachter und Tanker.

Früher Abwehr, später Borgward: Walter Frischmuth-Freymann.

In der Abwehrnebenstelle hatte Klenk FF kennengelernt. Erst später war bekannt geworden, dass FF mit Einverständnis des Abwehrchefs, Admiral Wilhelm Canaris, Juden als Agenten tarnte und sie so vor dem Zugriff der Geheimen Staatspolizei (Gestapo) und der Deportation in die Konzentrationslager schützte. So rettete er den ehemaligen Präsidenten des Bremer Fußballvereins Werder, Alfred Ries.

„Gehen wir in der Kantine einen Kaffee trinken?“, fragte Klenk. Neben dem Kaffee gönnten sie sich einen Cognac und sprachen über ihren Werdegang im Krieg und in der Nachkriegszeit. Die Besatzungstruppen sperrten kurz nach dem Krieg jeden weg, den sie verdächtigten, dass er ihnen gefährlich werden konnte. Dazu gehörten auch die Mitarbeiter des Amtes

Das Haus des Reichs am Richtweg. Hinter den 6 Fenstern befanden sich bis 1945 die Büros der Abwehrnebenstelle Bremen.

Ausland/Abwehr. Die Engländer hatten Freymann Ende Mai 1945 festgenommen und verhört. Er hatte nicht wie Klenk Gebrauch von einem „frisierten" Soldbuch und Wehrpass gemacht, die die Abwehr eigene Dokumentendruckerei zum Kriegsende fälschte und den Abwehrkollegen anbot.

„Du arbeitest jetzt in Bonn und verkaufst Borgward-Fahrzeuge an Behörden. Wo wohnst Du?", fragte Klenk.

„In Baden-Baden. Ich fahre montags mit dem Zug nach Bonn und am Sonnabend zurück. Hast du Kontakt zu den alten Kameraden?"

„Nur zu Oberst Ritter vom Luftwaffenreferat in der Abwehrstelle Hamburg. Der kümmerte sich immer so ein bisschen väterlich um mich. Und Du?"

„Mit einigen Kollegen stehe ich im Kontakt, die heute im Verfassungsschutzamt arbeiten. Der alte Leiter der Abwehrstelle Hamburg, Kapitän Wichmann, plant ein Treffen der alten Abwehrleute. Wenn ich den Termin erfahre, rufe ich dich an", versicherte Freymann.

Samstag, 16. Oktober 1954,
Bremen, Hinter dem Schütting 11,
Kleiner Ratskeller

Klenk und sein Freund Georg Wilke, genannt Schorse, saßen in dem kleinen Lokal, das Luftlinie keine 100 Meter vom Roland entfernt war.

„Ich muss mit dir über meinen Auftrag sprechen, weil ich nicht weiß, wie ich vorgehen soll. Teile der Presse behandeln Borgward seit April schlecht. Die Autos werden dem Leser madig gemacht und die Wirtschaftsnachrichten stellen heraus, dass Borgward eine viel zu geringe Kapitaldecke hat. Was steckt dahinter? Das kann eine Kampagne sein. Nicht von einem einzelnen rachedurstigen Schreiber durchgeführt, wie ich vermutete, sondern von mehreren Journalisten. Folglich steckt Geld hinter der Sache. Weshalb gibt jemand Geld aus, um Borgward zu schaden?"

„Ein Konkurrent schadet Borgward", meinte Georg.

„Würde der nicht ein Auto direkt angehen? Nehmen wir beispielsweise Gutbrod aus Süddeutschland. Die bauen einen 700-Kubikzentimeter-Wagen mit

Der Kleine Ratskeller in der Straße Hinter dem Schütting.

2-Takt-Motor und 30 PS. Der Konkurrent ist der GP 700 von Borgwards Tochterfirma Goliath. Es wäre logisch, dass Gutbrod den Goliath-Pkw schlecht macht, nicht die neue Isabella mit ihren 60 PS, die stört ihn nicht. Es werden aber alle Autos der Borgward-Gruppe angegriffen."

„Da will einer die Borgward-Gruppe schlucken?", stellte Georg fest und tat so, als wenn er das Rad erfunden hätte.

Montag, 18. Oktober 1954,
Bremen, Borgward-Werk,
Büro Direktor Wilhelm Black

Klenk interviewte den Betriebsdirektor Ingenieur Wilhelm Black, ungefähr 50 Jahre alt, der die Fahrzeugproduktion leitete.

„Wer, Herr Black, sind die großen Konkurrenten von Borgward?"

„Fast alle deutschen Hersteller. BMW mit dem Typ 501, Borgwards Gegenstück der Repräsentationswagen Hansa 2400. Bei Daimler-Benz wildert die Isabella im Gehege der 180/190er-Limousine und der Hansa 2400 bei dem 6-Zylinder Mercedes Typ 220. Die Isabella ärgert Opel und Ford. Der Lloyd stört ein bisschen den VW Käfer, der Goliath den DKW der Auto Union in Ingolstadt.

Den Hansa 2400 vergessen sie getrost. Der ist keine Konkurrenz, weil wir den schlecht verkaufen. VW

Leiter der Versuchsabteilung Wilhelm Büchner, Pkw-Konstruktionsleiter Walter Dziggel und Betriebsdirektor Wilhelm Black (v.l.).

produziert solche Stückzahlen vom Käfer, da ist der Lloyd eine kleine Laus im Pelz. Goliath nimmt man nicht ernst. Der Verkauf ihrer Fahrzeuge ist nicht berauschend. Die verdienen kaum ihr Geld.

Sie sehen, einzig die Isabella ist konkurrenzfähig."

Klenk fragte: „Ich hörte, dass Dr. Borgward eine Pressekampagne gegen das Werk vermutet. Sie waren auf der Sitzung dabei. Was halten sie davon?"

„Ich kann mir das nicht vorstellen. Wir befinden uns in einem Verkäufer-Markt. Das heißt: Die deutsche Autoindustrie stellt nicht so viele Pkw her, wie gebraucht werden. Sie bringen irgendein Vehikel auf den Markt, die Käufer reißen es ihnen aus der Hand.

Problematisch wird die Situation in Bezug auf Konkurrenz, wenn sie sich zum Käufer-Markt wandelt.

Dann werden mehr Fahrzeuge gebaut, als benötigt werden. Das gibt ein Hauen und Stechen zwischen den Herstellern. Wenn das so kommt, und damit rechnen wir ab 1957/58, sind so schmutzige Tricks vorstellbar.

Aber in der jetzigen Situation irrt Herr Dr. Borgward. Da ist nichts. Herr Borgward ist zu alt. Er sieht Gespenster und trifft Fehlentscheidungen, wie zum Beispiel mit dem erfolglosen Hansa 2400 oder mit dem Goliath Express-Lieferwagen. Den kauft keiner. Alle bevorzugen den VW-Bus und den VW-Lieferwagen, obwohl die technisch schlechter als der Express sind. Volkswagens Ruf ist besser als der von Goliath. Bei Fahrzeugen mit so geringen Verkaufszahlen stellt man deren Produktion sofort ein, weil die Flächen in den Werken und die Werkzeugmaschinen für die erfolgreichen Typen benötigt werden."

„Vielen Dank für ihre Offenheit, Herr Black", bemerkte Klenk.

„Sie wissen es nicht. Ich habe hier zum 30. November gekündigt, gehe übermorgen in den Resturlaub, und fange am 1. Januar bei BMW an. Und das gibt mir die Möglichkeit, endlich einmal meine Meinung über die Werksführung zu sagen."

Betriebsdirektor Ingenieur Wilhelm Gieschen und Carl F. W. Borgward.

Dienstag, 19. Oktober 1954, Bremen, Borgward-Werk, Büro Wilhelm Gieschen, künftiger Betriebsdirektor

Gieschen war neben Elfenbein und Carstens eingeweiht in Klenks Auftrag.

„Herr Gieschen, ich stellte fest, dass die Artikel in der Presse wesentlich negativer ausfallen als früher“, sagte Klenk.

„Dann liegt das an unserer Presseabteilung“, meinte Gieschen.

„Das ist möglich. Doch nehmen wir einmal an, dass ein Unternehmen die Borgward-Gruppe schlucken möchte. Wer käme dafür infrage?“

Gieschen antwortete:

„Da gibt es mehrere Möglichkeiten. Ein branchenfremder Produzent will die Werke übernehmen und für seine eigene Fertigung nutzen. Da kauft er einen Werkzeugmaschinenbestand, der auf den Auto- und Motorenbau ausgerichtet ist. Wenn es beispielsweise ein Flugzeug-Hersteller ist, baut der lieber neue Werksanlagen auf der grünen Wiese.

Wahrscheinlicher ist die zweite Möglichkeit. Ein Autohersteller möchte in Deutschland Fuß fassen und einen Teil seiner Fertigung nach Bremen verlegen. Das wären englische Lkw-Hersteller, die seit Langem ihre Frontlenker in der Bundesrepublik verkaufen wollen.

Es könnten theoretisch westdeutsche Marken sein. Ich frage mich da nur, weshalb die nicht ihre Kapazitäten am Stammwerk ausbauen? Das würde kurze Wege im Produktionsablauf ergeben. Vielleicht gibt es an ihren Heimatstandorten nicht mehr genügend Facharbeiter. Immer ein Grund, ein weiteres Werk zu eröffnen.

Amerikaner interessieren sich. Ford ist vor knapp 30 Jahren nach Deutschland gekommen und General Motors schluckte 1926 Opel. Sie sehen, der Kreis der Kandidaten ist groß.

Wenn es sich um eine Pressekampagne handelt, schauen sie in die genannte Richtung."

Klenk suchte Otto Graf, den er in der Kantine fand.

„Trauen sie sich zu, eine Aufstellung der deutschen und ausländischen Konkurrenz der Borgward-Gruppe anzufertigen? Ich brauche die Merkmale Eigenkapital, Fremdkapital, Umsatz, Standort, Belegschaft,

Autoprogramm und Absatzzahlen. Für jede Firma eine Schreibmaschinenseite“, fragte Klenk.

„Ja klar. Bis wann brauchen sie die?“

„So schnell wie möglich. Liefern sie mir jedes fertige Blatt sofort. Schaffen sie ein bis zwei Autofirmen pro Tag?“

„Ich versuche es“, antwortete Graf Otto.

7

Mittwoch, 20. Oktober 1954, Bremen, Borgward-Werk, Büro Verkaufsdirektor Wilhelm Schindelhauer

Von der Meinung des Verkaufsdirektors versprach sich Klenk viel, galt Schindelhauer doch als cleverer Hund. Hinter vorgehaltener Hand nannten ihn die Mitarbeiter „Schwindelbauer". Er war mit allen Wassern gewaschen.

Das Gespräch zwischen ihm und Klenk drehte sich um die Konkurrenz sowie um Übernahmemöglichkeiten.

„Ihre Gedanken in Ehren, Herr Klenk. Sie sind jung."

„Ich bin 40, Herr Schindelhauer!"

„Sag ich ja, Herr Klenk. Ab 40 kennt man jeden Trick.

Borgward-Verkaufsdirektor Wilhelm Schindelhauer.

Das kommt bei ihnen auch noch.

Die deutsche Konkurrenz sehen sie völlig richtig. Normalerweise läuft der Wettbewerb über den Ruf der Marke, den Preis und das Fahrzeug selbst. Man schadet den Wettbewerbern, indem man ihren Ruf im Motorsport unterwandert. Man wirbt gern gute Leute bei der Konkurrenz ab. Ausgeschlossen ist das nicht. Es werden sogar Maulwürfe eingesetzt."

„Wie soll ich mir das vorstellen?", fragte Klenk.

„Sie schicken einen zu ihnen haltenden Techniker zur Konkurrenz. Die stellt ihn ein. Er bekommt ein anständiges Gehalt und von uns Prämien für die Informationen, die er über den technischen Stand des Konkurrenten liefert. Das ist fast normal in der Branche."

Klenk schrieb eifrig Stichworte auf. Schindelhauer fuhr fort:

„Es gibt die Möglichkeit, wie sie es eben ansprachen, dass Borgward auf der Einkaufsliste anderer westdeutscher Automobil-Unternehmen steht. Ich gehe die Reihe einmal durch. BMW kommt nicht infrage, die sind arm wie eine Kirchenmaus. DKW löst die Kapazitätsprobleme durch das Werk in Düsseldorf, VW durch einen Werksneubau in Hannover. Glas, Messerschmitt, Champion, Fuldamobil, Porsche usw. können sich den Kauf unserer Fabriken nicht leisten. Gutbrod ist pleite. Fiat vernachlässigen sie; die fertigen im deutschen Werk in Heilbronn. Bei Mercedes bin ich mir zwar nicht sicher, aber die kommen nicht aus ihrem Schwabenländle heraus. Dort greifen sie auf genügend Facharbeiter zurück. Bleiben Ford und Opel. Da könnte eine Gefahr drohen.

Stellen wir uns die Frage, weshalb wollen die Borgward übernehmen? Was erwartet der Käufer davon?

Der Käufer benötigt unsere Produktionskapazitäten und unser Händlernetz einschließlich der Goliath- und Lloyd-Vertretungen. Deshalb kommen ausländische Personen und Lastwagen-Hersteller infrage. Die besitzen kaum Niederlassungen in der Bundesrepublik. Die reinen deutschen Lkw-Hersteller sind nicht an ihren Kapazitätsgrenzen. Die Großen, wie Büssing, Hanomag, MAN, Magirus und Henschel und die Kleinen, Faun, Krupp und Kaelble, brauchen sie nicht berücksichtigen.

Gefahr droht von Ford, Opel und ausländischen Produzenten. Das wären nicht die amerikanischen Firmen, weil deren Wagen hier keiner fahren will, sondern eher Peugeot, Citroën, Renault, Austin, Morris und Volvo. Bei den ausländischen Lkw-Marken sollten sie recherchieren.

Wenn sie, Herr Klenk, die Konkurrenzsituation durchleuchten und abschließen, würde ich gerne ihren Bericht bekommen."

„Gerne, Herr Schwindelbauer", versprach sich Klenk.

Schindelhauer grinste: „Ich weiß, dass man mich im Werk so nennt. So einen Kriegsnamen müssen sie sich, junger Mann, erst verdienen!"

Klenk lief rot an, stammelte eine Entschuldigung und verließ schnell das Büro.

Donnerstag, 21. Oktober 1954, Bremen, Borgward-Werk, Büro Klenk

Graf Otto hatte das erste Blatt mit den Daten der Auto Union auf Klenks Schreibtisch gelegt. Klenk passte es nicht, dass jeder sein Büro betreten konnte, wenn er nicht da war. Zukünftig wollte er sein Büro abschließen.

Grafs Aufstellung zur Situation bei der Auto Union in Ingolstadt mit ihrer Marke DKW war unvollständig und ungenau. Das ist ein Dösbaddel, dachte Klenk und wollte Graf anpflaumen. Doch das würde nichts bringen. Deshalb rief er Graf an und zog ihn von der Arbeit ab:

„Stoppen sie die Ausarbeitung über die Konkurrenz-Firmen. Verkaufsdirektor Schindelhauer erklärte mir ausführlich die Situation. Wir sparen uns die Arbeit!"

Graf fiel ein Stein vom Herzen.

Klenk deckte sich im Archiv der Borgward-Werke mit den Fachzeitschriften der Automobil-Wirtschaft, den Jahresbänden des Verbandes der Automobil-Industrie und den Jahresinhaltsverzeichnissen des Spiegels ein. Aus seinem privaten Büro in der Donandtstraße steuerte er die Zeitschrift der Volkswirt und verschiedene Wirtschaftsbücher bei. So ausgerüstet verfasste er Dossiers aller größeren Autofirmen in Westeuropa und in den Vereinigten Staaten. Dazu überprüfte er die Unternehmen und schaute nach Produktionszahlen, Produktionsprogramm, Mitarbeitern, Gesellschaftern, Eigenkapital und -quote. Kapitalschwache Firmen sortierte er gleich aus. Hinweise auf eine eventuelle Vergrößerung oder Ausweitung des Sortiments einer Autofabrik entnahm er den Wirtschaftszeitungen.

Wie er das Blatt wendete, Klenk entdeckte keinen Sinn in dem Verhalten, die gesamte Borgward-Gruppe mit negativen Artikeln zu beschädigen. Er überlegte: Wenn zum Beispiel die Isabella in Konkurrenz zum Opel Olympia Rekord steht, schießt Opel mit negativen Pressemeldungen auf die Isabella. Opel nimmt aber nicht alle Borgward-Lkw, Lloyd- und Goliath-Wagen unter Beschuss.

Die zweite Möglichkeit erschien ihm – wenn überhaupt – wahrscheinlicher. Wenn Firma X die Übernahme der Borgward-Gruppe plant, ergibt ein Presse-Angriff auf breiter Front mehr Sinn, weil es den Übernahmepreis erheblich senkt. Klenk konzentrierte sich auf diesen Punkt und untersuchte die von Schindelhauer genannten Firmen.

Ford, Opel und Mercedes strich er sofort von der Liste. Ford investierte gerade in große Erweiterungsbauten in Köln-Niehl. Allein 38 Millionen D-Mark gaben die Kölner für neue Werkzeugmaschinen aus. Opel führte 1953 neue Produktionsstraßen ein, was die Kapazität enorm erhöhte, und senkte die Wochenarbeitszeit auf 46 Stunden. Im Gegensatz zu Schindelhauers Einschätzung kam Daimler-Benz doch aus dem Schwabenländle heraus. Die Stuttgarter investierten eine hohe dreistellige Millionen-Summe in das indische Tata-Werk und eröffneten ein Mercedes-Werk in São Paulo/Brasilien. Gleichzeitig bauten sie eine neue Montagefabrik nahe Antwerpen/Belgien. Die deutschen Lkw-Fabriken besaßen genügend Kapazitäten und kamen nicht infrage.

Damit spielten nur die Auto Union und einige wenige ausländische Firmen eine Rolle.

Freitag, 5. November 1954, Bremen-Hastedt, Goliath-Werk, Büro Direktor Momberger

Klenk stellte sich dem Technischen Direktor der Borgward-Tochterfirma Goliath, August Momberger, als Leiter der Ein-Mann-Abteilung Konkurrenzbeobachtung vor.

„Herr Momberger, im Zuge der Analyse des Pkw-Marktes in der Bundesrepublik bin ich auf die Auto Union gekommen. Herr Gieschen meinte, dass sie der Fachmann sind, da sie bis Kriegsende bei der AU in Chemnitz waren."

Der Goliath Direktor dozierte: „Ich war erfolgreicher Rennfahrer und leitete ab 1935 die unter mir siegreiche Sportabteilung der Auto Union in Chemnitz/Sachsen. Um 1940 wechselte ich zur Versuchsabteilung. Dort führte ich neue Messverfahren ein und der Vorstand berief mich in das Vorstandssekretariat der ‚Technischen Werkleitung'. Man ernannte mich zum Oberingenieur. Die Auto Union AG mit ihren Marken Audi, DKW, Horch und Wanderer war in den 30er-Jahren nach Opel der zweitgrößte Automobilhersteller des

Deutschen Reichs. Der westdeutsche DKW-Nachfolger nach dem Krieg war ich. Ich gründete in Hude ein Ingenieurbüro und wollte Ersatzteile für alle DKW-Fahrzeuge fertigen sowie eine neue DKW-Produktion aufbauen. Ich entwickelte einen kleinen DKW für die Serie. Doch da brauchte mich Carl Borgward. Ihm gab ich meinen Kleinwagen-Entwurf und so ist der Lloyd 300 entstanden. Für ihn baute ich die Hansa 1500- und Goliath-Weltrekordwagen. Er bedankte sich bei mir, indem er mich zum Direktor des Goliath-Werks ernannte. Mit 45 Jahren bin ich Werksdirektor."

Es passierte Klenk selten, dass er einen Gesprächspartner nach wenigen Minuten als höchst unsympathisch empfand. Hier war das der Fall.

„Herr Momberger, wie hängt das mit der Auto Union und ihrer Marke DKW zusammen?"

„Das war meine Konkurrenz. Die Auto Union in Ingolstadt wollte auch DKW-Ersatzteile fertigen. Sie

Technischer Direktor des Goliath-Werks Ingenieur August Momberger.

kam 1949 zusätzlich mit einem Lieferwagen heraus und baute auch noch ein 125-cm³-Motorrad. Beide Fahrzeuge erschienen unter dem Markennamen DKW. Ich produzierte zu der Zeit meinen Flink-Fahrrad-Hilfsmotor in Serie.

Als ich mich mit meinen Mitarbeitern 1949 aus dem DKW-Geschäft zurückzog, sind die Ingolstädter ein minimierter Nachfolger der sächsischen Auto Union geworden. 1950 pachteten sie ein 200.000 Quadratmeter großes Grundstück in Düsseldorf-Derendorf und bauten dort Hallen auf, die zur Herstellung des DKW-Meisterklasse-Pkws dienten. Den brachten die so früh auf den Markt, weil ich ihnen die Karosseriezeichnungen dieses Vorkriegsmodells gab."

„Was für ein Angeber", dachte Klenk und sprach ihn darauf an, ob die Auto Union in Ingolstadt

Auto Union Werk in Ingolstadt, Pkw- und Motorrad-Produktion.

eine Schmutzkampagne gegen Borgward aus Konkurrenzgedanken organisieren könnte.

„Es ist anmaßend von ihnen, meinen ehemaligen Auto Union-Kollegen das zu unterstellen. Wie kommen sie dazu?", fragte der etwas kleinwüchsige Momberger.

Klenk antwortete lauter: „Ich unterstelle überhaupt nichts! Ich frage sie lediglich, ob so etwas denkbar wäre."

„Ihr Ton gefällt mir nicht."

„Ich bin im Besitz einer Vollmacht von Dr. Borgward, solchen Sachverhalten im Rahmen der Konkurrenzbeobachtung auf den Grund zu gehen", erklärte Klenk.

„Das ist mir völlig egal. Ich finde ihr Verhalten unverschämt. Sehen sie zu, woher sie ihre Informationen bekommen, von mir nicht! Auf Wiedersehen!"

Klenk unterließ es nicht, beim Hinausgehen „Klugscheißer" zu sagen, und ließ die Tür sperrangelweit offen.

„Das habe ich gehört!", wütete Momberger.

Die Recherche-Arbeiten dauerten erheblich länger als geplant, zumal Klenk die Auto Union GmbH mit ihrer Marke DKW näher untersuchte. Die Umsatzkurve für das so erfolgreiche DKW-Motorradgeschäft zeigte abwärts. Die Zulassungszahlen der Monate Januar-Oktober 1954 verrieten, dass annähernd ein Drittel weniger Motorräder gegenüber dem gleichen Zeitraum 1953 zugelassen wurden. Der Ausbau der Werke in Düsseldorf und Ingolstadt erforderte hohe Investitionen. DKW besaß also kein Geld für einen Borgward-Erwerb. Er strich die Ingolstädter von der Liste der Verdächtigen. Doch nun fehlte jeglicher Hinweis, wer hinter der feindlichen Übernahme steckte.

Montag, 8. November 1954, Bremen, Borgward-Werk, Presse- und Werbeabteilung

Klenk wollte zu Christian Hilker gehen, dem Presse- und Werbechef von Borgward. Er traf die beiden Stellvertreter Reinhard Everwyn (Presse) und Hermann Ritter (Werbung). Beide in einem angeregten Gespräch.

„Herr Klenk, wissen sie schon? Herr Hilker ist fristlos entlassen. Der packte vorhin seine Sachen und ist weggefahren."

Klenk war genauso fassungslos wie die beiden Mitarbeiter.

„Was ist passiert?"

„Man spricht von krummen Sachen, die Herr Hilker gedreht haben soll."

„Wissen sie Näheres?", fragte Klenk.

„Wissen wir nicht, wir sind völlig perplex", antwortete Ritter.

Dienstag, 9. November 1954, Bremen, Wohnung Klenk

Robert sagte zu Luise:

„Ich denke immer wieder über Borgward nach und beiße mich an zwei Tatsachen fest. Die Pressekampagne steuert jemand, der Borgward schlucken will. Ich finde keinen, der dafür infrage kommt. Die deutschen Autofirmen und Fiat verfügen in der Bundesrepublik über genügend Kapazitäten oder bauen auf der grünen Wiese neue Werke. Für amerikanische Straßenkreuzer gibt es in Deutschland keine Kunden. Englische und französische Hersteller sind nicht auf ein deutsches Werk angewiesen. Es bestehen nur geringe Importhürden für sie. Und um die Borgward-Gruppe zu kaufen oder sich zu beteiligen, da schreibt man einfach einen Brief", meinte Robert.

Luise erklärte: „Wieso meinst du, dass die Amerikaner ihre eigenen Autos produzieren wollen? Die kaufen Borgward und bauen die Isabella weiter. Bei Opel und Ford ist es das Gleiche."

Robert glaubte es nicht. Seine Verlobte präsentierte eine völlig logische Möglichkeit, auf die er durch Betriebsblindheit nicht gestoßen war. Das musste es sein: Opel gehörte zu General Motors (Detroit) und Ford Deutschland zu Ford USA (Dearborn). Chrysler (Auburn Hills, Michigan) rechnete man zu den „big three" der US-Autoindustrie. Chrysler besaß ein Motiv, Borgward zu übernehmen.

„Du weißt, weshalb ich dich heiraten will?", fragte Robert und Luise schüttelte lächelnd den Kopf.

„Weil du so schlau bist" , antwortete er und küsste sie.

„Und die zweite Sache? Was ist mit der?"

„Weil du so gut riechst", sagte Robert.

„Nein, bei Borgward. Die zweite Tatsache."

„Ach, Direktor Carstens! Ja, der sagte mir, dass an dem Fall nichts dran wäre, und gab mir als Beweis eine Mappe mit Presseartikeln, die nur Gutes über Borgward beinhalteten. Erst später bekam ich heraus, dass die negativen Meldungen herausgenommen wurden. Der spielt falsch", vermutete Robert.

Blick von der Weserbrücke in die Wachtstraße, durch die bis 1960 der Verkehr floss (links Martinistraße, rechts Tiefer). Aus der Kriegsruine (Pfeil rechts) entstand das Übersee-Hotel. Der linke Pfeil markiert Klenks Büro (Foto um 1950).

„Gehört er zum Komplott?“

„Wahrscheinlich. Vermutlich versprach man ihm, Chef vom Ganzen zu werden.“

„Wie lange meinst du, dauert der Borgward-Auftrag?“, fragte Luise.

„Schwer zu sagen. Höchstens bis zum Frühsommer des nächsten Jahres.

Ich habe übrigens ein neues Büro angemietet, weil es in der Donandtstraße zu eng wird. Es ist in der Wachtstraße 27-29. Das ist ein neues Gebäude, an dem noch gebaut wird. In der unteren und den oberen Etagen ist das Übersee-Hotel untergebracht, in den Zwischengeschossen befinden sich Büros. Voraussichtlich ziehe ich im Februar um.“

„Mensch Robert, gib nicht das ganze Geld aus. Wir wollen irgendwann ein Haus kaufen. Dein Mercedes war teuer genug. Außerdem besprich so etwas vorher mit mir!“

19.-23. November 1954, Mexiko, Carrera Panamericana

Im letzten Jahr war Borgwards Rennfahrer Hartmann bei dem längsten und schwierigsten Straßenrennen der Welt mit 7 Sekunden Rückstand knapp am Sieg vorbei geschrammt. Alle Mitarbeiter im Werk rechneten bei der diesjährigen Carrera Panamericana mit großen Siegeschancen. Dementsprechend gestalteten sich die Vorbereitungen.

Die auf dem Isabella-Aggregat basierenden neuen RS-Motoren waren mit einer Kraftstoffeinspritzung ausgerüstet. Der deutsche Motoren-„Papst“, Ingenieur Helmut Hütten, beurteilte die Triebwerke so: „mehr ‚gebastelt‘ als konstruiert ...“. Die Bastelarbeit leistete 115 PS bei 6000 Umdrehungen pro Minute, eine um 5 PS höhere Leistung als die 1953er-Version und das bei geringerem Spritverbrauch.

Büchner setzte die neuen RS-Einspritzmotoren am 1. August des Jahres auf dem Nürburgring beim Großen Preis von Deutschland ein. Bei den folgenden beiden Wettbewerben, dem „Preis vom Bremgarten“ (Schweiz) am 22. August und dem Avus-Rennen (Berlin) am 19. September, gab es nichts an den Motoren zu beanstanden. Man traute ihnen daher zu, die 3000 Kilometer der Carrera durchzustehen.

Für den beim Großen Preis von Deutschland schwer verunglückten Hans Hugo Hartmann sollte der 26-jährige Hans Herrmann als Fahrer einspringen. Der hatte im Vorjahr an der Carrera mit einem Porsche teilgenommen und kannte die Verhältnisse. Doch blieb Herrmann den Stuttgartern treu und startete auf dem Porsche 550 bei dem 54er-Langstreckenrennen in Mexiko. Borgward setzte daher neben Karl-Günther Bechem den Schweizer Fahrer Franz Hammernick ein. Die beiden fuhren die Rennsportwagen und der Bremer Rennfahrer Adolf Brudes nahm mit einer Isabella vorlieb.

Am 26. Oktober flog der Tross, bestehend aus den Fahrern, den Rennmonteuren sowie dem Filmemacher

Günther Bechem bei einer Probefahrt in Mexiko.

und Fotograf Walter Richleske nach Mexiko. Man kam im Hotel Bonampak in Cancún unter und wartete auf die Rennsportwagen, die wieder mit dem Frachter „Anita" kommen sollten. Die Zeit vertrieben sich die Fahrer mit dem Erkunden der Strecke und mit Ausflügen in die Umgebung. Am 12. November legte die „Anita" in Veracruz an und man entlud die Borgward- und Porsche-Rennsportwagen. Für beide Rennställe war es die höchste Zeit, die Motoren auf die Höhenlage Mexikos einzustellen. Der Tag des Starts näherte sich. Hans Herrmann (Porsche) und Günther Bechem bekamen hohes Fieber. Angeblich trank Herrmann eine heißgemachte Mixtur aus 0,5 Liter Cognac, 0,5 Liter Milch und heißem Honig. So „gestärkt" ging er am 19. November an den Start.

Für Rennsportwagen gab es wie im Vorjahr zwei

Klassen: bis 1500 cm^3 und darüber. Borgwards RS traten gegen zwei OSCA und drei Porsche an und erlebten ein Fiasko. Bechem und Hammernick, beide der Konkurrenz weit voraus, fielen durch Unfälle aus. Bechems Fahrzeug verletzte dabei zahlreiche Zuschauer. Herrmann gewann mit seinem Porsche 550 die „kleine“ Sportwagenklasse.

Brudes startete mit seiner 60 PS-Isabella in der Klasse der „Europäischen Tourenwagen bis 2 Liter Hubraum“. Seine Konkurrenz bestand aus einigen Alfa Romeo 1900 TI (110 PS) mit einem Werksteam und sieben 30 PS-VW-Käfern. Das Ergebnis war wie zu erwarten: die Alfas auf Platz 1 bis 5, Brudes sechster und danach alle sieben Käfer, die entgegen der vielfach geäußerten Befürchtung die 3.000 Kilometer anstandslos schafften. Aufgrund der vielen Unfälle mit

Bechems RS nach dem Unfall.

Schwerverletzten und mit tödlichem Ausgang sollte dies die letzte Carrera Panamericana gewesen sein.

Am 6. Dezember kam die Borgward-Mannschaft wieder auf dem Flughafen Bremen an.

Ingenieur Büchner stand im Vorzimmer des Chefs und wartete, dass Carl Borgward ihn hereinrief. Elfenbein nickte ihm aufmunternd zu. Die Tür öffnete sich.

„Kommen Sie herein!“

„Guten Morgen, Herr Doktor Borgward.“

„Guten Tag, Herr Büchner. Nehmen sie Platz.

Das Rennen in Mexiko war ja der totale Reinfall. Ihren Bericht bekomme ich noch auf den Schreibtisch.“

„Ja, selbstverständlich. Ich wollte..“, sagte Büchner.

„Herr Büchner, mich interessiert nicht in erster Linie, woran es lag. Mich interessieren die Kosten.

Hammernicks Wagen.

Was meinen sie, was die ganze Rennerei an Geld verschlingt. Das muss man immer im Zusammenhang mit dem Werbeeffekt sehen. Und verlorene Rennen sind eine negative Reklame. Kein Mensch interessiert sich im Rennsport, beim Boxen oder im Fußball für den Verlierer. Ein Ausfall oder ein schlechter Platz bedeuten, dass wir weniger Autos verkaufen. Und zwar weniger als ohne Motorsport. Nur ein Sieg verkauft mehr Autos.

Wenn ich die Renn-Kosten auf die Anzahl der verkauften Autos umlege, so ist der Werbebetrag pro Wagen sehr hoch. Ich muss wirtschaftlich denken, deshalb gebe ich der Rennerei noch eine Chance. Brandt soll einen neuen Motor konstruieren und sie können ein verbessertes Fahrgestell mit Gitterrohrrahmen entwickeln. Wir machen ein Jahr Pause und starten dann in der Saison 1956 mit den besseren Fahrzeugen“, sagte Carl F. W. Borgward.

8

Donnerstag, 2. Dezember 1954, Hannover, Haus von Endt

Sinnhoff erschien bei von Endt zum Rapport.

„Ich habe 3.000 D-Mark auf das Konto vom Borgward-Presse-Chef Christian Hilker in bar eingezahlt und habe diese Information über meinen guten Draht ins Werk einem Direktor untergejubelt. Der konnte durch seine guten Beziehungen zur Sparkasse das Bankgeheimnis umgehen und das Konto Hilkers überprüfen und entdeckte die 3.000 D-Mark, die nun als Bestechungsgeld gewertet wurden. Borgward entließ Hilker fristlos.

Das lief genau nach meinem Plan. Jetzt wollte ich unseren Journalisten Horst Ludwig als Borgward-Presse-Chef installieren, um Borgward von innen heraus pressemäßig zu sabotieren. Ludwig sandte eine Bewerbung für die nun freie Stelle als Presseleiter an die Firma. Aus Bremen erhielt Ludwig eine Absage.

Mein Maulwurf teilte mir mit, dass der alte Borgward gemerkt hat, dass die Presse negativ gegen ihn eingestellt ist. Er engagierte einen Detektiv, um die Ursache zu ergründen. Der Schnüffler ist der neue Presse-Chef. Heinz Thomaß heißt er.

Das ist Ironie. Ich schaffe den alten Pressefritzen beiseite und die besetzen den Posten nicht mit unserem Mann, sondern mit einem Feind von uns.

Den Thomaß lasse ich durch einen Kollegen beim Verfassungsschutz durchleuchten. Wollen einmal sehen, was Thomaß auf dem Kerbholz hat."

Er berichtete weiter in allen Einzelheiten über die erfolgreichen Sabotagen der Rennfahrzeuge.

„Der Meierdierks ist auf Draht. Die Borgward-Leute entdeckten nichts. Die sind auf dem Auge ‚Sabotage' blind und das passt uns gut in den Kram. Tschüss, Chef."

Freitag, 3. Dezember 1954, Bremen, Borgward-Werk, Presse- und Werbeabteilung, Leichen-Elli, Friedhofstraße 20

Borgward-Personalchef Ulrich fand in kürzester Zeit einen neuen Presse- und Werbechef. Klenk war neugierig. Er wartete nicht auf einen Antrittsbesuch des Neuen, sondern suchte Heinz Thomaß auf. Sie saßen in der Besprechungsecke.

Thomaß erklärte: „Die Firmenleitung wollte die Presse- und Werbeabteilung trennen. Hilker sollte die Presseabteilung leiten und ich die Werbung. So legten wir das im Sommer fest, weil die Arbeiten zu umfangreich geworden sind für eine Leitungsfunktion. Durch Hilkers Weggang fange ich einen Monat eher an und führe vorläufig beide Abteilungen."

„Also keine Zauberei des Personalchefs. Und was arbeiteten sie vorher?", fragte Klenk.

„Ich habe Maschinenbau an der TH Luisenburg studiert, der Krieg verhinderte den Abschluss. Im Krieg war ich Offizier bei einer Panzereinheit und bis 1948 in russischer Gefangenschaft. Wieder frei verschlug es mich nach Bremen und ich wurde Werbeleiter bei Unilever im Margarinewerk Ostfriesland AG hier in Bremen. Und bei ihnen?“

Klenk beschrieb seinen Lebensweg und seine Aufgabe der Konkurrenzbeobachtung. Sie stellten fest, dass ihre Wohnungen nahe beieinander lagen, und verabredeten sich auf ein Feierabend-Bier. Thomaß wohnte in der Tettenbornstraße, keine fünf Minuten zu Fuß bis zur Gaststätte Leichen-Elli in der Friedhofstraße. Klenks Wohnung lag noch näher.

„Tach zusammen!“, begrüßte Klenk die Wirtin und die wenigen anderen Gäste. Thomaß saß in der Nische

Gaststätte „Leichen-Elli“

Carl F. W. Borgward (links) und Heinz Thomaß (rechts).

am Fenster und nippte an einem großen Hemelinger Bier. Klenk bestellte das Gleiche.

„Wieso heißt der Laden hier Leichen-Elli?“, fragte Thomaß.

„Ab und zu kommen Trauergesellschaften vom nahe liegenden Riensberger Friedhof zum Leichenschmaus hierher. Irgendein Scherzkeks hat für diese Kneipe den Spitznamen erfunden, weil die frühere Wirtin vermutlich Elisabeth hieß“, antwortete Klenk.

Sie unterhielten sich über Borgward. Der Bierkonsum stieg, die Laune ebenfalls, zumal Thomaß Humor besaß und urkomische Witze erzählte. Sie besaßen ähnliche Auffassungen und merkten schnell, dass sie als Gespann gut zusammen passten.

Major Nikolaus Ritter, 1936 Abwehrnebenstelle Bremen, ab 1937 Abwehrstelle Hamburg, Leiter Abwehr Luft(waffe).

Sonntag, 5. Dezember 1954, Hamburg, Rothenbaumchaussee, Haus Ritter

In den 30er-Jahren hatte Klenk in den Semesterferien bei Borgward am Band gearbeitet. Eines Abends kellnerte er bei einem kleinen Fest im Verwaltungsbau am Osterdeich Ecke Föhrenstraße und verdiente sich so ein paar Mark extra. Zu dieser Veranstaltung lud Carl F. W. Borgward persönlich ein. Es war nach 23 Uhr, die meisten Gäste verließen das kleine Fest, als ein Gast Klenk ansprach. Er stellte sich als Nikolaus Ritter, Offizier der Luftwaffe im Reichskriegsministerium, vor. Er fragte Klenk, wie sein Leben sei und wie sich ein Student seine Zukunft vorstellen würde. Klenk schätzte das Alter Ritters auf 40 Jahre und war stolz, dass sich ein Offizier für ihn interessierte. Er erzählte von seinem Werdegang und seinen Zielen. Ritter sprach über seine Auswanderung nach Amerika, seine Karriere als Textilingenieur und die Rückkehr ins Deutsche Reich. Nach rund einer Stunde gab ihm der Mann eine private Visitenkarte mit der Adresse Neptunstraße in Bremen. „Wenn sie, Herr Klenk, von der Wehrmacht eingezogen werden, melden sie sich bei mir. Wir suchen solche Leute wie sie."

1938 hatte das Militär Klenk zum Wehrdienst einberufen. In der Grundausbildung schrieb er einen Brief an Nikolaus Ritter in Bremen. Der Brief kam zurück mit dem Stempel „Empfänger unbekannt verzogen".

Er adressierte sein Schreiben an das Reichskriegsministerium und erhielt eine Antwort vom Oberkommando der Wehrmacht (OKW), Berlin, Tirpitzufer. Man teilte ihm mit, dass es das Reichskriegsministerium nicht mehr gebe, dass das OKW die Aufgaben übernommen hatte, und dass er nach der soldatischen Ausbildung für eine militärische Amtsgruppe vorgesehen sei. Seine derzeitige Ausbildungseinheit hätte einen entsprechenden Befehl erhalten. So landete Klenk im Oktober 1938 beim Amt Auslandsnachrichten und Abwehr in der Abwehrstelle Hamburg. Dort traf er Major Nikolaus Ritter wieder.

Klenk hatte Thomaß bei Leichen-Elli auf den Zahn gefühlt. Ob der neue Presse- und Werbeleiter als Maulwurf für die Gegenseite arbeitete oder nicht, war unklar. Deshalb fuhr Klenk mit seinem Mercedes nach Hamburg und besuchte seinen alten Chef Nikolaus Ritter. Sie spazierten an der Außenalster entlang. Klenk sprach von seinem Auftrag und bat seinen Mentor, Heinz Thomaß und Otto Carstens zu überprüfen. Ritters Beziehungen bestanden zu ehemaligen Abwehr-Mitarbeitern, die bei der Organisation Gehlen arbeiteten, dem deutsch-amerikanischen Geheimdienst.

1945 hatten sich der Leiter des Wehrmacht-Nachrichtendienstes „Fremde Heere Ost“ (FHO), Generalmajor Reinhard Gehlen, und seine wichtigsten Offiziere nach Bayern abgesetzt. Sie ergaben sich den anrückenden US-Soldaten und stellten den Amerikanern eine große Menge Akten und ihr Wissen über die sowjetische Armee zur Verfügung.

Im Frühjahr 1946 gründete das US-Militär in Oberursel bei Frankfurt am Main mit ehemaligen Wehrmachtsoffizieren einen geheimen Nachrichtendienst, der die politische, militärische und wirtschaftliche Entwicklung in Ostdeutschland und der Sowjetunion erkundete. Die Abteilung für Nachrichtenbeschaffung befand sich in der Jagdvilla der Familie Opel, nördlich von Königstein im Taunus. Im Sommer 1946 kam Gehlen zu diesem Geheimdienst, den er im Februar 1947 übernahm und der fortan seinen Namen trug. Ende 1947 übersiedelte das Gros der Organisation Gehlen nach Pullach bei München. Die Jagdvilla gab man auf.

Die Organisation Gehlen wurde der Auslandsnachrichtendienst Deutschlands, der ab 1956 offiziell Bundesnachrichtendienst (BND) hieß.

Wenige Tage später, rief Ritter in Klenks Büro an:

„Die Kollegen sahen im Berliner Dokumenten-Archiv der Amis nach. Thomaß ist einwandfrei. Keine

Mitgliedschaft in der NSDAP, keine SS-Vergangenheit. Seine Wehrmachtsunterlagen zeigen, dass alles so war, wie er es schilderte.

Carstens war im 1. Weltkrieg Infanterist, Gebirgsjäger und bei der Fliegerei Bordschütze. Von 1935 an war er bei Borgward. In die Partei trat er erst 1938 zusammen mit Carl Borgward ein. Nichts Auffälliges. Von der Gehlen-Seite her ist alles in Ordnung bei den beiden."

Das Hauptquartiers der unter US-amerikanischer Obhut stehenden „Organisation Gehlen" befand sich seit 1947 in einer NS-Mustersiedlung in Pullach bei München.

Mittwoch, 8. Dezember 1954, Bremen, Borgward-Werk, Büro Klenk

Entsprechend Ritters Beziehungen zur Organisation Gehlen besaß Frischmuth-Freymann einen guten Draht zum Bundesamt für Verfassungsschutz (BfV). Dieser Inlandsnachrichtendienst, 1950 gegründet, befand sich in Köln und war für die Spionageabwehr, den Geheimnisschutz des Staates und der Industrie sowie das Aufspüren der Feinde der „freiheitlichen demokratischen Grundordnung“ der Bundesrepublik zuständig. Das Amt stand unter Kontrolle der westlichen Alliierten und ab 1955 unter der der Bundesrepublik. (Neben dem BfV und dem BND gab es ab 1956 als dritten Geheimdienst der Bundesrepublik den Militärischen Abschirmdienst [MAD], der dem Spionage-, Sabotage- und Zersetzungsschutz der Bundeswehr dient.)

Frischmuth-Freymann erzählte: „Über Thomaß gibt es wenig. Und das ist unauffällig.

Carstens war 1935 als Assistent der Finanzchefin bei Borgward eingetreten. 1941 stieg er zum Finanzdirektor auf. Nach dem Krieg, von September 1945 bis Pfingsten 1946, hielten ihn die Amis in der Nähe Bad Nauheims im Gewahrsam. Wieder frei betätigte er sich als selbstständiger Finanzberater. Vermutlich wollte er sich nirgendwo bewerben, weil er dort seine Entnazifizierungsunterlagen hätte vorlegen müssen. Die schlechte Behandlung der russischen Zwangsarbeiter bei Borgward stellten die dunkle Seite

Carstens dar. Wie dem auch sei, ab 1949 arbeitete Carstens wieder als Finanzchef bei Borgward."

Am Nachmittag kam Heinz Thomaß in Klenks Büro und meinte: „Ich bin die negativen Artikel und Leserbriefe durchgegangen und stellte fest, dass einige Schreiber der Briefe überhaupt nicht existieren. Keiner von denen steht in den Adressbüchern, außer bei Allerweltsnamen wie Meyer oder Müller. Einen Leser ‚von dem Brocke' in Warstein gibt es genauso wenig, wie andere mit etwas komplizierteren Namen. Es stecken zumindest phantasiereiche Schreiberlinge dahinter.

Bei den Artikeln erfuhr ich über meine Pressekollegen in den Redaktionen, dass die Verfasser unter Pseudonym schreiben. Durch die Hinweise von befreundeten Journalisten bekam ich Klarnamen von drei Lohnschreibern heraus, die für die verschiedenen Zeitungen und Zeitschriften arbeiten und diese Artikel verfassten. Sie sind die Urheber der schlechten Presse. Interessant ist, dass sich Formulierungen in den Berichten trotz der drei unterschiedlichen Verfasser gleichen. Das heißt: Es gibt einen Oberschreiber, der die Richtung vorgibt und sich professionell schriftlich ausdrückt. Die drei Schreiber übernehmen von ihm Redewendungen."

„Eine Super-Arbeit! Großartig! Ich lade sie heute Abend zum Bier ein", äußerte Klenk begeistert. Für mehr Worte reichte es bei ihm nicht. Endlich erkannte ein Borgward-Mitarbeiter, dass es keine Zufälle sind und dass seine Verdächtigungen begründet waren.

Freitag, 10. Dezember 1954, Bremen, Friedhofstraße 20, Leichen-Elli

Heinz Thomaß und Robert Klenk waren in Feierlaune. Thomaß erhielt vom BND und vom BfV eine positive Beurteilung und hatte Licht in die dunkle Pressekampagne gebracht. Klenk ging davon aus, dass Thomaß „sauber" wäre und erzählte ihm die Hintergründe seines Auftrags.

„Die Indizien sprechen dafür, dass der Oberschreiber nicht drei Schreiber einspannt, allein um sich zu rächen. Da steckt was Größeres dahinter. Ich denke, dass ein Unternehmen Borgward kaputtmachen, billig kaufen und sich vermutlich als großer Retter aufspielen will. Kommen wir über den Oberschreiber an die Hintermänner heran?", fragte Klenk.

„Ja, ich setze mich Anfang der nächsten Woche daran. Es dauert bis nach Weihnachten, weil ich umsichtig herangehen muss, um die Journaille nicht zu warnen", sagte der Presse- und Werbechef.

„Falls sie meinen Assistenten, Otto Graf, benötigen, so sagen sie mir Bescheid. Er ist zwar nicht der Hellste, kann ihnen aber Botendienste und andere einfache Dinge abnehmen.

Graf kennt nicht den tatsächlichen Auftrag, sondern die Version der Konkurrenzbeobachtung. Deshalb bitte kein Wort in dieser Richtung an ihn. Eingeweiht sind sie, Dr. Borgward, seine Sekretärin Frau Elfenbein, Wilhelm Gieschen, der ab Ende des Monats Werksdirektor sein wird, und Direktor Carstens.

Übernächste Woche gehe ich zu ihm, um Bericht zu erstatten."

Thomaß warnte: „Erzählen sie Carstens bloß nichts. Wenn der für die Gegenseite arbeitet, wie sie vermuten, wäre das schlimm. Sagen sie lieber, dass sie dieses und jenes nicht wissen."

Samstag, 11. Dezember 1954, Hannover, Haus von Endt

„Chef, ich bekam Nachricht von unserem Gewährsmann vom Verfassungsschutz über den neuen Presse-Chef von Borgward, diesen Heinz Thomaß. Scheint ein Ehrenmann zu sein. Wichtiger ist, dass es vor wenigen Tagen im Verfassungsschutz ebenfalls eine Anfrage nach Thomaß gab. Das ist ungewöhnlich, weil niemand die Karteikarte jemals anforderte. Die inoffizielle Anfrage kam ausgerechnet von einem alten Abwehrmann aus Hamburg. Da steckt Borgward dahinter. Wenn die den erst jetzt prüfen, drei Tage nach seinem Dienstantritt in der Presseabteilung, kann Thomaß nicht die Spürnase sein. Normalerweise überprüft man jemanden weit vor seiner Einstellung.

Ich gab unserem Informanten im Werk Anweisung, herauszufinden, ob ein anderer der Schnüffler ist. Es ist vermutlich der neue Leiter der Abteilung Konkurrenzbeobachtung, Robert Klenk. Ich ließ Klenk durch unseren Verfassungsschutz-Mann prüfen. Sein Lebenslauf passt. Er war im Krieg bei der Abwehr in

Bremen und in Hamburg als Auswerter. Heute ist er Wirtschaftsjournalist und hat bei Borgward ein Büro. Hier ist ein Zettel mit Klenks Privatadresse. Er fährt einen alten schwarzen 170er Mercedes. Vielleicht kann Genauck ihm auf den Zahn fühlen“, sagte Paul Sinnhoff.

„Wenn der Klenk den Thomaß durch den Verfassungsschutz prüfen lässt, ist das ein gerissener Hund und er kann mehr als Konkurrenzbeobachtung. Und wenn er auf Draht ist, reimt der sich zusammen, dass etwas gegen das Werk läuft.

Ich werde Genauck instruieren, diesen Konkurrenz-Heini eindringlich zu warnen und ihm einen Denkzettel zu verpassen. Der soll seine Finger von unseren Angelegenheiten lassen“, versicherte von Endt.

Montag, 20. Dezember 1954, Bremen, Borgward-Werk, Büro dir. Carstens

„Wenn ich sie richtig verstehe, so vermuten sie eine Übernahme unserer Werke. Sie wissen nicht, durch wen. Sie vermuten eine Pressekampagne gegen uns, kennen aber keine Namen. Was, Herr Klenk, leisten sie eigentlich?

Das mit der Übernahme hätte ich ihnen sagen können. Seit 1951 erreichen uns immer wieder Anfragen großer Automobilhersteller, ob eine Beteiligung oder ein Kauf möglich wären. Das ist nichts Neues.

Und ich rate Herrn Dr. Borgward immer wieder, dass er mehr Investitionskapital braucht, um gegenüber VW, Mercedes, Opel und Ford nicht ins Hintertreffen zu geraten. Investitionskapital gibt es nur als Aktiengesellschaft oder durch einen potenten Teilhaber. Ich empfehle Herrn Borgward sogar das Zusammengehen mit Chrysler. Und nun kommen sie und präsentieren mir Chrysler als Unhold. Das ist schwach, außerordentlich schwach.

Wenn ihre sogenannte Pressekampagne vorhanden wäre, so müsste sie uns schaden. Die Verkaufszahlen unserer Gesellschaften sind im Vergleich gut. Sie stehen hier mit leeren Händen!“

Klenk blieb ruhig, es verbot sich von selbst, mit offenen Karten zu spielen und sich zu verteidigen.

„Sie, Herr Klenk, erfüllen unsere Erwartungen nicht. Ihre Fähigkeit bezieht sich auf die künstliche Ausdehnung ihres Auftrags, um mehr Honorar und Spesen abzurechnen. Ich beende hiermit ihre Arbeit bei uns. Schicken sie uns ihre Abschlussrechnung mit ihren offenen Honorarforderungen, die ich in jedem Fall kürzen werde, räumen sie ihr Büro und, ich sage das offen, wir empfehlen sie nicht weiter. Guten Tag!“

„Weiß Dr. Borgward Bescheid, dass sie mich vor die Tür setzen?“

„Das lassen sie mal meine Sorge sein!“

Montag, 20. Dezember 1954, Bremen, Osterdeich

Es war ein milder Dezember-Tag, 17 Uhr. Genauck parkte seinen Opel schräg gegenüber dem Haus am Hastedter Osterdeich, in dem Klenks Verlobte wohnte. Wie er beobachtet hatte, kam sie täglich gegen 17.15 Uhr von ihrer Arbeit, machte sich anscheinend in ihrer Wohnung etwas frisch und radelte gegen 18 Uhr zu Klenk.

Genauck sah sie kommen. Sie schob ihr Fahrrad in den kleinen Vorgarten des Hauses, öffnete die Tür und trat ein. Kurz vor 18 Uhr kam sie wieder heraus, hängte ein gefülltes Einkaufsnetz an den Lenker und fuhr los. Auch Genauck startete, erreichte sie und fuhr ein kurzes Stück parallel zu ihr. Ein kurzes Reißen

Hier am Osterdeich geschah das Attentat auf Luise Jacobi.

am Lenkrad nach rechts reichte, um Luise Jacobi zu Fall zu bringen. Er wunderte sich immer wieder, wie schnell Fahrradfahrer einfach „umklappen“, wenn man sie mit dem Wagen nur leicht touchierte. Dass Luise mit dem Kopf auf den scharfen Rand des Kantsteins fiel, interessierte Genauck nicht.

**Montag, 20. Dezember 1954,
Bremen, Riensberger Straße, Wohnung Klenk**

Mit seinem Rauswurf hatte Robert nicht gerechnet. Er entfernte in seinem Büro die Karteikarten vom Zeichenbrett. In einen großen Pappkarton packte er

Der vordere Parkplatz vor dem Verwaltungsgebäude war für die Werksleitung, der hintere für Besucher bestimmt. Im Hintergrund das Gebäude des Straßenbahndepots an der Sebaldsbrücker Heerstraße.

die gesamte Kartei, seine Unterlagen, Zeitschriften und Bücher. Auf dem Firmenparkplatz stand sein Mercedes, der Karton passte auf den Beifahrersitz. Er fuhr zu seiner Wohnung, öffnete eine Flasche Hemelinger, nahm einen gewaltigen Schluck und rief Thomaß an.

„Ganz kurz, Herr Thomaß. Carstens schmiss mich hochkantig raus. Ich melde mich bei ihnen nach Weihnachten."

Langsam nahm seine Aufregung ab. Er kam etwas zur Ruhe, nahm den Telefonhörer und wählte die Nummer von Luise. Sie war nicht da. Wahrscheinlich war sie auf dem Weg zu ihm. Bier war nicht mehr im Kühlschrank und es war kurz nach 18 Uhr. Zum Einkaufen zu spät. „Ein echter Scheißtag!", murmelte Klenk vor sich hin. Er legte einen Zettel für Luise auf den Küchentisch, damit sie zu Leichen-Elli kommen sollte, und ging zur Kneipe. In großen Mengen Hemelinger ertränkte er seine Enttäuschung.

„Feierabend!", rief die Wirtin der Gaststätte Leichen-Elli. Es war halb zwölf. Auf Roberts lallend hervorgebrachte Bitte gab es kein weiteres Bier. Sanft beförderte sie ihn vor die Tür. Die 200 Meter bis zu seiner Haustür würde er schaffen. Klenk setzte sich in Bewegung, torkelte über die Straße, stolperte über den Kantstein und setzte sich trotz der tiefen Temperaturen auf den Bürgersteig vor das Bestattungsinstitut Tielitz-Brema. Eine helfende Hand zog ihn hoch. Kaum stand er, schlug die Hand ihm kurz und kräftig ins Gesicht. Er schrie und erhielt einen Faustschlag in die Magengrube. Er krümmte sich zusammen, spürte ein wuchtig in sein Gesicht gerammtes Knie und fiel auf den Gehweg. Dort blieb er liegen. Schritte entfernten sich. In seinem Kopf hämmerte der Gedanke: „Aufstehen, nach Hause, hier erfrierst du!“ Er schaffte es, sich aufzurichten und sich an den Zaungittern der Vorgärten entlang zu tasten, unterbrochen durch heftige Brechanfälle. Seine Haustür und den Flur empfand er als Rettung. Wie er hinein- und die Treppe hochkam, entzog sich seiner Erinnerung.

9

Dienstag, 21. Dezember 1954, Bremen, Wohnung Klenk, Polizeihaus, Am Wall 200

Es klingelte. Stinkend, völlig verkatert und von Schmerzen gebeugt schleppte Robert sich zur Tür.

„Sind sie Robert Klenk?“, fragte einer der beiden Polizisten. Er nickte.

„Sie sind verhaftet. Ziehen sie sich was über und kommen sie mit!“

„Wieso?“

„Das erklärt ihnen der Kommissar. So wie sie aussehen, fahren wir erst zum Krankenhaus.“

Im Städtischen Krankenhaus St.-Jürgen-Straße lieferten sie ihn in der Notaufnahme ab und blieben bei ihm. Ein Arzt rümpfte die Nase, verzog das Gesicht und versorgte die Wunden. Eine Schwester röntgte seinen Kopf und ein anderer Arzt stellte etliche Fragen.

„Sie haben Glück, eine leichte Gehirnerschütterung, eine gebrochene Nase und aufgeplatzte Lippen. Es hätte sehr viel schlimmer kommen können. Ich richte ihre Nase und fixiere sie.“

Nach der Prozedur überführten ihn die Beamten zum Polizeihaus Am Wall 200. In einem Büro bot ihm der Kommissar eine Tasse Kaffee an, die Klenk dringend benötigte.

„Sie sind der Journalist Robert Klenk?“ Robert nickte.

„Was ist gestern Abend geschehen?"

Der Kaffee tat Robert gut.

„Ich trank in der Gaststätte Leichen-Elli in der Friedhofstraße viel Bier. Auf dem Weg zu mir nach Hause schlug mich jemand zusammen."

„Und was ist davor passiert?"

„Von der Firma aus, ich arbeite bei Borgward, fuhr ich zu meiner Wohnung und lief direkt zur Kneipe."

„Wann war das? Kann das jemand bezeugen?"

„Ja, die Wirtin und einige Gäste. Gegen 18 Uhr ging ich hin und gegen Mitternacht kam ich zurück. Was sollen ihre Fragen? Wieso bin ich hier?"

Immer wieder stützte Klenk seinen Kopf mit den Händen. Er konnte nicht denken, was am Alkohol des

Das Polizeihaus Am Wall.

Vortags lag. Wenigstens die Schmerzen ließen sich aufgrund der Medikamente aus dem Krankenhaus ertragen.

„Kennen sie eine Luise Jacobi?"

„Ja, das ist meine Verlobte."

„Sie wohnt am Osterdeich bei Hinsch zur Untermiete?", fragte der Kommissar.

„Ja, am Hastedter Osterdeich bei Kapitän Hinsch. Weshalb fragen sie das alles?"

„Ihre Verlobte ist gestern Abend bei einem Verkehrsunfall ums Leben gekommen."

Robert starrte den Beamten an und bekam kein Wort heraus.

„Sie verließ das Haus 160 am Hastedter Osterdeich um 18 Uhr und schob ihr Fahrrad auf die Straße."

„Ja, da wollte sie zu mir kommen. Sie ist nicht gekommen", sagte Klenk automatisch. Er grinste. Das war nicht wahr, was der Kommissar erzählte: „Sie nehmen mich auf den Arm?"

„Nein", antwortete der Polizist. „Sie radelte in der Dunkelheit auf der Straße. Ein Auto kam aus Hastedt und fuhr in Richtung Innenstadt. Der Wagen fuhr sie an, obwohl die Straßenlaternen brannten und sie ihr Fahrradlicht an hatte. Der Fahrer muss sie gesehen haben. Sie war so schwer verletzt, dass sie noch am Unfallort starb. Der Fahrer flüchtete. Wir erhielten einen Anruf, dass sie Fräulein Jacobi angefahren hätten. Deshalb verhafteten wir sie."

Robert stand auf und schrie vor Traurigkeit. Er hielt sich den Kopf fest. Tränen rollten über seine Wangen.

„Nehmen sie Platz, Herr Klenk! Beruhigen sie sich!"

Robert weinte.

Das Telefon klingelte, der Kommissar nahm den Anruf entgegen, antwortete mehrmals mit ja und legte auf.

„Ich erhielt eben die Nachricht, dass Frau Wessels, die Wirtin der Gaststätte an der Friedhofstraße, ihr Alibi bestätigt und dass Kollegen ihren Mercedes in Augenschein nahmen. Es ist anscheinend nicht das Tatfahrzeug, da keinerlei Unfallspuren zu finden waren.

Ein Polizeiwagen fährt sie nach Hause. Legen sie sich dort erst einmal hin und erholen sie sich. Ich melde mich im Januar bei ihnen."

Wie in Trance folgte Klenk den beiden Polizisten, die ihn in die Riensberger Straße brachten.

Weihnachtszeit 1954
Bremen, Wohnung Klenk

Es waren traurige Tage. Völlig apathisch saß Robert in seiner Wohnung herum, ging nicht an das Telefon und öffnete nicht die Tür. Seine Eltern besaßen einen Schlüssel und besuchten ihn. Seine Mutter kochte bei sich im Haus täglich etwas zu essen. Ein Mitarbeiter der Drogerie fuhr täglich in die Riensberger Straße, öffnete mit dem Schlüssel die Haustür und stellte die Mahlzeiten auf die Treppe.

Dienstag, 28. Dezember 1954, Bremen, Riensberger Straße, Wohnung Klenk

Klenks Vermieterin öffnete die Tür. Sie mochte Georg Wilke, diesen großen, kräftigen Mann, der immer so ein bisschen wie ein gutmütiger, tapsiger Bär wirkte.

„Ach, Herr Wilke. Gut, dass sie kommen. Herr Klenk ist oben."

„Ich erreiche ihn überhaupt nicht. Was ist mit ihm?"

„Wissen sie das nicht? Seine Verlobte starb bei einem Verkehrsunfall. Gehen sie mal schnell zu ihm."

Wilke rannte die Treppe hinauf, öffnete die Tür und sah Robert am Küchentisch sitzend. Der Aschenbecher quoll über und nüchtern schien der bleiche Freund nicht zu sein. Schorse legte ihm die Hand auf die Schulter und schwieg.

Robert weinte und erzählte. Schorse hörte zu.

Donnerstag, 30. Dezember 1954, Bremen, Riensberger Straße, Wohnung Klenk

Schorse redete auf Robert ein.

„Komm zu unserer Silvester-Feier. Wir freuen uns. Und Luise hätte sich nicht gewünscht, dass du hier tagelang rumsitzt und dich volllaufen lässt. Außerdem kannst du dich Silvester auch bei mir besaufen."

Robert lächelte schwach.

„Ich weiß nicht, ob ich komme."

Schorse tat es in der Seele weh, wie sein Freund litt.

Die zweite Frau verloren.

„Du machst keinen Scheiß, oder? Wenn du den Rausschmiss bei Borgward so wertest, dass dich keiner braucht, liegst du falsch. Wir brauchen dich und der alte Borgward braucht dich auch. Du bis ihm gegenüber verpflichtet, die Sache aufzudecken. Du gibst nicht klein bei und überlässt Carstens das Feld. Wenn der Klügere immer nachgibt, beherrschen bald die Dummen die Welt. Sieh zu, dass du in die Hufe kommst! Außerdem denke einmal darüber nach, ob du den Kriminellen nicht zu sehr auf die Pelle gerückt bist. Wenn dich einer zusammenschlägt und dir nicht mal das Portemonnaie klaut, was steckt da hinter? Das ist eine Warnung. Du bist zu nahe an denen dran. Gib nicht auf!"

Es sollte noch länger dauern, bevor Robert aus dem Tief herauskommen würde. Ein Gedanke ließ ihn nicht los und gab ihm Kraft zurück: Wenn die Gegenseite einen Überfall auf ihn ausführt hatte, wäre dann nicht vielleicht Luises Unfall ein Anschlag?

Er würde den Schuldigen finden.

Donnerstag, 30. Dezember 1954, Hannover, Schopenhauerstr. 7, WDI

„Chef, es gibt ein Problem. Horst Ludwig, unser Journalist, der die Kampagne leitet, ist wahrscheinlich aufgeflogen. Er erhielt über Umwege eine Anfrage, ob er eine größere Artikelserie schreiben will. Er lehnte aus Zeitgründen ab. Die Angelegenheit ließ ihm keine Ruhe und er erfuhr von einem anderen Redakteur, dass hinter dem Auftrag Heinz Thomaß steckt", erzählte Paul Sinnhoff am Telefon.

„Wer ist Heinz Thomaß?", fragte von Endt.

„Der Borgward-Presse-Chef. Das ist kein Zufall."

„Weiß Ludwig, wer wir sind?"

„Er kennt mich. Ich traf mich mit ihm am Anfang in der Bahnhofsgaststätte und dann einmal in den Herrenhäuser Gärten. Seitdem sahen wir uns nicht wieder. Ich rufe ihn wöchentlich an."

„Und wie erhielt er das Honorar? Kann man uns über diese Schiene aufdecken?"

„Das Honorar überwies ich von einem Schwarzkonto an ihn."

„Was meinst du mit Schwarzkonto?"

„Ich eröffnete bei der Sparkasse unter Vorlage eines Handelsregisterauszugs einer gelöschten Firma ein Girokonto. Ich ergänzte einige Angaben und brauchte nicht einmal einen Ausweis vorlegen. Über diese Schiene laufen Nachforschungen ins Leere."

„Bist du dir sicher, dass Ludwig bei einem eurer Treffen dir nicht nachspürte, um mehr über seine Auftraggeber zu erfahren? Der gehört zur Journaille und die stecken von Berufs wegen ihre Nase überall rein", warnte von Endt.

„Sicher bin ich mir nicht. Aber ich glaube das nicht."

„Mensch Sinnhoff, hör auf mit dem Quatsch, den du mir erzählst. Nenn' mir die Fakten und halt dann den Mund. Faktum ist, dass er dir nachspioniert haben kann. Davon gehen wir aus. Wenn die Borgward-Leute den Typ in die Mangel nehmen, quatscht der und verrät unsere Identität. Du weißt, was auf dem Spiel steht. Ich schicke Genauck mal hin. Wo wohnt der Typ und wie sieht der aus?“

Sinnhoff gab von Endt die Informationen und war froh, dass er nicht in Ludwigs Haut steckte.

Montag, 3. Januar 1955, Hamburg-Wohldorf, Park der ehemaligen Funkstelle der Abwehrstelle Hamburg

Einen Tag, bevor die Engländer am 5. Mai 1945 Hamburg besetzten, hatte sich die Abwehrstelle Hamburg des Oberkommandos der Wehrmacht aufgelöst. Auf dem Gelände der Funkstelle, einem ehemaligen Herrensitz in Hamburg-Wohldorf, vergruben Klenk und andere Offiziere mehrere Kisten. Klenk hatte sich bei der Aktion ein eigenes Erdversteck angelegt, packte seine Dienstausweise, seine Luger-Pistole 08 und andere Kleinigkeiten in eine kleine Munitionskiste und verbuddelte diese.

Fast zehn Jahre später: Klenk lud einen Spitzhammer, den alten Marschkompass, zwei Taschenlampen und einen Spaten in seinen Mercedes und fuhr auf der Autobahn nach Hamburg. In Sichtweite der ehemaligen Agentenfunkstation wartete er die Dämmerung ab. Es lag kein Schnee, es regnete etwas. Im parkähnlichen Garten fand er den richtigen Baum und richtete den Zollstock so aus, dass das eine Ende zur Stammmitte und das andere exakt nach Norden zeigte. Damals lag das Versteck genau 2 Meter von der Baumrinde entfernt. „Der Baum nahm im Durchmesser nur etwas zu“, dachte er und schlug bei etwas weniger als 2 Meter den Spitzhammer in den gefrorenen Boden. Es war mühsam, die blecherne Munitionskiste zu bergen. Sie war stark verrostet. Doch die Pistole, die Munition und das Reinigungskästchen hatten die Zeit gut überdauert. Er grub an einer weiteren Stelle, wo sie 1945 eine Kiste mit Dokumenten versteckten. Doch da war ihm jemand zuvorgekommen, das geheime Lager war leer.

Die Funkstelle der Abwehr in Hamburg-Wohldorf.

Borchardt-Luger Pistole 08.

Dienstag, 4. Januar 1955, Bremen, Kirchbachstraße, Werkstatt Fritze Schmidt

Roberts kleine Clique bestand aus Georg Wilke, der als Handelsvertreter für Werkzeuge und Schleifmittel weit herum kam, und dem Bauingenieur Friedrich Schmidt. Fritze besaß eine Werkstatt bei einem Kohlenhändler in der Kirchbachstraße an der Bahnlinie. Im Hauptraum hatte er einen kleinen Schießstand mit einem Sand-Kugelfang untergebracht. Er musterte Roberts Parabellum-Pistole.

„Wie bist du an diese schöne 08 gekommen?“, fragte Fritze.

„Das war meines Vaters Pistole im I. Weltkrieg. 1939, als mich die Wehrmacht einzog, schenkte er sie mir. Ich trug sie im Krieg“, antwortete Robert.

Fritze entnahm das Magazin, schob den Lauf zurück, sah, dass keine Patrone im Lager war, drehte den Schlosshalterknopf, nahm die Abzugsdeckplatte ab und zog den Lauf mit dem Kniegelenkverschluss heraus. Er musterte die Teile und hielt die Klinge seines Taschenmessers so in das Licht, dass das Innere des Laufs erleuchtet war.

„Die sieht gut aus. Sehr schönes Teil.“

Robert staunte über Fritzes Wissen und die Fingerfertigkeit im Zerlegen der Waffe.

„Wo hast du das gelernt?“

„Ich habe so eine Zimmer-Flak in meiner Sammlung. Deine ist in einem astreinen Zustand. Schieß‘ einmal auf die Scheibe. Wir müssen auf einen Zug warten. Wenn der kommt, ist der so laut, dass Passanten den Schuss nicht bemerken.“

Behände baute er die Teile zusammen, setzte das geladene Magazin ein und lud durch. Er drückte Robert die gespannte Parabellum in die Hand und zündete sich eine Zigarette an.

„Du weißt, dass die 08 nicht immer zuverlässig funktioniert. Der Kniegelenkverschluss ist so eine Sache. Ich weiß nicht, was du ... Da kommt ein Zug. Schieß auf die Scheibe, wenn ich dir ein Zeichen gebe!“

Beide steckten sich schnell leere Patronenhülsen in die Ohren, weil ein Schuss in einem Raum die Ohren malträtiert. Ein Pfeifton im Kopf wäre die Folge. Dann gab Fritze das Handzeichen und Robert betätigte den Abzug. Die fünf Schüsse gingen ins Zentrum der kleinen Scheibe.

Walther PP, Kaliber 7.65

Fritze staunte über Roberts Treffer.

„Widerlicher Streber!"

Robert lachte: „Schießen verlernt man nicht."

„Ich weiß nicht, was du planst. Eine Walther PP ist nicht so ein Bollermann wie deine 08. Sie wiegt weniger, ist kleiner und zuverlässiger. Schieß mal mit der 7,65er-PP", sagte Fritze und gab ihm die Waffe.

Sie warteten erneut einen Zug ab, was nicht lange dauerte. Auf der Hauptstrecke vom Bremer Hauptbahnhof in die Richtungen Hannover oder Osnabrück fuhren viele Güter- und Personenzüge.

Robert schoss und traf nicht so gut wie mit der 08. Die 08 lag besser in der Hand. Die Waffe sollte seiner Verteidigung dienen, wenn es hart auf hart kam. Die PP war unauffälliger zu tragen. Das war ihm wichtig, weil nicht jeder sofort die dicke Beule der 08 in seiner Jacke bemerken sollte. Fritze gab ihm die Waffe und passende Munition mit.

Mittwoch, 5. Januar 1955, Celle, Wohnung Horst Ludwig

Genauck fuhr nach Celle, zog feine Lederhandschuhe an und klingelte an der Wohnungstür von Horst Ludwig. Der öffnete und ließ den Gast eintreten, dessen Gesicht Biederkeit und Brutalität vereinte.

„Ich komme von ihrem Auftraggeber. Sind wir allein?"

„Ja, ja. Was wollen sie?", fragte Ludwig.

Gebieterisch forderte Genauck ihn mit einer Handbewegung auf, Platz zu nehmen. Für ihn war es wichtig, herauszufinden, ob der Schreiberling die Identität von Sinnhoff kannte. Und das ging nach seiner Auffassung nur mit Druck.

„Nun pass mal auf, du Schießbudenfigur. Wir erledigen das ganz schnell. Du antwortest auf meine Fragen klar und deutlich. Verstanden? Wen hast du in deinen Auftrag eingeweiht?", fragte Genauck.

„Niemanden." Genauck schlug blitzartig zu.

„Erzähl mir keine Märchen! Deine Schreiber wissen Bescheid."

„Natürlich, ohne die geht es doch nicht. Aber sonst sagte ich es keinem." Ludwig blutete aus der Nase.

„Siehst du. Immer schön bei der Wahrheit bleiben. Verstanden? Was hast du mit dem Geld gemacht?"

„Ich kaufte mir einen neuen Wagen."

„Und was noch?"

„Nichts." Genauck schlug mit der anderen Hand ins Gesicht. Ludwig zuckte zusammen, das Blut aus der

Augenbraue rann das Gesicht herunter und er zitterte vor Angst. Der Kerl meinte es ernst.

„Und die Weiber im Puff? War wohl nicht umsonst? Und als fette Sau zahlst du doppelt.“ Genauck grinste über seinen eigenen Witz und merkte, dass er mit seinem Verdacht richtig lag.

„Ja, ja. Aber das war nicht viel Geld.“

„Gut mein Lieber, ich bin kein Unmensch. Wen kennst du von unserer Organisation? Gruber oder Müller?“, fragte Genauck voller Stolz auf seine Fangfrage.

„Ich kenne beide nicht!“

Jetzt schlug Genauck mit der Faust zu. Blut rann aus der anderen Braue.

„Gruber oder Müller! Sag die Wahrheit!“, flüsterte er Ludwig zu.

„Gruber!“, brachte der Journalist heraus.

Genauck wusste nicht weiter. Gruber war seine Erfindung und unter dem Namen Müller hatte sich Sinnhoff bei Ludwig vorgestellt.

„Nein, nein,“ schrie Ludwig. „Es war Müller!“

„Woher kennst du seinen Namen?“

„So stellte der sich vor“, antwortete Ludwig.

So kam Genauck nicht weiter. Wütend schlug er zu. Ludwig schrie. Genauck stopfte ihm die Ecke der kleinen Tischdecke in den Mund.

„Bist du ihm nachgefahren?“

Mit angstvollen Augen schüttelte Ludwig den Kopf, riss sich die Decke aus dem Mund und holte japsend Luft.

Genauck dachte angestrengt nach. Wenn er Ludwig am Leben ließ, würde der später der Polizei eine genaue Beschreibung von ihm liefern.

„Bist du ihm nachgefahren?“

„Nein“, würgte der Geschundene heraus.

„Lüg mich nicht an! Verstanden?“, schrie Genauck und schlug mit der Faust zu.

„Nein, es ist wahr!“

Genauck erdrosselte Ludwig. Eine Paketschnur erwies sich dabei als außerordentlich hilfreich.

Freitag, 7. Januar 1955,
Bremen, Riensberger Friedhof,
Bestattung Luise Jacobi

Die Bestattung von Luise fand auf dem Riensberger Friedhof statt. In der kleinen Kapelle saßen Verwandte, Freunde und Bekannte. Robert führte Luises Mutter zur Bank in der ersten Reihe. Ein Pastor der Kirche Unser-Lieben-Frauen hielt eine ergreifende Rede. Die Trauergäste kamen mit zum Grab. Eine kleine Kapelle mit einer Sängerin spielte „In einem kühlen Grunde“, Luises Lieblingslied von den Comedian Harmonists. Am Grab ließen die Träger den Sarg herunter, Robert und die Trauergäste streuten mit einer kleinen Schaufel Sand in das Grab.

Die Trauerfeier fand in der Gaststätte von Willi Heldt statt, die 200 Meter vom Friedhofseingang entfernt war. Bei Kaffee und Butterkuchen unterhielten sich die Anwesenden, wobei sich Robert trotz seiner Traurigkeit freute, seine Verwandten wiederzusehen. Das brachte seine Tante, die ihn immer noch „Frummel“ nannte, auf den Punkt: „Man sieht sich zu selten und dann nur zu traurigen Anlässen!“

Verwundert schaute Robert auf Heinz Thomaß, den er nicht erwartet hatte: „Lieber Robert, mein herzliches Beileid. Ich kannte Luise durch deine Erzählungen. Daher weiß ich, wie schlimm ihr Tod dich trifft. Falls du Hilfe benötigst, melde dich einfach bei mir.“

„Danke, Heinz. Ich wollte mit dir sowieso sprechen. Komm morgen zu mir.“

„Ja, gerne. Eine Neuigkeit interessiert dich bestimmt! Ich weiß, wer der Journalist ist, der als Chef hinter den Schreibern steht! Der wohnt in Celle. Da sollten wir gleich morgen früh hinfahren.“

Die Kapelle auf dem Riensberger Friedhof.

Café Heldt in der Friedhofstraße.

Samstag, 8. Januar 1955, Celle, Wohnung Horst Ludwig

Die beiden fuhren mit Roberts 38-PS-Mercedes über die leicht verschneiten Straßen. Für die 110-km-Strecke über Achim und Winsen/Aller nach Celle brauchten sie wegen des Wetters fast 2½ Stunden. Sie parkten den Wagen abseits und gingen die rund 500 Meter zu Ludwigs Wohnung. Er wohnte im dritten Geschoss in einem Haus einer Bauhaus-Siedlung. Sie klingelten und, da keiner aufmachte, verschafften sie sich Zugang mit einem Dietrich. Die Wohnung stank fürchterlich.

„Leichengeruch!“, sagte Robert. Der Gestank erinnerte sie an den Krieg. Heinz entdeckte den übel zugerichteten Toten im Wohnzimmer.

„Lass uns abhauen!“, meinte er. Robert untersuchte

schnell den Schreibtisch und raffte Ordner mit Briefen, Artikelentwürfen, Rechnungen und Kontoauszügen zusammen. Unerkannt verließen sie das Mietshaus. In heller Aufregung fuhren sie nach Bremen zurück.

Sonntag, 9. Januar 1955, Bremen, Riensberger Straße, Wohnung Klenk

Schorse und Heinz kamen zu Robert in die Wohnung.

„Prima, dass ihr da seid. Ich stell euch vor. Georg Wilke, alle nennen ihn Schorse, ist mein bester Freund und selbstständiger Handelsvertreter. Er kommt viel in Deutschland herum. Heinz Thomaß ist der Presse-Chef und Werbeleiter von Borgward und

Horst Ludwigs Wohnung in Celle, Wohnblock Sankt-Georg-Garten.

half, die gegen Borgward gerichtete Pressekampagne aufzudecken.

Wir sind zusammengekommen, um zu besprechen, wo wir stehen und was zu tun ist“, sprach Robert und erzählte, was er und Heinz gestern in Celle erlebt hatten.

„Wir hoffen, dass wir keine Spuren hinterließen, die zu uns führen. Das gibt sonst Scherereien mit der Polizei. Deshalb haben wir den Fall nicht gemeldet. Die Hauptfragen sind: Wer brachte Ludwig um? Vermutlich die Gegenseite. Weshalb?“, fügte Heinz hinzu.

„Der hat seine Auftraggeber beschissen!“, warf Schorse ein.

„Fest steht, dass die Auftraggeber knallharte Typen sind. Die bezahlten ein gutes Honorar. Ich sah gestern die bei Ludwig sichergestellten Ordner durch. Er bekam regelmäßig 800 D-Mark pro Monat, die auf sein Konto überwiesen wurden und zusätzlich Honorare von den Zeitungen. Meine Bank rief heute Morgen bei der Bank in Hannover an, die die Überweisung an Ludwig tätigte. Die nannte mir als Kontoinhaber eine Firma, ebenfalls in Hannover, die es laut der Telefonauskunft nicht mehr gibt. Name und Adresse sind falsch. Rechnungen für die 800 D-Mark schrieb Ludwig nicht“, stellte Robert fest.

„Vermutlich ist Ludwig hinter die Identität seiner Auftraggeber gekommen. Und die wissen eventuell, dass Borgward Robert als Detektiv eingestellt hat. Sie befürchteten, dass wir dieser Spur folgen, Ludwig entdecken und ihn ausquetschen würden. Damit er nicht plaudert und die Hintermänner verrät, drehten die ihm den Hals um“, erklärte Heinz.

„Das klingt logisch. Dann kennt er die Hintermänner. Ich fasse einmal den Stand der Dinge zusammen.

Ein unbekanntes Unternehmen, eventuell Chrysler, will Borgward kaputtmachen, um das Unternehmen billig zu kaufen. Das Kaputtmachen geschieht über die Presseschiene.

Ich fand bei Ludwig Durchschläge von Listen, die sämtliche Zeitungen aufführen, die negative Berichte über Borgward brachten. Die Originale der Listen fehlen. Vermutlich schickte Ludwig die Originale postlagernd an seinen Auftraggeber. Bei diesem Dienst der Post gibst du irgendeinen Namen an, meinetwegen Heini Meyer. Kommen Briefe mit dem Namen Heini Meyer und der Adresse des Postamtes bei dem Amt an, werden die gesammelt. Meyer holt die Schreiben später am Schalter ab. Da der Name falsch ist, bleibt der Auftraggeber anonym.

Durch die Banküberweisung und durch die postlagernden Sendungen lernte Ludwig die Hintermänner nicht kennen. Wahrscheinlich sah er einen von ihnen, als man ihn anheuerte und die Aufgabe erklärte. Und das war sein Verhängnis. Die gehen auf Nummer sicher und schrecken vor Mord nicht zurück“, sagte Robert.

„Wahnsinn! Was sind das für Menschen?“, fragte Schorse.

„Ludwig führt in seinen Listen mehr Zeitungen auf,

als wir entdeckten. Da sind eine Menge Käseblätter drunter, die negative Artikel brachten. Es fanden sich ansonsten keine Hinweise auf seine Auftraggeber. Keine Briefe, keine Rechnungen, nichts!", versicherte Robert.

„Bei Borgward beauftragten wir aus Kostengründen nur einen Ausschnittdienst, der die Motorpresse, die Illustrierten und die größeren regionalen Tages- sowie Wochenzeitungen berücksichtigt", warf Heinz ein.

„Wie dem auch sei. Konkret stellen sich zwei Fragen.

Erstens: Ist der Gegner mit seinen Aktionen im Anfangsstadium, mitten drin oder kurz vor dem Abschluss?

Zweitens: Welche Aktionen hat der Gegner durchgeführt, die keiner entdeckte, und welche wird er noch durchführen?", fragte Robert.

„Wir vermuten, dass Borgwards Finanzdirektor Otto Carstens mit dem gegnerischen Unternehmen zusammenarbeitet. Dann nimmt er Kontakt auf. Wenn Schorse ihn beobachtet und verfolgt, identifizieren wir die Kontaktpersonen", schlug Heinz vor.

„Das erledige ich", antwortete Schorse. „Ich brauche von Robert eine Kamera."

„Bekommst du. Ich spreche mit Frau Elfenbein, der Sekretärin von Carl Borgward, und frage sie, ob es irgendwelche Übernahmeangebote gab. Vielleicht kommen wir auf der Schiene weiter.

Hat jemand von euch eine Idee, welche Schandtaten der Gegner plant?"

„Die bestechen Techniker, damit die Defekte in die

Autos konstruieren. Die schüchtern Führungskräfte ein. Die bringen Gasflaschen zum Explodieren. Die legen Feuer. Die ...", sprudelte es aus Schorse heraus.

„Stopp, so schnell schreibe ich nicht", rief Robert. „Ich notiere alle Ideen und hinterher gehen wir sie durch. Wir beurteilen sie nach den Kriterien, ob sie zum Ziel der Unternehmensübernahme führen und ob sie überhaupt zu verwirklichen wären."

Robert schrieb und sortierte die Möglichkeiten in die zwei Gruppen Rufschädigungen und Störungen.

„Heinz, du hältst weiterhin die Rufschädigung über die Presse im Auge, die aufgrund des Mordes an Ludwig geringer werden müssten. Es sei denn, dass der Gegner einen Ersatz für Ludwig findet. Aber das merken wir", sagte Robert.

Die zweite Gruppe bestand aus Möglichkeiten der Produktions- und Betriebsstörung. Sie reichte von der Sabotage im Betrieb bis zur Abwerbung oder Zersetzung von Führungskräften.

„Was ist Zersetzung?", fragte Schorse.

„Du zerstörst das Ansehen und den Ruf einer Person, sodass sie für die Firma nicht mehr tragbar ist", antwortete Robert.

„Und wie soll das gehen?"

„Du unterstellst der Person zum Beispiel Bestechung, legst ein paar getürkte Beweise vor und zack, ist der Kerl draußen. Oder du erzeugst Misstrauen gegen ihn, streust kompromittierende Fotos von irgendwelchen Begegnungen oder setzt Gerüchte über ihn in die Welt. Irgendwann verliert er seinen Wert in der Rangfolge,

Zeiss Ikon Contax IIIa.

keiner hört mehr auf ihn“, ergänzte Robert.

„Ist das so mit meinem Vorgänger, dem Borgward-Presse-Chef Hilker, gelaufen? Der ist angeblich wegen krummer Dinger rausgeflogen“, fragte Heinz aufhorchend.

„Gut möglich, da kümmere ich mich drum, genauso wie um alle anderen Möglichkeiten der Störung. Schorse übernimmt die Beobachtung von Carstens, Heinz die der Presse“, sagte Robert und gab Schorse die Kamera.

„Sei bloß vorsichtig! Das ist eine Zeiss Ikon Contax IIIa, die war teuer genug“, warnte Robert und Schorse fragte:

„Was kostet die?“

„800 Mark die Kamera mit Standard-Objektiv und das Tele etwas über 600.“

„Mann, das sind vier Monatsgehälter eines kleinen Angestellten! Wie schaffst du das?“

„Ich habe vor dem Krieg eine Contax II gehabt, die mir ein Engländer bei der Gefangennahme geklaut hat. War schon eine super Kamera. Und weil ich manchmal Fotos an die Zeitungen verkaufe, brauche ich einen sehr guten Fotoapparat. Photo Günter, wo ich die Kamera kaufte, gab mir auch noch einen ordentlichen Presserabatt“, sagte Robert und erklärte Schorse, wie das Teleobjektiv montiert wird, die Filme eingelegt werden und der Belichtungsmesser funktioniert.

„Und wenn du aus dem Auto fotografierst, Fenster öffnen und die Kamera mit dem Tele auf dem Fensterrahmen abstützen, damit nichts verwackelt. Motor aus!“, sagte Robert.

„Denkst du, ich bin doof?“, gab Schorse zurück.

„Tja, was soll ich darauf antworten? Ein Film ist drin. Den und einen Weiteren knipst du heute durch, damit du die Kamera beherrschst, wenn du Carstens verfolgst. Später bringst du alle Filme zu meinem Vater in die Drogerie und sagst ihm, welche du bei nicht ausreichendem Licht fotografiertest. Kennzeichne die Filmpatronen mit einem X auf dem Etikett. Uwe, Vaters Fotolaborant, soll alle entwickeln und die Negative auf 13 × 18-Papier vergrößern.

Ich hol‘ dich morgen um 16 Uhr von zu Hause ab. Wir fahren zum Hauptausgang des Borgward-Werks und warten bei dem Straßenbahndepot, bis Carstens Feierabend macht und mit seiner Isabella losfährt. So weißt du genau, wie er aussieht und welches Auto er fährt.“

10

Montag, 10. Januar 1955, Anruf von Robert bei Schorse

„Tach Schorse! Hier ist Robert. Ich muss unser Treffen heute Abend absagen. Mir erzählte Heinz Thomaß, dass Carstens knapp zwei Wochen Winterurlaub nahm. Er ist erst am Montag, 24. Januar wieder im Betrieb."

„Soll ich ihn im Urlaub beobachten?"

„Kannst du dir 14 Tage freinehmen?"

„Eigentlich nicht. Bringt uns das weiter?"

„Ja. Doch das wird mir zu teuer, für dich Hotel, Sprit und deine Zeit zu bezahlen."

„Wenn du dir eine Kamera für vier Monatsgehälter leistest, dann finanziere einem armen Handelsvertreter ruhig seinen Luxus-Skiurlaub."

„Nee, nee! Erst wenn Carstens wieder da ist, beobachtest du ihn weiter. Dafür erhältst du von mir Honorar für deine aufgewendete Zeit. Ich weiß nicht, ob ich die Kosten jemals von Borgward ersetzt bekomme."

„Seit wann bist du denn so ein Jammerlappen? Ich beobachte Carstens ab dem 24. abends. Du holst mich ab und zeigst ihn mir", sagte Schorse und verabschiedete sich.

Donnerstag, 13. Januar 1955, Hannover, Schopenhauerstr. 7, WDI

„Paul, das geht nicht zügig genug voran. Rennwagen-Sabotage und Presse sind in Ordnung. Verdammt noch mal, von den anderen Maßnahmen läuft nichts. Halt dich ran und sieh zu, wie du das schnellstens hinkriegst. Ich legte zwar 1955 für das Erreichen des Ziels fest, wenn du so weiter machst, sind wir nicht mal 1957 so weit. Das haut nicht hin. Gib mehr Gas!", forderte Herribert von Endt.

„Ich warb einen Journalisten an, der die Arbeit von Ludwig fortführt. Es ist einer aus Göttingen."

„Keine Details!", unterbrach von Endt ihn.

„Genauck soll sich jetzt die Betriebsräte vornehmen und die dahin bringen, dass Streiks oder Ähnliches organisiert werden."

„Wie viel kostet uns die Aktion?," fragte von Endt.

„Über den Daumen sind das drei Werke, drei Betriebsräte, wobei weitere Personen aus dem Werk bestochen werden. So rund 3000 D-Mark, mit einer Reserve von 500 D-Mark."

Sonntag, 16. Januar 1955, Bremen, Bürgerpark

Klenk rief Carl Borgwards Sekretärin Rita Elfenbein nach Feierabend in ihrer Wohnung an. Elfenbein war erstaunt über den Anruf, weil Klenk nicht mehr für die

Die Ruine des Parkhauses wurde 1955 zum Parkhotel ausgebaut.

Firma arbeitete. Sie trafen sich am Bürgerparkeingang am Stern an der Ecke Parkallee Wachmannstraße und gingen spazieren zum ehemaligen Parkhaus.

„Ich arbeite nicht mehr im Auftrag ihres Unternehmens. Aber die Situation ist schlimmer als die Geschäftsleitung im Werk vermutet. Irgendjemand schadet der Borgward-Gruppe, um sie billig zu kaufen. Daher kam es zu der schlechten Presse. Und das scheint nicht alles zu sein. Es gab Anschläge, die wir als solche nicht erfassten“, erklärte Klenk.

„Weshalb engagieren sie sich, Herr Klenk, obwohl ihnen das niemand mehr bezahlt?“

„Ich sehe, wie ein Bremer Unternehmen und mein alter Arbeitgeber in den Ruin getrieben werden und ich will wissen, ob meine Verlobte tatsächlich umgebracht wurde und wer das war.“

„Was erwarten sie von mir, Herr Klenk?"

„Gab es seit Anfang 1954 Abwerbungen oder Kündigungen von Führungskräften?"

„Wilhelm Black und Christian Hilker sind weg. Black überwarf sich mit Dr. Borgward und bei Hilker tauchten Unregelmäßigkeiten auf", sprach Elfenbein.

„Halten sie es für möglich, dass Black die Meinungsverschiedenheiten bewusst verursachte, um schnell abzuspringen?"

„Nein, weshalb sollte er das tun. Der sah einfach nach den Reibereien keine Chancen mehr bei uns und orientierte sich anders. Jetzt ist er bei BMW."

„Was war das bei Hilker?", fragte Klenk.

„Der war bestechlich. Er erhielt eine Bareinzahlung von 3000 D-Mark auf seinem Konto, für die er Borgward eine falsche Erklärung gab."

„Frau Elfenbein, es ist durchaus möglich, dass das Geld Herrn Hilker untergeschoben wurde. Die Gegenseite arbeitet mit allen Mitteln und kann auch hier ihre Finger drin haben. Gab es Übernahmeangebote oder Anfragen von anderen Firmen?", fragte Klenk weiter.

„Ja, von Chrysler erhielten wir eine Anfrage. Herr Borgward lehnte ab, brach aber die Gespräche nicht ab, sondern hält einen lockeren Kontakt weiterhin aufrecht."

„Und da gab es nichts weiter? Keine Amerikaner oder Engländer, die Borgward kaufen wollen?"

„Doch, zur Internationalen Autoausstellung in Frankfurt 1953 fragte Hanomag an. Der Boss kam nicht mit dem Verhandlungspartner von Hanomag klar, außerdem verkauft er nicht."

„Frau Elfenbein, nennen sie mir bitte den Namen des Mannes von Hanomag?"

„Da schaue ich nach und rufe sie an."

„Vielen Dank. Und sie sind sich sicher, dass kein weiterer Ami nachfragte?"

„Absolut sicher. So etwas läuft immer über meinen Schreibtisch, egal ob die Anfrage per Telefon, Post oder Telex kommt. Außer den Chrysler- und Hanomag-Anfragen gab es keine weiteren."

„Wer gibt mir Auskunft, ob es Anschläge auf Produktionseinrichtungen und Sabotage im Werk oder an Rennwagen gab?"

„Schadens- und Unfälle melden wir dem Gewerbeaufsichtsamt. Die ergründen mit unseren Mitarbeitern

Im Musterbau entstanden die Prototypen, hier der Typ 058 von 1955.

zusammen die Ursachen. Da gibt es bei uns Akten. Zu den Rennwagen müssen sie mit dem Leiter der Versuchsabteilung Ingenieur Büchner oder mit dem Rennleiter Hans Hugo Hartmann sprechen. Halt, besser sie sprechen mit dem Ingenieur Fritz Hattesohl, der war bis vor Kurzem in der Versuchsabteilung beschäftigt und leitet jetzt den Musterbau."

„Was ist der Musterbau?"

„Die Abteilung baut die Prototypen der Fahrzeuge. Ich rufe Herrn Hattesohl an, dass sie sich bei ihm privat melden."

„Frau Elfenbein, vielen, vielen Dank! Sie helfen mir sehr. Wenn es Neuigkeiten gibt, rufe ich sie an."

V.l.: Carl F. W. Borgward, Dipl.-Ingenieur Erich Übelacker (Leitung Konstruktionsbüro Sonderentwicklung) und Ingenieur Fritz Hattesohl (Leitung Musterbau) stehen am Prototyp 059.

Aus der zweiten Einfahrt am Haupteingang (rechts im Foto) musste Direktor Carstens kommen.

**Montag, 24. Januar 1955,
Bremen, Sebaldsbrücker Heerstraße**

Um 16 Uhr war Robert bei Schorse eingetroffen. Mit ihren zwei Autos fuhren sie zum Haupteingang des Borgward-Werks. Dort parkten sie gegenüber vor dem Straßenbahn-Depot. Um 18.10 Uhr fuhr Carstens mit seiner Isabella aus dem Werk heraus.

„Häng dich an ihn ran und melde dich bei mir im Büro!", sagte Robert zu Schorse, stieg aus und fuhr mit seinem Mercedes zu seinem Büro. Im Februar stand der Umzug in sein neues Büro in der Wachtstraße an. Er beschriftete Kartons mit „Behalten", „Erst am 31.12.1955 wegwerfen", „Verschenken" und „Sofort wegwerfen". In den Schränken und Schubladen entdeckte er unnützen Kram, der sich in den letzten Jahren angesammelt hatte. Benötigte er die alten Heeresdienstvorschriften und die Bücher aus der Schulzeit? Ab in den Karton „Sofort wegwerfen". Von der Karl-May-Sammlung, die komischerweise in seinem Büro stand, trennte er sich nicht. Bei manchen Dingen, wie bei seinem Rechenschieber aus dem Studium, fiel ihm die Entscheidung schwer. Diese Artikel deponierte er vorsichtshalber in der Kiste „Erst am 31.12.1955 wegwerfen". Falls er die Sachen bis zum Jahresende nicht benötigte, würde er sie guten Gewissens zum Müll geben. Robert wunderte sich.

Der aus den 20er-Jahren stammende Wohnblock Hamburger Straße.

Rund ein Drittel seiner Sachen wanderte in die Kisten „Wegwerfen“ oder „Verschenken“.

Gegen 21.15 Uhr kam Schorse.

„Carstens ließ eine Frau an der Ecke Vahrerstraße einsteigen und ist mit ihr zur Hamburger Straße gefahren, Hausnummer 230. Das ist der lange Wohnblock zwischen Stader- und Weimarer Straße. Wenn du von der Innenstadt kommst auf der linken Seite. Er ging mit ihr um 18.25 Uhr in den Block und verließ ihn um 19.30 Uhr. Carstens fuhr zu seinem Haus, Kirchhuchtinger Heerstraße 19. Ich wartete bis Viertel vor neun. Es tat sich nichts.

Ich schrieb die Namen auf dem Klingelschild vom Wohnblock ab. Kommt dir einer bekannt vor?“

Robert nahm die Liste und überflog die 14 Namen.

„Da, Brennecke. Das ist seine Sekretärin. Die brachte er nach Haus.“

„Robert, sei nicht so einfältig. Nach Hause bringen heißt bis zur Tür. Eine Stunde Aufenthalt lässt andere Schlüsse zu“, sagte Schorse.

„Ist egal. Beobachte ihn weiter. Stell dich einfach jeden Abend vor das Werk und verfolge ihn.

Eine andere Sache. Ich werde in ein paar Tagen umziehen und habe viele Sachen aussortiert. Brauchst du davon etwas?“, fragte Robert und zeigte auf die Kartons.

„Das willst du alles loswerden?“ Schorse glaubte es kaum und packte sich Büromaterial, alte Kataloge und Bücher zur Seite.

„Das ist ein ganzer Haufen geworden. Gibst du mir den leeren Karton ‚Verschenken‘?“, fragte Schorse.

Robert gab ihm die Pappkiste und war glücklich, den ersten Posten so schnell losgeworden zu sein.

„Gehen wir zu Leichen-Elli?", fragte er.

Schorse nickte und freute sich.

Sonntag, 30. Januar 1955, Bremen-Hastedt, Föhrenstraße, Gaststätte

Genauck fühlte sich nicht wohl in der Kneipe, in der die Goliath-Betriebsräte verkehrten. „Zuviel linkes Pack", dachte er. Sinnhoff hatte ihm eine Liste gegeben mit den Namen der Mitglieder des Betriebsrats. Sie waren SPD- oder ehemalige KPD-Mitglieder und gehörten der Gewerkschaft an. Er kam mit ihnen ins Gespräch und stellte schnell fest, wer die Räte waren, auf die gehört wurde. An die machte er sich heran und fand bald einen passenden ehemaligen KPD-Angehörigen für seine Absichten. Genauck hatte die von Sinnhoff aufgeschriebenen Sätze auswendig gelernt:

„Goliath beteiligt sich mit dem Geländewagen an der Wiederaufrüstung und dem Aufbau einer Wehrmacht. Unsere Genossen in Berlin werden deshalb einen zweiten Weg im Kampf der Proletarier in den westdeutschen Betrieben gehen. Wir unterstützen fähige Männer, die als Einzelkämpfer unsere gemeinsame Sache voranbringen. Du, Genosse, wurdest ausgewählt und erhältst eine finanzielle Unterstützung von 500 D-Mark dafür, dass du die Goliath-Produktion durch einen Streik oder eine andere Maßnahme lähmst. Verstanden?"

Genauck zog Geldscheine aus seiner Tasche. „Bei jeder erfolgreichen Aktion bekommst du jeweils 500 D-Mark und dein tapferer Einsatz für den Sieg des Sozialismus wird von den Genossen wohlwollend registriert. Diese 500 D-Mark erhältst du im Voraus, weil unsere Führung in dich großes Vertrauen setzt."

Der Betriebsrat fühlte sich geehrt. Genauck erklärte ihm die Möglichkeiten und schloss seine Instruktionen mit den Worten:

„Die Hoffnung unserer Genossen ruht auf dir. Enttäusche uns nicht, zumal das Folgen für dich hätte. Denke an unsere gemeinsamen Ziele! Verstanden?"

„Ja, vielen Dank. Wie erreich' ich dich?"

„Mich kannst du nicht erreichen. Ich finde dich, wenn ich das für richtig halte. Außerdem vergiss dieses Treffen und vergiss mich. Wir haben uns nie gesehen. Verstanden?", sagte Genauck und war Stolz auf seine Ausdrucksweise.

Bei Goliath und bei Borgward gelang die Rekrutierung, bei Lloyd fand Genauck keinen geeigneten Betriebsrat. Die Lloyd-Aktion hakte er ab, sollte sich Sinnhoff den Kopf zermartern, wie man dort vorgeht.

Mittwoch, 2. Februar 1955,
Bremen, Borgward-Werk, Sitzungssaal

Anwesend:
Carl F. W. Borgward, die Kaufmännischen Direktoren Otto Carstens (Borgward GmbH), Albert Doeding (Goliath GmbH), Willy Tegtmeier (Lloyd GmbH) und die Technischen Direktoren Wilhelm Gieschen (Borgward), August Momberger (Goliath), Hans Krämer (Lloyd), Wilhelm Schindelhauer (Leitung Borgward Verkauf).
Carstens eröffnete die Sitzung:

„Meine Herren, scit einiger Zeit ging das Gerücht um, dass sich Hanomag-Rheinstahl an Tempo beteiligen wollte. Es ist so weit. Hanomag gab offiziell bekannt, dass ihnen der Tempo-Eigentümer, Oskar

Tempo Hanseat, Konkurrent des Goliath GD 750, ab 1955 Goli.

Vidal, 50 % der Vidal & Sohn KG und 50 % an Tempo verkaufte. Herr Schindelhauer, sagen sie uns etwas mehr dazu."

„Tja, meine Herren. Tempo fertigt, wie sie alle wissen, in Hamburg-Harburg seit 1930 Lieferwagen mit drei und vier Rädern. Der Typ Hanseat, ein

Goliath Express an der Tankstelle Kurfürstenallee/Kirchbachstraße.

Dreirad-Fahrzeug mit einer Nutzlast von 790 kg, ist der größte Konkurrent unseres Goliath GD 750. Ebenso konkurriert der vierrädrige Tempo Matador, 34-PS-Viertakt-Motor, mit dem Goliath Express, 2-Takt-Motor, 29 PS. Das dritte Tempo-Fahrzeug ist der Wiking, der dem Lloyd Transporter LT 500 das Leben schwerer macht. Tempo rundet das Verkaufsprogramm der Hanomag-Lastkraftwagen nach unten ab. Hanomag gehört mit seinen Lastwagen L 28, Nutzlasten zwischen 1,5 und 2 Tonnen, neben Opel mit dem Typ Blitz zu den starken Gegnern unserer B 1500- und B 2000-Lkws.

Hanomags Ziel war die Erweiterung des Verkaufsprogramms nach unten und die Übernahme der Tempo-Händler. Das Netz der Verkaufs- und Reparaturstellen ist auf 850 Stützpunkte gewachsen.

Der Hanomag L28 machte dem Borgward B 1500 Konkurrenz.

Die Verstärkung der Händlerschaft führt bei uns zu Umsatzverlusten, weil bei jedem Kaufinteressenten ein Hanomag-Händler vor der Tür ist."

„Vielen Dank, Herr Schindelhauer. Herr Tegtmeier bitte".

„Hinter Hanomag stehen die Ruhrbarone mit ihren Bergwerken und Stahlfabriken. Die schwimmen im Geld und kaufen sich Ingenieurwissen, Produktionsstätten und Produkte dazu, um ein rundes Verkaufsprogramm zu präsentieren. Die Lücken wollen die Hannoveraner füllen. Der Anfang ist der Tempo-Kauf. Es fehlen ihnen die schweren Lkw. Für die schweren Lkw schnappen die sich vermutlich Büssing, Henschel oder Krupp.

Hanomag besitzt aus der Vorkriegszeit einen guten Ruf im Pkw-Bereich. Der Unternehmer, der

Borgward B 1500 der Ronning Kaffeerösterei in der Neustadt.

Lloyd-Chef Willy Tegtmeier.

Hanomag-Lkw in seinem Transport-Betrieb einsetzt, und der Lkw-Fahrer, der einen Hanomag nutzt, würden sich auch für einen Hanomag-Pkw interessieren. Deshalb wird Hanomag-Rheinstahl nicht mit Tempo aufhören, sondern in Richtung Pkw weitermachen. Es ist eine Frage der Zeit, wann ein Kaufangebot für Dr. Borgwards Fabriken auf den Tisch flattert“, fasste Willy Tegtmeier die Situation zusammen.

„Ich kann sie beruhigen. Die Hanomag klopfte vor zwei Jahren an und bekundete ihr Interesse. Ich lehnte ab. Was hätte ich davon? Nur Geld! Damit kann ich nichts anfangen. Ich will Autos bauen und dafür benötige ich eine Fabrik und eine gute Mannschaft“, versicherte Carl F. W. Borgward seinen Direktoren.

„Sehr verehrter Herr Dr. Borgward, ich möchte hier das Thema ‚Kapazitäten‘ ansprechen, weil es indirekt mit Hanomag in Verbindung steht. Unsere

Verkaufsabteilung verfolgt ständig die Entwicklung des Marktes. So bleibt es nicht aus, dass wir über den Tellerrand schauen und die Zahlen des Borgward-Werks vergleichen. Mir liegt es fern, in irgendeiner Form meinen geschätzten Direktionskollegen ungebetene Ratschläge zu erteilen. So etwas steht mir nicht zu.

Unsere Fertigungskapazität bei Lloyd reicht bald nicht mehr aus, obwohl wir erst letztes Jahr die große Fertigungshalle 4 in Betrieb nahmen. Die Lloyd-Verkaufsabteilung informierte mich, dass der Hansa 2400 sich nicht so gut verkauft wie erhofft. Könnte Borgward nicht den Hansa 2400 hinten anstellen oder den Lkw-Bau auslagern? Ich hörte, dass in Osterholz-Scharmbeck ein Werksgelände frei wird. So schrauben wir die Fertigungszahlen für die Borgward-Lkw hoch,

Verwaltungsgebäude der Lloyd Motoren Werke in der Neustadt.

was zu geringeren Stückkosten führt und uns einen Vorteil gegenüber Hanomag-Lastwagen verschafft. Zusätzlich könnte das Goliath-Werk in Hastedt die Lloyd-Motorenproduktion übernehmen. Wir bekämen mehr Platz für die Endmontage und bauen unsere Kapazität von maximal 250 Fahrzeugen pro Tag weiter aus", erklärte Tegtmeier.

Dr. Borgward antwortete: „Herr Tegtmeier, sie kennen meinen Grundsatz, dass die drei Werke nicht zusammen arbeiten sollen. Ich fördere damit den inneren Konkurrenzkampf. Jeder von ihnen will sein Werk nach vorne bringen und besser dastehen als die beiden anderen Betriebe. Das Streben führt zu einem Wettbewerb unter ihnen. Damit wäre das Thema vom Tisch.

Zu der Angelegenheit Tempo/Hanomag unternehmen wir vorläufig nichts."

Freitag, 4. Februar 1955, Bremen, Bürgerpark

Klenk und Elfenbein spazierten zum Schwanenteich im Bürgerpark.

„Liebe Frau Elfenbein, fanden sie etwas heraus über irgendwelche Übernahmeangebote?"

„Nein, außer Hanomag war da nichts. Ich habe den Vorgang herausgesucht. Der für Hanomag anfragende Mitarbeiter war der Vorstandsassistent Herribert von Endt. Der Herr passte Dr. Borgward nicht. Ich musste

Carl F. W. Borgwards Sekretärin Rita Elfenbein.

Leiter des Musterbaus Ingenieur Fritz Hattesohl.

einen Beschwerdebrief an Hanomag schreiben, dass solche Anfragen nicht erwünscht und zwecklos sind. Meine Ausdrucksweise war freundlich, doch Herr von Endt war mit Sicherheit nicht glücklich über das Schreiben. Es war eine unangenehme Angelegenheit.

Rufen sie bei Herrn Krumsiek an, der war im Krieg Leiter unserer Versuchsabteilung und ist heute in Hannover bei Hanomag in führender Position. Der erzählt ihnen mehr über von Endt. Ich habe ihnen die Fernsprech-Nummer aufgeschrieben. Bevor sie mit ihm sprechen, rufen sie mich bitte an. Ich avisiere sie bei Herrn Krumsiek."

„Ja, gerne. Ich kann aber erst übernächste Woche mit Krumsiek telefonieren. Vorher bin ich mit dem Umzug meines Büros in die Wachtstraße beschäftigt", sagte Klenk und drückte Elfenbein eine neue Visitenkarte in die Hand. „Erreichten sie etwas bei Herrn Hattesohl?“, fragte Klenk.

„Ja. Da sie nicht ins Werk kommen, bot er an, sie in ihrem Büro zu treffen. Machen sie einen Termin mit ihm aus“, sagte Elfenbein und gab ihm eine kleine Karteikarte mit Krumsieks und Hattesohls privaten Telefonnummern.

Mittwoch, 9. Februar 1955, Bremen, Donandtstraße, Büro Robert Klenk

„Guten Tag, Herr Hattesohl, kommen sie herein“, begrüßte Robert den Leiter des Borgward-Prototypenbaus. Robert bot Kaffee, einen Weinbrand und Kekse an.

„Herr Hattesohl, ich weiß nicht, inwieweit Frau Elfenbein sie eingeweiht hat. Ich erkläre ihnen die Sache, die streng geheim ist. Herr Borgward beauftragte mich, seinen Verdacht aufzuklären, dass irgendjemand oder irgendeine Organisation seinen bzw. den Ruf der Borgward-Gruppe schädigt. Ich stellte fest, dass erstens die Zeitungsartikel über Borgward, Goliath und Lloyd erheblich schlechter geworden sind gegenüber 1953 und dass zweitens ein anderer Automobilhersteller die Borgward-Gruppe schlucken will. Wer das ist, wissen wir nicht. Er versucht, Borgward in Misskredit zu bringen, um den Wert der Unternehmen zu senken. So kann er sie günstig erwerben. Nun reicht dafür nicht die erwähnte Rufschädigung in der Presse aus. Die Gegner überlegen sich mehr. Ich tippe auf Sabotage an den Rennfahrzeugen. Fallen die während eines Rennens aus, so ist das extrem blamabel für Borgward. Ist es ihnen möglich, diese Fälle zu untersuchen?“

„Ist Herr Borgward darüber informiert?“, fragte Hattesohl.

„Nein, noch nicht. Erst wenn sich meine Vermutung bestätigt.“

„Dann wird das schwer, Herr Klenk. Ich werde beim Leiter der Versuchsabteilung, Ingenieur Büchner, die Fahrzeuge loseisen, sie zerlegen und untersuchen. Dazu benötige ich vermutlich das Werkstofflabor und die Werkstoffstelle. Ohne Genehmigung von oben ist da wenig zu machen.“

Vorletzte Ruhestätte für nicht mehr benötigte Rennfahrzeuge war der Schrottplatz der Versuchsabteilung im südlichen Teil des Werks.

Blick in den Musterbau 1954.

„Die würden sie sofort bekommen, wenn ein Beweis der Sabotage vorliegt. Da es außer einem Verdacht auf Sabotage aber nichts gibt, kommen sie nicht an die Genehmigung heran."

„Ich leite den Musterbau. Vielleicht ist es möglich, die infrage kommenden RS-Wracks zu untersuchen. Dazu benötige ich keine Genehmigung und es würde nicht weiter auffallen. Die Wracks stehen auf dem Schrottplatz im Südteil des Werks. Doch auf welcher Kostenstelle soll ich das verrechnen?", fragte Hattesohl.

„Kostenstelle Lehrlinge!", antwortete Klenk verschmitzt.

11

Dienstag, 15. Februar 1955, Bremen, Wachtstraße 27/29, Büro Klenk

Robert passte es nicht, dass der Umzug in sein neues Büro anstand. Aber er hatte den Auszug aus der Donandtstraße seinem Cousin versprochen, der den frei werdenden Raum benötigte.

Klenks neues Büro lag 100 Meter vom Bremer Marktplatz entfernt. In dem Neubau befanden sich im Erdgeschoss das Übersee-Hotel, eine Gaststätte, die Buchhandlung von Serene Claussen, eine Drogerie und ein Kaffee-Geschäft. In der ersten Etage lagen die Gästezimmer des Übersee-Hotels. In den anderen Stockwerken besaßen viele Selbstständige ihre Büros. Es gab einen Anwalt, den Waffenhändler Cessinger, eine Fahrschule, einen Zahnarzt und den Steuerberater Jungmann, von dem Klenk einen Büroraum mietete.

Beim Umzug halfen Fritze und Schorse. Mit Fritzes Autoanhänger erledigten sie den Transport der wenigen Kartons und der Büromöbel.

Die schweren Kartons und die sperrigen Möbel trugen sie die Treppen hoch, weil eine Mitnahme im Paternoster verboten und der kleine Fahrstuhl noch nicht im Betrieb war.

Schorse brachte eine Kiste Hemelinger aus seinem Wagen herauf.

„Hier kommt die wohlverdiente Erfrischung!"

„Ach, Schorse, das ist nett von dir. Ich denke an so viele Dinge nicht mehr", seufzte Robert. Schorse und Fritze schauten sich an; so kannten sie ihren Freund nicht. Er dachte logisch und plante alles im Detail durch. Doch durch Luises Tod hatte er sich verändert. Die Traurigkeit war nicht überwunden, sein Lachen war verschwunden. Er konzentrierte sich auf den Fall „Borgward" und auf seine Rache für Luises Tod.

„Bist du bei der Beobachtung von Carstens weitergekommen?", fragte Robert.

„Nein. Es ist immer das Gleiche. Gegen 18 Uhr verlässt er das Werk, bringt seine Sekretärin zu ihrer Wohnung, kommt nach rund 1 Stunde wieder heraus und fährt nach Hause, wo er mit seinem Sohn dirk wohnt, der bei Lloyd Leiter der Versuchsabteilung ist", antwortete Schorse.

„Woher weißt du das?"

„Ich stand mit dem Wagen morgens gegenüber Carstens Haus, um zu gucken, ob der ins Werk fährt, oder ob er vorher mit jemanden Kontakt aufnimmt. Der fährt immer sofort nach Sebaldsbrück ins Werk. Eines Morgens fuhr ich einem jungen Mann nach, der auch aus dem Haus kam. Der fuhr zu Lloyd. Dort erzählte mir der Portier, dass das Ingenieur Dirk Carstens ist, der die Versuchsabteilung leitet."

„Interessant. Was ist mit der Brennecke? Hält die den Kontakt zum Gegner? Beobachte die mal nach Feierabend und am Wochenende. Vielleicht kommt dabei etwas heraus", meinte Robert.

„Kann ich mir nicht vorstellen."

„Schorse, mecker nicht. Mach es einfach!"

Mittwoch, 16. Februar 1955,
Bremen, Wachtstraße 27/29, Büro Klenk

Kurzes Klingelzeichen im Hörer, dann meldete sich am anderen Ende der Leitung Ingenieur Krumsiek bei Hanomag in Hannover.

„Guten Tag, Herr Krumsiek! Hier ist Robert Klenk am Apparat. Ich hoffe, dass Frau Elfenbein mich bei ihnen anmeldete."

„Ja, Herr Klenk, das tat sie. Sie sagte mir, dass sie etwas über Herrn von Endt erfahren wollen."

„Herr Borgward möchte sich wegen seines Alters aus dem Geschäft zurückziehen und denkt an einen Verkauf seines Unternehmens. Er sprach vor zwei

Hanomag-Mitarbeiter Hans Erich Krumsiek.

Jahren mit einem Herrn von Endt."

„Ja, ja. Den kenne ich. Ihn erreichen sie bei uns nicht, er ist im Frühsommer 1953 ausgeschieden."

„Wo ist er hin?"

„Soweit ich das weiß, beteiligte sich Herr von Endt direkt und über Aktien an Firmen. Das scheint ihn völlig auszufüllen."

„Wie erreiche ich Herrn von Endt?", fragte Klenk.

„Der wohnt in Hannover. Ich frage nach der Adresse und rufe sie heute an."

„Vielen Dank für ihre Hilfe. Und bitte, sprechen sie nicht über Herrn Borgwards Ansinnen. Auf Wiederhören, Herr Krumsiek."

Am Nachmittag teilte Krumsiek die Wohnadresse mit.

Dienstag, 22. Februar,
Bremen, Wachtstr. 27/29, Büro Klenk

Schorse saß im Thonet-Freischwinger in Roberts neuem Büro.

„Der Fotolaborant deines Vaters entwickelte die Filme heute Morgen und zog die Fotos ab. Sie zeigen Carstens und Fräulein Brennecke, wie sie gemeinsam aus dem Haus in der Hamburger Straße kommen. Sie sind essen gegangen."

Robert sah sich das dunkle Foto an. Das Licht der Straßenlampen war gerade eben ausreichend, um die beiden auf dem Bild zu erkennen.

VW Export-Käfer.

„Wie konntest du in der Dunkelheit überhaupt fotografieren?"

„Ich nahm nicht das Teleobjektiv, sondern das 50-Millimeter-Sonnar mit der Lichtstärke von 1,5. Und der Fotolaborant deines Vaters vergrößerte mir die Gesichter."

„Prima. Und was gibt es Neues?"

„Bei Dirk Carstens entdeckte ich nichts. Der geht bei Lloyd seinem Beruf nach und traf sich öfter in der Innenstadt mit Freunden. Spannend wurde es bei der Brennecke. Die fährt einen VW. Den muss man sich als Sekretärin erst einmal leisten. Es ist ein Export-Käfer mit geteilter Heckscheibe in Perlgrau, Baujahr zwischen 1949 und 1953."

„Woher willst du das wissen?"

„Ich wollte mir einen Käfer kaufen. Und da las

ich alles über den Wagen in Autozeitschriften und Prospekten. Daher kenne ich die Unterschiede der Fahrzeuge bei den Baujahren."

„Schorse, du überraschst mich! Und wo ist die Brennecke mit dem Wagen hingefahren?"

„Ich folgte ihr bis nach Nienburg. Dort traf sie sich mit einem Mann im Ratskeller.

Nach rund einer Stunde verließen die beiden das Lokal und ich verfolgte den Mann. Er fährt einen Opel Olympia, der mit dem Haifischmaul. Das Kennzeichen beginnt mit den Buchstaben BN, Britisch-Niedersachsen. Es folgt die 391, das ist Hannover. Wie mir die Polizei sagte."

„Wieso Polizei?"

„Ich folgte dem Wagen zu einer Wohnung in Hannover, in der vermutlich der Fahrer wohnt. Er

Nachtaufnahme: Eingang zum Ratskeller in Nienburg.

scheint verheiratet zu sein, weil in der Wohnung Licht brannte, bevor er hineinging. Drei Namen stehen auf dem Klingelschild. Die notierte ich. In der Wohnung im 1. Stock ging das Licht in einem Zimmer an, kurz nachdem der Mann das Haus betrat. Es müsste der mittlere Name vom Klingelschild sein. Das war Sinnhoff. Dann bin ich zur Polizei und fragte, wie der Besitzer des Wagens mit dem BN-Kennzeichen heißt, weil ich den Wagen beim Parken leicht angefahren habe. Diesen Edelmut fanden die Polizisten lobenswert und gaben mir heute per Telefon die Adresse durch. Der Wagen gehört zu einer Firma, die sich ‚Wirtschaftsberatung der deutschen Industrie GmbH' nennt. Das klingt so, als wenn das eine heiße Spur ist", sagte Schorse und legte ein Foto aus dem Nienburger Ratskeller auf den Tisch.

Kaum zu erkennen: Sinnhoffs Opel.

„Das sind Brennecke und Sinnhoff“, erklärte Schorse das Bild.

„Den Mann kenne ich nicht. Pass auf. Du fährst nächste Woche nach Hannover zum Amtsgericht und lässt dir den Handelsregisterauszug der Firma zeigen. Da steht drin, wer der Geschäftsführer und wer die Gesellschafter sind. Die schreibst du dir auf. Wahrscheinlich ist Sinnhoff Prokurist oder so etwas in der Beratungsfirma, wenn er einen Opel oder Ford als Dienstwagen fährt. Chefs fahren immer Mercedes.“

„Und an das Handelsregister komme ich so einfach ran?“

„Ja. Und wenn die Beamten dich fragen, weshalb du den Auszug sehen möchtest, antwortest du, dass dein Chef mit denen Geschäfte macht und wissen will, wer zeichnungsberechtigt ist. Eventuell kostet das eine kleine Gebühr.

Und anschließend legst du dich bis nächste Woche Sonnabend bei der Wirtschaftsberatung den ganzen Tag vor die Tür auf die Lauer und fotografierst jeden, der das Haus betritt oder verlässt. Miete dir dort ein Zimmer oder setz dich in eine Kneipe, von der du den Eingang siehst. Und wechsel den Wagen, dass nicht immer dein Auto mit dem Bremer Kennzeichen da steht. Oder leih‘ dir einen Hund und gehe mit dem dort oft Gassi. Bloß nicht auffallen!“

Freitag, 25. Februar 1955, Oldenburg, Wohnung Bauer

Die restliche Woche hatte sich Klenk mit seiner journalistischen Arbeit befasst. Nun besuchte er einen ehemaligen Abwehr-Kollegen, der während des Kriegs in Berlin-Tegel im Labor der Abwehrabteilung II „Sabotage und Zersetzung“ gearbeitet hatte.

„Sabotage von Industrieanlagen kann von speziell ausgebildeten Agenten vorgenommen werden, wie sie, Herr Klenk, aus ihrer Zeit bei der Abwehrstelle Hamburg wissen. In dem von ihnen geschilderten Fall greift ihr Gegner wohl eher auf unzufriedene Mitarbeiter in der Automobilfabrik zurück. Diese sogenannten Innentäter kennen sich im Werk aus und bewegen sich frei auf dem Gelände, ohne aufzufallen. Man bringt ihnen nur noch das Handwerk der Sabotage bei.

Es fängt klein an: Messwerkzeuge verlegen, kleinen Kurzschluss herbeiführen, Formulare falsch ausfüllen, Termine nicht einhalten, unfähige Leute als Projektleiter einsetzen, Arbeiten hinauszögern und dergleichen mehr. Das führt indirekt zu Schäden, spielt hier aber keine Rolle. Nach meiner Einschätzung geht es, wie sie sagen, um die Lähmung der Produktion. Im Prinzip lässt sich zwar alles sabotieren, aber wir konzentrieren uns auf die Hauptmittel.

Wichtig für einen Industriesaboteur ist die Auswahl des Werkzeugs. Dabei steht im Vordergrund, dass er sich nicht erwischen und überführen lässt.

Sein Werkzeug ist unauffällig: Taschenmesser, Streichhölzer, Schraubenschlüssel, Hammer, Schleifpapier. Etwas, was jeder in einer Autofabrik in der Tasche mitführen könnte.

Gleichzeitig muss der Saboteur seine Grenzen kennen. Ein Werksfeuerwehrmann als Ausführender soll nicht mit Sprengstoff hantieren, wenn er davon keine Ahnung hat. Der soll lieber irgendwo das Wasser abdrehen. Dann kommt bei einem Brand kein Löschwasser, und man muss erst den verschlossenen Hahn suchen. Bis der dann aufgedreht ist, ist der Schaden größer geworden."

„Wenn ich sie richtig verstehe, heißt das ‚Schuster, bleib bei deinen Leisten'. Der Feuerwehrmann arbeitet mit Feuer und Wasser, der Elektriker fabriziert Kurzschlüsse und verursacht Brände, der Schlosser legt Maschinen lahm", warf Klenk ein.

„Genauso ist das. Wobei Feuer eine gute Möglichkeit ist, die Produktion nachhaltig zu zerstören. Der Saboteur wählt Gebäude mit leicht brennbaren Materialien aus, wie zum Beispiel die Sitzefertigung, die Gasstellen für Sauerstoff und Azetylen, die Tankstelle, die Lackiererei oder die Holzverarbeitung. Eine Kerze reicht da aus. Eleganter ist es mit einer selbstgefertigten Zündschnur."

„Herr Bauer, da brauchen wir nicht ins Detail gehen. Wichtig sind mir die Angriffsziele. Meine Arbeit bestand im Krieg aus der Beratung der Bremer Rüstungsindustrie vor Sabotage, Werksspionage und Bombenangriffen. Wir forderten beispielsweise, dass man unentbehrliche Produktionsmaschinen mit Stacheldraht einzäunt. So kamen Täter nicht an die Maschine. All solche Dinge. Das waren Kriegszeiten. Da kam es den Saboteuren nicht darauf an, ihre Straftaten zu verheimlichen. ihnen kam es auf den Schaden an und darauf, dass sie nicht erwischt wurden.

Heute ist das anders. Niemand soll merken, dass überhaupt sabotiert wurde. Es sieht alles harmlos aus. Ideal wäre für den Gegner ein Brand, den ein defektes elektrisches Bauteil verursachte. Dass in Wirklichkeit Sabotage dahintersteckt, darf nicht aufklärbar sein. In diese Richtung müssen wir denken."

„Ja, Herr Klenk. Dann bleibt es dabei: Feuer, Explosion und Streik. Kurzschlüsse in der Betriebselektrik sind verhältnismäßig schnell zu reparieren, es sei denn, dass durch sie ein Brand ausgelöst wird. Der Werkschutz muss insbesondere nach Feierabend die feuergefährdeten Räumlichkeiten in Augenschein nehmen und nachts die Zahl seiner Wachgänge heraufsetzen. Im Prinzip ist es die gleiche Arbeit, die sie bei Borgward am Anfang des Krieges machten."

Drogerie Klenk, Bremen-Neustadt, Kornstraße.

Montag, 7. März 1955,
Bremen, Kornstraße, Drogerie Klenk

„Ich war bis Sonnabend in Hannover und fotografierte die Besucher der Beratungsfirma", sprach Schorse.

„Ging alles gut?"

„Ja, es lief prima. Auch beim Handelsregister. Der Sinnhoff ist Geschäftsführer der Wirtschaftsberatung. Der Sitz ist in Hannover in der Schopenhauerstraße 7. Feinste Gegend, wie bei uns die Marcusallee. WDI steht auf dem Firmenschild. Sinnhoff und seine Frau sind die Gesellschafter der GmbH. Ihn erkannte ich. Der kommt jeden Morgen pünktlich um 8 Uhr ins Büro und gegen 19 Uhr ist Feierabend. Manchmal bin ich ihm hinterhergefahren. Er berät in Hannover auch eine Fleischkonservenfabrik."

Der Fotolaborant Uwe hatte Schorses Kleinbild-Filme entwickelt. Gespannt schauten Robert und Schorse ihm in der Dunkelkammer über die Schulter, wie er die Negativstreifen in den Vergrößerer schob und das 18×24-cm-Fotopapier belichtete. Die Bögen tauchte er in eine Schale mit Entwicklerflüssigkeit. Im grünlichen Licht der schwachen Lampe erschienen langsam Personen auf dem Fotopapier. Nach dem Fixier- und dem Wasserbad kamen die Abzüge in die Hochglanz-Trockenpresse.

Mit dem Finger zeigte Schorse auf die Personen: „Das ist Sinnhoff! Das sind seine Angestellten, weil die jeden Morgen um 8 Uhr kamen und gegen 17.30 Uhr das Büro verließen. Besuch gab es außer von Handwerkern keinen, bis auf eine Ausnahme. Der hier kam in Hut, Mantel und Regenschirm in

Der Leitz-Vergrößerer in der Dunkelkammer.

einer Taxe. Mit dem Kfz-Kennzeichen bin ich zu dem Taxiunternehmer gekommen und habe ihm das Märchen erzählt, dass ich meine Brieftasche eventuell in dem Wagen verloren hätte. So erfuhr ich den Namen seines Fahrers. Und der wiederum sagte mir, dass dieser Herr in der Innenstadt eingestiegen war. Da bin ich nicht weitergekommen."

„Wie oft war er da?", fragte Robert.

„Zweimal. Ich konnte nicht von 8 bis 18 Uhr den Eingang überwachen. Stundenlang im Auto sitzen, das ist bei der Kälte unmöglich. Ich bin Essen gegangen, mal mit dem Hund meiner Mutter spazieren gewesen und so weiter. Es ist möglich, dass er öfter da gewesen ist."

„Dann lege dich bitte erneut auf die Lauer und verfolge den Typ, wenn er wieder kommt."

„Nee, Robert. Irgendwann ist Schluss. Es war die langweiligste Woche meines Lebens. Ich werde das nicht wiederholen. Ich muss mich auch um meine Handelsvertretung kümmern, sonst gehe ich Pleite und nicht Borgward. Das ist mir lieber als der umgedrehte Fall."

„Kann ich verstehen, Schorse. Doch einmal musst du noch nach Hannover fahren. Herr Krumsiek von Hanomag gab mir die Adresse von Herribert von Endt, dem Mann, der mit Carl Borgward 1953 im Namen von Hanomag verhandelte. Von dem benötige ich ein Foto. Ist das okay?"

„Ja, das ist schnell erledigt."

Dienstag, 8. März 1955, Hannover, Eingang Haus von Endt

Für 10 D-Mark machte der Taxifahrer seine Aufgabe gut. Er klingelte bei von Endt und eine Hausangestellte öffnete ihm die Tür.

„Das Taxi ist da!"

„Da weiß ich nichts von", stellte sie fest. In dem Moment kam der Hausherr an die Haustür.

„Was gibt es?", fragte von Endt.

„Ihr Taxi ist da", antwortete der Fahrer und trat zur Seite. Nun schoss Schorse Wilke, der auf der gegenüberliegenden Straßenseite parkte, ein Foto mit dem Teleobjektiv von Herribert von Endt.

„Ich habe keine Taxe bestellt!", bellte von Endt.

„Hier ist doch die Hausnummer 17."

„Hier ist 19, sie Transuse! Guten Tag!", sprach von Endt und schloss die Tür.

Der Taxichauffeur drehte sich um, grinste zu Wilke herüber, setzte sich in seine Droschke und fuhr davon.

Zurück in Bremen steuerte Schorse Roberts Büro an.

„Von Endt ist der Besucher von Sinnhoff, der mit dem Taxi vorgefahren ist! Jetzt schließt sich der Kreis!"

Donnerstag, 10. März 1955,
Bremen, Wachtstraße 27/29, Büro Klenk

Hattesohl war zu Klenk gekommen und erklärte: „Ich bekam von Büchner zwei Motoren, die während des Rennens kaputtgegangen sind. Wir untersuchten die im Motorenversuch zwar schon einmal, dachten aber nie an Sabotage. Der eine Motor wies Schleifspuren durch Korundpulver auf. Wir nahmen an, dass das Pulver beim Zusammenbau des Motors durch Abschleifen irgendwelcher Grate entstand und vergessen wurde herauszuspülen. Es kann genauso gut in den fertigen Motor durch die Öleinfüllöffnung hineingeschüttet worden sein."

„Was richtet das Korundpulver an?", fragte Klenk.

„Es schmirgelt zwischen Kolben und Zylinderwand.

Borgward Rennmotor, 1498 cm³ Hubraum, 110 PS, ...

Es setzt sich in die hydrodynamischen Lager der Kurbelwelle und schädigt die Ventilführungen. Leistungsverlust ist die Folge. Im schlimmsten Fall blockiert beim Rennen der Motor. Das führt zum Blockieren der Hinterachse und der Wagen gerät sofort ins Schleudern, wenn der Fahrer nicht schnell genug die Kupplung tritt.

Bei dem anderen Motor stellten wir anhand von Ölresten fest, dass das Öl mit Zusatzstoffen vermischt war. Caltex, der Ölhersteller aus Hannover, untersucht zur Zeit die Reste. Wir wissen aber schon, dass die Stoffe die Schmiereigenschaften einschränken und dass diese Stoffe im Werk nicht verwendet werden. Das lässt den Schluss zu, dass jemand sie absichtlich dem Motorenöl zuführte. Ich würde gerne alle Motoren und Fahrwerke untersuchen, um

... Einsatz bis 8/1954.

festzustellen, ob Sabotage im Spiel war. Bei dieser Größenordnung benötige ich die Erlaubnis von Dr. Borgward", sagte Hattesohl.

„Herr Hattesohl, ich spreche vorher mit Herrn Borgward. Der Chef sitzt mir sowieso im Nacken. Wir müssen den Saboteur schnellstens entdecken."

„Und was geschieht mit dem?", fragte Hattesohl.

„Der Polizei übergeben wir ihn nicht, weil sonst die Gegenseite gewarnt ist. Wir stellen erst ihn einmal kalt", antwortete Klenk und fragte:

„Für wann sind die nächsten Rennen geplant?"

„In dieser Saison starten wir überhaupt nicht, weil der 1954 eingesetzte Isabella-Motor mit Einspritzung leistungsmäßig am Ende ist. Herr Brandt, der Motorenkonstrukteur, entwickelt ein völlig neues reinrassiges Rennsport-Triebwerk. Und das kommt erst in der Saison 1956 zum Einsatz."

„Gut, dann kann der Saboteur auf dem Gebiet nichts unternehmen.

Erkennen sie auf diesen Fotos die Personen?", fragte Klenk und zeigte Hattesohl die Bilder.

„Ja, das eine ist Fräulein Brennecke, die Sekretärin von Herrn Carstens."

„Andere Personen kennen sie nicht?"

„Nein, leider", antwortete Hattesohl.

12

Samstag, 12. März 1955,
Bremen, Bürgerpark

Elfenbein und Klenk spazierten durch den Bürgerpark und kamen wieder an der Baustelle des im Krieg beschädigten „Parkhauses“ vorbei, das noch nicht eröffnet hatte.

„Erkennen sie auf diesem Foto die Personen?“, fragte Klenk.

Elfenbein betrachte das Bild und tippte auf Carstens Sekretärin Hildegard Brennecke.

Klenk gab ihr eine weitere Aufnahme und erklärte: „Da ist Herribert von Endt von der Firma

Baustelle des Parkhotels im Bürgerpark am Hollersee.

Hanomag-Rheinstahl.“

„Den kenne ich nicht. Ich führte nur die Korrespondenz mit ihm beziehungsweise mit Hanomag.“

„Ich gebe ihnen diesen Umschlag mit, da sind mehr Fotos drin. Zeigen sie die Bilder Herrn Borgward? Vielleicht erkennt er jemanden. Und besteht die Möglichkeit, mir Werkspläne zu besorgen? Einen Gesamtplan und die Grundrisse der Gebäude. Herr Hattesohl stellte Sabotage an Rennwagen fest. Jetzt erarbeite ich ein Konzept, wie die Werksanlagen und die Werkzeugmaschinen besser geschützt werden, damit niemand die Produktion sabotiert. Mit Anschlägen auf die Rennwagen wird sich die Gegenseite nicht mehr aufhalten.“

„Können sie so ein Konzept erstellen, Herr Klenk?“

„Ja, das kann ich. Ich arbeitete im Krieg für ihr Werk Sicherheitspläne aus. Bei der Wehrmacht erhielt ich eine entsprechende Ausbildung. Herr Hattesohl und hoffentlich auch Direktor Gieschen helfen. Beide kennen das Werk wie ihre Westentasche. Ich brauche die entsprechenden Zeichnungen für Goliath und Lloyd. Und nennen sie mir bitte je einen zuverlässigen Mitarbeiter, die die Werksanlagen in Hastedt und der Neustadt kennen.“

„Herr Klenk, ich werde nichts hinter Dr. Borgwards Rücken unternehmen. Ich spreche mit ihm und versuche, sie wieder in Amt und Würden zu bringen. Dann wäre das offiziell und problemlos zu erledigen.“

„Frau Elfenbein, im Werk gibt es mindestens

drei Leute, die zur Gegenseite gehören. Fräulein Brennecke, der Saboteur und Direktor Carstens."

„Nun machen sie mal einen Punkt, Herr Klenk. Direktor Carstens ist ein absolut loyaler Mitarbeiter. Er tut viel für die Firma."

„Carstens erhielt von Hilker eine Pressemappe mit allen Artikeln der Motorpresse von 1952 bis 1954. Er sagte zu mir, dass es wenig schlechte Artikel gegeben habe. Zum Beweis überließ er mir die Mappe. Seine Aussage stimmte; kaum ein schlechter Artikel vorhanden. Später zeigte ich Hilker den Ordner und der stellte fest, dass fast alle negativen Artikel fehlten. Was will Carstens damit erreichen?", fragte Klenk.

„Es könnte Hilker gewesen sein, der sie anlog. Auf Herrn Carstens lasse ich nichts kommen."

„Nehmen wir einmal an, Carstens wäre in Ordnung. Dann bleiben der Saboteur und Brennecke, die ihrem Auftraggeber meine Wiedereinstellung melden. Besser wäre es, wenn meine Mitarbeit geheim bleibt. Der Kontakt erfolgt über sie, Direktor Gieschen und Herrn Hattesohl. Ich spreche mit Dr. Borgward in meinem Büro oder an einem Ort, wo wir ungestört sind", forderte Klenk.

„Das lässt sich machen. Geben sie mir bitte den Umschlag mit den Fotos für Dr. Borgward."

**Montag, 14. März 1955,
Bremen, Wachtstr. 27/29, Büro Klenk**

„Tach Robert. Schönen Gruß von Frau Elfenbein. Sie schickt dir diese Pläne vom Borgward-, Goliath- und Lloyd-Werk. Du wüsstest damit etwas anzufangen. Mit Herrn Borgward sprach sie nicht. Das erledigt sie morgen", begrüßte ihn Heinz Thomaß.

„Heinz, komm rein."

„Ich will gleich weiter. Ich geh nachher ins Theater und muss noch essen und mich umziehen. Hier, dieser Zettel ist für dich."

Robert nahm die kleine Notiz an sich, auf der stand:

Lloyd Fernsprecher 54 211, Direktor Dipl.-Ingenieur Hans Krämer, App. 400
Goliath Fernsprecher 47 261, Dipl.-Ingenieur Joachim Keibel, Leiter Versuchsabteilung, App. 228.
Viel Erfolg! El.

**Dienstag, 15. März 1955,
Bremen, Borgward-Werk,
Büro Carl F. W. Borgward**

„Herr Borgward, mich sprach Herr Klenk an, der recherchierte weiter, obwohl Herr Carstens ihn entließ. ‚Wir sind in Gefahr', versicherte mir Klenk. Das Unglück begann mit der schlechten Presse und hört mit Sabotage an den Rennwagen nicht auf", erklärte Rita Elfenbein.

„Habe ich doch recht gehabt. Die Sterne lügen nicht", sagte Carl F. W. Borgward, der sich regelmäßig sein Horoskop stellen ließ.

„Herr Klenk arbeitet an einem Sicherheitskonzept für die Werke Sebaldsbrück, Hastedt und Neustadt, das Anschläge auf die Produktion erschweren soll. Das Sebaldsbrücker Konzept will er mit Direktor Gieschen und Herrn Hattesohl erarbeiten. Kann er da weitermachen?", fragte Elfenbein.

„Hat er mit beiden gesprochen?"

„Herr Hattesohl weiß Bescheid, Herr Gieschen nicht. Hattesohl meint, das, was Klenk sagt, hätte Hand und Fuß."

„Rufen sie Gieschen und Hattesohl an, die sollen heute um 12 Uhr zu mir kommen. Sind die Fotos in ihrer Hand für mich?", sagte Carl F. W. Borgward.

„Die gab mir Herr Klenk und er fragt, ob sie da jemanden drauf erkennen?"

Borgward setzte die Brille auf und schaute sich die Bilder an.

„Klar, das ist dieser Heini von Hanomag, mit dem ich bei der IAA vor zwei Jahren sprach und der uns dann laufend Briefe schrieb. Und das ist Fräulein Brennecke. Haben die beiden etwas mit der Sache zu tun?"

„Ich glaube schon. Herr Klenk kann das beweisen und bittet uns, der Brennecke gegenüber nichts zu erwähnen, weil das eine Warnung an die Hintermänner nach sich ziehen könnte. Klenk schlägt vor, den Kreis der Eingeweihten auf sie, die Herren Gieschen und Hattesohl sowie auf mich vorerst zu beschränken“, erklärte Elfenbein.

„Der Klenk soll zu mir kommen.“

„Das will er nicht, weil er weiß, dass ein Spion hier im Werk sofort die Wiedereinstellung an seinen Auftraggeber meldet. Er schlägt einen ungestörten Ort vor.“

„Dann sagen sie ihm, wir treffen uns Montag morgen um 7 Uhr bei mir zu Hause in Horn“, sagte Borgward.

Pünktlich um 12 Uhr trafen Elfenbein, Gieschen und Hattesohl zur anberaumten Sitzung ein. Elfenbein setzte sie ins Bild und der Chef forderte eine sofortige Zusammenarbeit mit Klenk.

Donnerstag, 17. März 1955, Bremen, Wachtstr. 27/29, Büro Klenk

Gieschen, Hattesohl und Klenk saßen in Klenks neuem Büro.

„Herr Borgward hält viel von ihnen, Herr Klenk. Können sie mir etwas über ihren Lebensweg erzählen? Woher stammt ihr Wissen?“, fragte Gieschen.

„Geboren bin ich 1914 hier in Bremen. Studierte Mitte der 30er-Jahre an der Handelshochschule in Berlin. In in den Semesterferien arbeitete ich bei Borgward in Hastedt. Nach meinem Abschluss als Diplom-Kaufmann habe ich bei ihnen in der

Werksverwaltung angefangen. Kurz darauf zog mich die Wehrmacht ein und sie steckten mich zum Amt Ausland/Abwehr. Dort erhielt ich eine Fachausbildung und man versetzte mich zur Abwehrnebenstelle Bremen. Wir betreuten die Rüstungsbetriebe Theodor Klatte, Deschimag Weser, Focke-Wulf und Borgward. Wir berieten sie im Schutz vor Sabotage und Werkspionage", sagte Klenk.

„Ich war im Krieg Werkleiter von Focke-Wulf in Cottbus. Auch bei uns kamen Abwehrleute vorbei", warf Gieschen ein.

„Ihr Werk besaß einen Abwehrbeauftragten, einen höheren Angestellten, der die Verbindung zu uns hielt. Nach dem Aufenthalt in Bremen versetzte man mich

Der Bendlerblock in Berlin (Tirpitzufer, heute Reichpietschufer) war Dienststelle des Amtes Ausland/Abwehr.

Admiral Wilhelm Canaris (1887-1945), Chef des Amtes Ausland/Abwehr.

in die Abwehrstelle Hamburg. Ich wertete ausländische Zeitungen aus. 1945 nahmen mich die Engländer gefangen. Danach kehrte ich zurück nach Bremen und arbeite als Wirtschaftsjournalist für verschiedene Redaktionen."

„Die Abwehr beriet die Betriebe. Wieso werteten sie ausländische Zeitungen aus?", fragte Hattesohl.

„Das gehörte zu unseren Aufgaben. Wir erhielten die Feind-Zeitungen über neutrale Staaten. Ich las sie jeden Tag durch und schnitt Artikel aus, die sich mit dem Militär, der Politik, der Industrie oder dem Transportwesen beschäftigten. Die Ausschnitte beurteilte ich zusammen mit anderen Analytikern, die aus den gesamten Informationen der Agenten, der Presse usw. ein Bild entwarfen, was zum Beispiel die wirtschaftliche Lage des Feindstaates zeigte. Dieses Bild war für die militärische Planung wichtig.

Offiziell hieß das Amt: Auslandsnachrichten/Abwehr und wurde kurz ‚die Abwehr' genannt. Es war dem

Oberkommando der Wehrmacht unterstellt und befand sich am Tirpitzufer in Berlin und in Zossen bei Berlin. Nebenstellen gab es in jeder größeren Stadt. Das Amt war der militärische Geheimdienst, geleitet von Admiral Canaris", ergänzte Klenk.

„Ich dachte, die SS hätte das alles gemacht."

„Nein, das war aufgeteilt. Die Abwehr konzentrierte sich auf die Auslandsspionage, die Sabotage und die Spionageabwehr. Dazu kam die Amtsgruppe Ausland, die sich mehr mit militärpolitischen Dingen beschäftigte und den Kontakt zum Auswärtigen Amt hielt. Bei der SS gab es im Reichssicherheitshauptamt den Sicherheitsdienst Inland, ein Überwachungsinstrument, die Gestapo für die Gegnerausforschung und -bekämpfung, die Spionage-Abwehr Inland und das SS-Amt VI für die Auslandsspionage. Im Dritten Reich arbeiteten mehrere Organisationen an den gleichen Dingen. Das SS-Amt VI kam uns häufig in die Quere. Die SS-Leute strebten nach Macht. Je mehr, desto besser. 1944, als die Gestapo unseren Chef Admiral Canaris verhaftete, schluckte die SS die Abwehr. Canaris gehörte dem Widerstand gegen Hitler an. Über Nacht wurden wir faktisch SS-Angehörige, was wir nicht wollten. Andererseits wirkte sich das nicht weiter aus. Wir blieben Wehrmachtsangehörige und trugen weiterhin unsere Wehrmachtsuniformen. Im Arbeitsalltag änderte sich wenig."

„Waren sie ein Geheimagent?", wollte Hattesohl wissen.

„Nein. Dafür gab es Spezialausbildungen, die ich nie mitgemacht habe. Ich kann von Glück sagen, dass ich hinter dem Schreibtisch saß. Als Spion wäre ich vermutlich nicht mehr am Leben."

„Ich habe letztes Jahr den Film ‚Canaris' gesehen, mit O. E. Hasse in der Hauptrolle. Das war interessant.

Doch lassen sie uns zu unserer Aufgabe kommen", sagte Gieschen und breitete große Zeichnungen auf dem Tisch aus. „Hier sind die Grundstücks- und Hallenpläne des Sebaldsbrücker Werks."

„Der Saboteur wird sich Anlagen im Werk heraussuchen, deren Beschädigung einen möglichst langen Ausfall der Produktion nach sich zieht. Wenn wir diese Orte bestimmt haben, müssen wir feststellen, ob sie für den Saboteur gefahrlos erreichbar und zerstörbar sind. Das ergibt die Liste der gefährdeten Bereiche. Die klopfen wir ab auf Zerstörungsmöglichkeiten insbesondere auf Sprengung und Feuer", erklärte Klenk.

Sie untersuchten die Pläne Zentimeter für Zentimeter. Die Verwaltung und alle Sozialräume klammerten sie sofort aus. Die Werkseisenbahn ebenfalls, weil bei Ausfall die Transporte durch Lastwagen erledigt werden. Als Problemzonen stellten sich die Lackiererei, einzelne Werkzeugmaschinen im Getriebe-, Achsen- und Motorenbau sowie die Energiezentrale, die Härterei und die Galvanik heraus. Die Standorte kennzeichneten sie in den Plänen und entwarfen ein Sicherheitskonzept:

CARL F.W. BORGWARD G.M.B.H. BREMEN

AUTOMOBIL- UND MOTOREN-WERKE

Betreff: Sicherheitsvorschriften
für alle Werke der Borgward-Gruppe

1. In den Betriebsgebäuden dürfen keine Anhäufungen mehr von Müll vorhanden sein.

2. Insbesondere gebrauchte Putzlappen werden zum Feierabend hin von der Abteilung Materialverwaltung gesammelt und zentral feuersicher verwahrt.

3. In Zusammenarbeit mit der Werksfeuerwehr sind zusätzlich deutlich gekennzeichnete Alarmschalter anzubringen.

4. Die Azetylenzufuhr zum Rohrsystem ist ab Feierabend bis zum Arbeitsbeginn am nächsten Werktag abzustellen. Der Wasserstand der Rückschlaggläser wird vor Arbeitsbeginn kontrolliert und ggf. aufgefüllt.

5. Fällt der Werksüberwachung Azetylengeruch außerhalb der Arbeitszeiten auf, ist sofort die Werksfeuerwehr zu verständigen.

6. An Sauerstoff- und Gasflaschen sind die Schläuche ab Feierabend bis zum Arbeitsbeginn am nächsten Werktag abzunehmen, die Verschlüsse müssen sichtbar sein.

7. Die Anzahl der Wandhydranten mit Schlauchhaspel, der Feuerlöscher und der Kübelspritzen ist in den gefährdeten Räumlichkeiten zu erhöhen und die Kennzeichnung der Geräte zu verbessern. Löschwasser-Absperrhähne sind mit roter Farbe zu kennzeichnen und zu plombieren. Tägliche Überprüfung der Absperrhähne.

8. An Plätzen, wo Metallbrand entstehen kann, steht entsprechendes Löschpulver zur Verfügung.

9. An Magnesium verarbeitenden Stellen (Rennabteilung, Motorenversuch) stehen Graugussspäne bzw. Pulver zur Brandbekämpfung zur Verfügung.

10. Die Werksfeuerwehr überprüft, ob die Anzahl der Sprinklerköpfe in den gefährdeten Bereichen bei schlimmstem Notfall ausreicht.

11. Die Werksfeuerwehr unterweist in 1-Tages-Lehrgängen die Werküberwachungsmitarbeiter und zu bestimmende Teile der Belegschaft in der Brandbekämpfung.

12. Die Werksüberwachung erhöht die Anzahl der Wachgänge.

13. Die Werksüberwachung ist mit einer überwachenden Person anwesend an allen gefährdeten Orte von 15 Minuten vor Arbeitsbeginn (Aufschließzeit) über die Mittagszeit bis 15 Minuten nach Arbeitsende (Abschließzeit).

14. Sofort nach dem Verschließen der Räume ist eine Begehung durchzuführen, ob durch Fehlverhalten Brände entstehen könnten.

15. An den in der Liste bezeichneten Werkzeugmaschinen sind alle Öffnungen, die zu den Getrieben und Ölhaushalten führen, zu verplomben. Ist eine Plombe verletzt, darf die Maschine erst wieder in Betrieb genommen werden, wenn sie von der Werksinstandsetzung untersucht wurde.

Die Maßnahmen sind schnellstens umzusetzen. Bei ungewöhnlichen Vorkommnissen, die die Sicherheit im Werk gefährden, ist sofort die Werksüberwachung (Apparat 2300) zu verständigen.

Feuer 2100 · Unfall 2200

18. März 1955

(Gieschen)

Verteiler:
- Werkschutz Monchen
- Werksinstandsetzung Koch
- Leiter der Hallen 0, 1, 2, 3, 4
- Galvanik, Härterei Finnern
- Energieversorgung Möller
- Schaltstationen Halle 1, 2, 3, 4, Härterei

Abschließend sagte Gieschen: „Ich werde die Maßnahmen im Betrieb veranlassen und erklären, dass wir aus den großen Bränden der letzten Jahre den Schluss zogen, mehr für die Feuersicherheit zu tun."

„Ich muss dieses Verfahren bei Goliath und Lloyd einführen. Könnten sie mir das abnehmen und darüber Frau Elfenbein informieren, Herr Gieschen?", fragte Klenk.

„Ich treffe mich morgen mit Momberger von Goliath und Krämer von Lloyd und erkläre ihnen unsere Maßnahmen. Ich gebe Frau Elfenbein Bescheid", antwortete Gieschen.

„Wie gefährdet sind die beiden Gießereien Gebrüder Klencke in Hemelingen und die

Hattesohl standen verschiedene Abteilungen mit ihren Prüfgeräten zur Verfügung. Hier ein Blick in die Wareneingangskontrolle.

Borgward-Leichtmetallwerke in Uphusen?", wollte Klenk wissen.

Gieschen antwortete: „Mit den Herren rede ich. Es kommt dem Gegner auf eine Rufschädigung an. Über Brände und Explosionen im Autowerk wird mehr berichtet als über das Gleiche in Gießereien. Unsere Autofabriken sind stärker gefährdet."

„Denken sie bitte daran, meine Herren, dass diese vorsorglichen Maßnahmen nicht als Schutz vor Sabotage, sondern als Antwort auf die letzten Brände verstanden werden, damit wir im Werk keine Unruhe verursachen und den Saboteur nicht warnen. Und bitte ziehen sie keine anderen Personen ins Vertrauen, außer Herrn Borgward und Frau Elfenbein. Wir wissen nicht, wer im Werk der Maulwurf ist", gestand Klenk.

Laborantin am Leitz-Mikroskop in der Werkstoffprüfung.

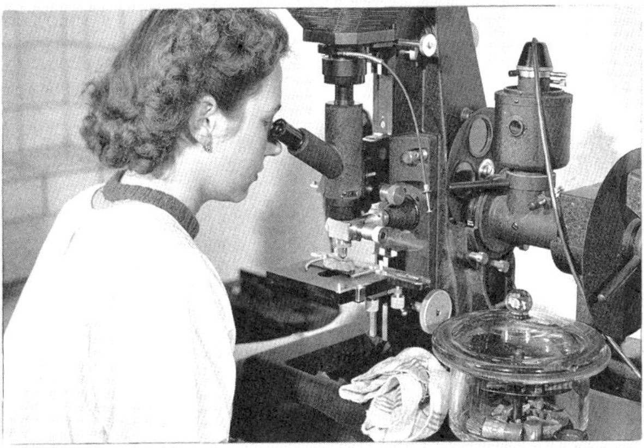

Freitag, 18. März 1955,
Bremen, Borgward-Werk, Versuchsabteilung

Fritz Hattesohl saß im Büro vom Leiter der Versuchsabteilung, Ingenieur Wilhelm Büchner, und erklärte ihm:

„Mir ließ das keine Ruhe mit den Rennsport-Motoren, die ich letztes Jahr im Motorenversuch untersuchte. Deshalb überprüfte ich zwei Aggregate erneut. Dabei stellte ich fest, dass fremde Substanzen im Öl waren und für den Abriss des Schmierfilms verantwortlich sind. Die Ölreste werden im Labor bei Caltex analysiert. Die Frage ist: Wie kam die Substanz in den Motor?“

Die dritte Abteilung war die Werkstoffstelle. Der Leiter Rüdiger Schaarschmidt demonstriert einer Besuchergruppe den Festigkeitsversuch zur Kerbschlagzähigkeit.

„Der Motor ist unter ihrer Leitung im Motorenversuch gebaut worden, oder? Und ist das eine Substanz, die man bei der Herstellung des Motors verwendet?“

„Der Motor entstand hier im Motorenversuch. Die Substanz, und das sagte mir die Werkstoffstelle, verwenden wir nicht. Sie wissen nicht genau, was das ist. Leinöl käme infrage. Wir warten den Befund von Caltex ab.“

„Herr Hattesohl, sie und ich legen beide Hände für unsere Mannschaft ins Feuer. Denen unterläuft nicht so ein Fehler!“

„Da haben sie völlig recht. Es wird Sabotage sein. Nicht von unserer Mannschaft. Von wem?“, fragte Hattesohl.

„Sabotage? Warum? Dafür käme höchstens die Konkurrenz bei den Rennen infrage. Und, mal ehrlich, die haben alle ihre Tricks drauf, aber Sabotage. Das glaube ich nicht.“

„Ich auch nicht. Ich habe trotzdem von dem Verdacht Herrn Dr. Borgward unterrichtet. Er gab mir den Auftrag, alle Rennwagen, soweit vorhanden, auf Sabotage hin zu untersuchen. Vielleicht kommen wir einem Täter näher. Herr Borgward bat uns, darüber Stillschweigen zu bewahren. Und wir beiden sollten scharf nachdenken, wer, wann und wo das Öl verunreinigte. Ob hier im Werk oder erst am Rennort. Das gibt Aufschluss über den Täter. Wird das Öl vor dem Training und dem Rennen gewechselt?“, fragte Hattesohl.

„Wir lassen die Motoren auf dem Prüfstand laufen

und schauen uns das Öl an, um festzustellen, ob alles in Ordnung ist. Wir stellten nichts Auffälliges fest. Dann wechseln wir in der Rennabteilung das Öl und nutzten es beim Training und beim Wettbewerb. Nach dem Verladen der RS-Wagen auf die Transporter fahren wir zum Veranstaltungsort und laden sie an unserem Standort ab. Bis zum Rennen hat keiner die Möglichkeit, ungehindert an die Wagen zu kommen."

„Das bedeutet, dass jemand die Substanz hier im Werk einfüllte", stellte Hattesohl fest.

„Ja, aber dann wäre der Motor beim Training kaputt gegangen", fügte Büchner hinzu.

„Es ist möglich, dass der Ölfilm erst restlos im Rennen abgewaschen wurde. Ich forsche weiter und wir sehen, ob die Misserfolge unserer Fahrer und Fahrzeuge auf Sabotage zurückzuführen sind."

13

Montag, 21. März 1955, Bremen, Horner Heerstraße 11/13, Villa Borgward

Um 6.50 Uhr stieg Klenk auf sein Fahrrad und radelte über die Schwachhauser Heerstraße zur Borgward-Villa. Er stellte sein Fahrrad seitlich an der Garage ab und klingelte an der Haustür. Carl F. W. Borgward öffnete.

„Guten Morgen, Herr Dr. Borgward."

„Guten Tag, Herr Klenk. Kommen sie herein."

Sie setzten sich in die Bibliothek und Klenk erzählte von seinen Recherchen, die er nach der Kündigung anstellte.

Borgwards Villa (Baujahr 1750) an der Horner Heerstraße.

„Sie vermuten das alles und haben keine Beweise, die einem Gericht genügen. Ist das richtig?“, sagte Borgward.

„Das ist so. Ich kann denen keine Straftat nachweisen. Ich zähle nur eins und eins zusammen. Hanomag will ihr Werk übernehmen. Von Endt verhandelte mit ihnen über den Verkauf, überzeugte sie aber nicht. Deshalb und wegen seiner arroganten Art ist er bei den Hannoveranern an die Luft gesetzt worden, wie mir Krumsiek sagte.“

„Wie geht es Krumsiek? Der war im Krieg bei uns Leiter der Versuchsabteilung“, fragte Borgward.

„Dem geht es gut, er gehört zu den höheren Führungskräften bei Rheinstahl-Hanomag“, antwortete Klenk und sprach weiter:

„Von Endt versucht ihren Ruf zu ruinieren, um billig

Die Bibliothek im Hause Borgward.

an ihre Werke und ihre Fahrzeugkonstruktionen zu kommen."

„Auch wenn er billig an meine Werke kommen sollte, woher erhält er das Geld?", warf Borgward ein.

„Der Käufer ist seine Firma ‚Wirtschaftsberatung der Deutschen Industrie'. Zu dem Zeitpunkt gewinnt er Hanomag als tatsächlichen Käufer, ohne dass er persönlich in Erscheinung tritt. Hanomag überweist seiner Wirtschaftsberatung das Geld, von Endt zieht seine dicke Provision ab und zahlt ihnen das restliche Hanomag-Geld", erklärte Klenk.

„Herr Klenk, wieso soll Hanomag so einen Umweg über den geschassten von Endt machen? Die wenden sich an mich."

„Hanomag beteiligte sich bei Tempo mit 50%. Da war Herr Vidal, der Inhaber von Tempo, glücklich und zufrieden. Vidal war der ideale Geschäftspartner, weil er verkaufen wollte. Sie gehören in die Kategorie: will nicht verkaufen. Und damit gibt Hanomag Kaufgesprächen mit ihnen keine Chancen.

Ein weiterer Vorteil der Rufzerstörung ist der günstigere Preis und der Renommee-Gewinn, wenn Hanomag sich nach der Übernahme als Retter ihrer Werke aufspielt."

„Glauben sie, dass Hanomag da mitspielt?"

„Rheinstahl-Hanomag ist ein seriöses Unternehmen. Die wissen mit Sicherheit nichts von von Endts Machenschaften. Wenn die Hannoveraner ihre Werke angeboten bekommen, weshalb sollte Hanomag dann nicht kaufen?", fragte Klenk.

„Wie gehen sie vor?“

„Da keine Rennen mehr in der nahen Zukunft stattfinden, brauchen wir in dem Bereich nichts unternehmen. Ich empfehle ihnen, schnell das Sicherheitskonzept von Herrn Gieschen, Herrn Hattesohl und mir umzusetzen, damit Anschläge auf die Produktion unterbleiben beziehungsweise nur geringen Schaden anrichten“, antwortete Klenk.

„Wenn die das Werk übernehmen wollen, zerstören die nicht die Produktionsmaschinen. Das wäre unsinnig“, bemerkte Borgward.

„Von Endt will ihre Autoverkäufe, auf Teufel komm raus, schwächen. Wenn sie wesentlich weniger verkaufen, als bei ihnen geplant ist, sind sie zahlungsunfähig und müssen an ihr Tafelsilber heran. Und das heißt Verkäufe ihrer Unternehmen. Noch ist es nicht so weit. Ich versuche, den Saboteur zu entdecken und die ganze Bande in einer Aktion hochgehen zu lassen.“

„Übergeben sie die der Polizei oder was denken sie?“

„Wenn ich deren Straftaten nachweisen kann, dann Polizei. Wenn nicht, finde ich einen Weg, damit die Taten in Zukunft unterbleiben.“

„Gibt es sonstige Angriffspunkte in meinen Fabriken?“

„Ja! Die Gegenseite zettelt Streiks an, um die Produktion zu stören“, meinte Klenk.

„Meinen sie, dass die so weit gehen? Ich werde mit Buchholz, dem Betriebsratsvorsitzenden, sprechen, ob es in der Belegschaft rumort.“

„Dann gibt es einen Punkt, der unangenehm ist. Ich

weiß nicht, wie von Endt und Konsorten ticken. Vor Mord schrecken die nicht zurück."

„Übertreiben sie nicht, Herr Klenk."

„Nein, die brachten den Leiter der gegen sie gerichteten Pressekampagne um und vermutlich auch meine Verlobte. Deshalb seien sie, Herr Borgward, vorsichtig. Sie sind für diese Leute der Hemmschuh beim Kauf ihrer Werke. Wechseln sie öfter den Wagen, fahren sie immer anders zu ihren Firmen, zeigen sie sich nicht in der Öffentlichkeit und halten sie die Gardinen ihres Hauses geschlossen, dass man sie nicht durch die Fenster sehen kann."

„Gut, Herr Klenk. Sie haben von mir grünes Licht. Stimmen sie die Maßnahmen bitte mit Herrn Gieschen ab und informieren sie mich über Frau Elfenbein. Wenn es Schwierigkeiten im Werk für sie oder ihre Kollegen gibt, so sollen meine Mitarbeiter Frau Elfenbein anrufen. Die bescheinigt ihnen die Richtigkeit ihres Auftrags."

„Falls man ihr Haus beobachtet, ist es besser, wenn ich mit meinem Fahrrad ihr Grundstück ohne die Auffahrt zur Horner Heerstraße benutze?", fragte Klenk.

„Nun malen sie mal nicht den Teufel an die Wand. Sie schieben ihr Rad durch den Garten und kommen durch das kleine Tor hinten im Allmers Park heraus. Dann radeln sie rechts durch den Rhododendron-Park und kommen zur Marcusallee," beschrieb Carl Borgward den Weg.

Dienstag, 22. März 1955, Bremen, Borgward-Werk, Versuchsabteilung, Büro Büchner

Oberingenieur Hattesohl sagte: „Ich las die alten Untersuchungsberichte der defekten oder verunfallten Rennsportwagen und bewertete sie unter dem Aspekt der Sabotage neu. Das Ergebnis verblüfft. Bei den drei Rennsport-Coupés, die in Le Mans teilnehmen sollten, ist das eine durch eine defekte Bremse im Vorfeld ausgefallen. Hier stellten wir damals Materialabrieb an den Bremskolben fest. Diesen Abrieb führten wir auf falsche Montagen zurück. Es besteht die Möglichkeit, dass jemand einen alten Bremskolben abfeilte und kleine Metallspäne in den Bremsflüssigkeitsbehälter des Coupés einfüllte.

Das zweite Coupé ist durch Benzinmangel im Rennen liegen geblieben. Ursache war nicht eine falsche Berechnung des Kraftstoffverbrauchs, sondern ein kleines Loch im Tank. Das wussten wir seit Ende des Rennens. Das kleine Loch ist nicht durch Steinschlag entstanden, wie wir anhand der Partikel an den Rändern nachwiesen. Es ist mutwillig mit einem Spitzhammer in den Tank geschlagen worden. Anschließend versiegelte der Saboteur das Loch mit Kaugummi oder irgendeinem ähnlichen Material. Im Rennen löste sich der Stopfen, der Sprit tröpfelt heraus und der Wagen blieb liegen.

Der dritte Wagen fiel durch Korund-Pulver aus, das in den Ölkreislauf gelangt war. Leistung ging weg und irgendwann versagte der Motor komplett. Genau wie jetzt bei dem 54er-Motor. Hier verwendete der Saboteur eine Öl verdünnende Flüssigkeit. Bei dem Motor des dritten Coupés zerschlug er eine Schleifscheibe und nahm die Krümel."

„Herr Hattesohl, das ist unmöglich. Sie kennen meine Mannschaft! Da ist keiner dabei, dem ich das zutraue", entgegnete der Leiter der Versuchsabteilung Wilhelm Büchner.

„Beim Avus-Rennen im Juli 1953 ist Adolf Brudes nicht gestartet?", fragte Hattesohl.

„Ja, sein Wagen rutschte beim Training aus der Kurve und war völlig demoliert. Wir siegten mit dem zweiten Wagen. Den fuhr Klenk", antwortete Büchner.

„Das ist nicht unser Klenk, der kurze Zeit die Abteilung Konkurrenzbeobachtung leitete?", fragte Hattesohl den Leiter der Versuchsabteilung.

„Nein, der Rennfahrer Klenk hat eine Halbglatze und der Bremer Klenk volles Haar. Außerdem kam der Rennfahrer aus Baden-Württemberg. Den Dialekt hörte man heraus."

„Vielleicht sind die verwandt?", bemerkte Hattesohl.

„Möglich, aber unser Klenk ist nicht mehr im Werk. Carstens setzte den vor die Tür", beendete Büchner das Thema.

Hattesohl: „Zurück zu den Wagen. Bei den folgenden Rennen vom 2., 9. und 30. August 1953 lief alles reibungslos. Das weist darauf hin, dass der Saboteur von ungefähr 25. Juli bis 25. August nicht im Werk war. Vielleicht krank oder Urlaub?"

„Es wird vermutlich ein Mitarbeiter aus dem Werk sein, weil anderen der Zutritt zur Rennabteilung nur in meiner Gegenwart oder der meiner Monteure gestattet ist. Wir schauen uns die Urlaubsliste und die Krankmeldungen aller an. Daraus schließen wir, wer zum Kreis der Verdächtigen gehört", warf Büchner ein.

„Das ist schon erledigt. Keiner aus der Versuchsabteilung, dem Musterbau und insbesondere nicht aus der Rennabteilung war solange weg oder fehlte an den entscheidenden Tagen."

„Gott sei Dank. Keiner aus unseren Abteilungen", stöhnte Büchner.

„Obwohl es sein könnte, dass der Saboteur einfach nur eine Pause mangels Gelegenheiten machte. Aber wenn wir Glück im Unglück haben, ist das einer aus einer anderen Abteilung", sagte Hattesohl und fragte:

„Wer von außen gelangt in die Rennsportabteilung, öffnet die Motorhaube und füllt in den Öleinfüllstutzen das Pulver oder die Flüssigkeit ein?"

„Das geschieht nur, wenn kein Mensch in der Rennabteilung ist. Der Täter gelangt nach Feierabend in den Raum."

„Oder in der Mittagszeit, wenn die Kollegen Essen gehen", fügte Hattesohl hinzu.

„Ich befrage alle Arbeiter und Angestellten meiner Abteilung, ob die jemanden beobachteten. Prüfen sie das bei ihnen im Musterbau."

Mittwoch, 23. März 1955,
Bremen, Wachtstr. 27/29, Büro Klenk

Das Telefon klingelte, Klenk nahm den Hörer ab und es meldete sich ein Hauptkommissar der Kriminalpolizei:

„Herr Klenk, ich wollte sie über den Stand der Ermittlungen unterrichten."

„Sie meinen den Verkehrsunfall und den Tod meiner Verlobten?"

„Ja, natürlich. Andere Vorgänge haben sie doch nicht?", fragte der Beamte nicht ganz ernsthaft.

„Ach, wissen sie, ich bin immer noch etwas durcheinander", erwiderte Klenk.

„Ein Zeuge des Unfalls sah ein Opel Cabriolet als Tatfahrzeug. Wegen der Dunkelheit und des schwachen Lichts der Straßenlaternen erkannte er nicht das Kennzeichen."

„Was für ein Opel Cabriolet?", wollte Klenk wissen.

„Das Modell Olympia!"

„Welches Baujahr?"

„Das geht aus der Akte nicht hervor", entgegnete der Ermittler.

„Gibt es eine Beschreibung des Wagens?"

„Weshalb wollen sie das so genau wissen?"

„Das hilft mir."

„Na, wenn es ihnen hilft. Der Zeuge sagte, dass der Olympia vorne einen verchromten Kühler hatte", sagte der Kommissar.

„Der verchromte Kühlergrill besagt, dass das kein

Vorkriegsfahrzeug, sondern ein Wagen aus der Bauzeit 1950 bis 1953 ist. Ein Cabriolet gab es nicht von dem Opel. Der Zeuge meint ein Limousinen-Cabriolet."

„Wo ist der Unterschied zwischen Cabriolet und Limousinen-Cabriolet?", warf der Kommissar ein.

„Bei einem Cabrio lassen sich die rahmenlosen Seitenscheiben versenken und sie fahren offen bis zur Gürtellinie des Wagens. Beim Limousinen-Cabrio haben die Seitenfenster die üblichen Stahlblechrahmen, wie sie auch bei der Limousine vorhanden sind. Sie öffnen das Stoffdach komplett, die Seitenfenster mit ihren Rahmen bleiben stehen. Und nur diese Ausführung baut Opel vom Olympia.

Die Zulassungszahlen des Limousinen-Cabriolets sind gering. In Bremen, so schätze ich, fahren höchstens 10 Wagen. Wenn sie die überprüfen, könnte man

Opel Olympia Limousinen-Cabriolet, Bauzeit 1951-1953

den Täter ermitteln“, sagte Klenk dem Kommissar, der leicht verstimmt antwortete:

„Wollen sie gleich meine Arbeit erledigen!“

„Ich arbeitete im Krieg an ähnlichen Dingen, möchte sie aber nicht belehren“, sagte Klenk.

„Waren sie ein Kollege von mir?“

„Nein, ich löste die Fälle für die Wehrmacht!“, erklärte Klenk.

„Ich werde mich wieder bei ihnen melden, wenn wir weitergekommen sind. Vielen Dank für ihre Informationen. Auf Wiederhören“, verabschiedete sich der Beamte.

Ein weiteres Telefonat führte Klenk mit seinem ehemaligen Abwehr-Kollegen, dem Borgward-Behördenvertreter Walter Frischmuth-Freymann, in Bonn.

„Ich brauche ihre Hilfe in einer vertrackten Sache im Borgward-Werk. Wann sind sie das nächste Mal in Bremen?“

Frischmuth-Freymann blätterte in seinem Kalender und sagte: „Am 5. April bin ich im Werk. Ich komme gegen 15 Uhr zu ihnen.“

„Das wäre prima, aber mein Büro befindet sich nicht mehr im Werk, sondern in der Wachtstraße 27/29 im Haus des Überseehotels im 2. Stock. Die Wachtstraße geht vom Marktplatz ab.“

„Ich kenn mich in Bremen aus, Herr Klenk. Es wird am 5., das ist ein Dienstag, etwas später werden, weil ich vom Werk zu ihnen fahre.“

Das nächste Gespräch führte er mit seinem Mentor

Nikolaus Ritter in Hamburg.

„Guten Tag, Nikolaus. Hier ist Robert aus Bremen."

„Robert, ich grüße dich. Schön, dass du dich meldest. Wie gehts dir?"

„Nicht gut, meine Verlobte ist vor drei Monaten gestorben", seufzte Robert.

„Das ist schrecklich. Mein herzliches Beileid. Wie passierte das?"

„Ein Verkehrsunfall. Sie war mit dem Rad unterwegs und ein Auto fuhr sie um. Der Fahrer ist nicht zu ermitteln."

„Das tut mir leid. Kann ich dir helfen?", bot Ritter an.

„Ich würde dich gerne besuchen, um ein paar Dinge zu besprechen."

„Wann?"

„Diese oder nächste Woche."

„Geht nicht. Morgen verreisen meine Frau und ich nach Italien. Wir sind erst am 5. April zurück. Wie sieht es aus am Freitag, den 8. April? Ich komme nach Bremen, du bestellst mir ein Hotelzimmer und wir quatschen den ganzen Abend", schlug Ritter vor.

„Eine gute Idee. Sei gegen 18 Uhr in meinem neuen Büro in der Wachtstraße 27/29. Die Straße ist beim Marktplatz. Anschließend gehen wir essen."

Donnerstag, 31. März 1955,
Bremen, Borgward-Werk, Halle 1

Egon Meierdierks trug seinen Werkzeugkasten und drei Leuchtstoffröhren durch die große Produktionshalle 1. Er ging gezielt auf die Lackierstation zu und sagte dem Meister, dass einige Leuchtstoffröhren erneuert werden müssten. Um jeglichen Verdacht zu beseitigen, fragte er eilfertig den Meister: „Sind sonst irgendwo Probleme?“, und zog einen kleinen Schreibblock hervor: „Zum Beispiel lockere Steckdosen, kaputte Glühlampen oder so was?“

„Nee! Hast du hellere Glühbirnen für meine Meisterbude? Meine sind so schwach“, bemerkte der Meister.

„Mach‘ ich nachher. Jetzt muss ich mich ranhalten

Produktionshalle 1 aus nordöstlicher Richtung fotografiert.

und anfangen. Weißt du, wie viele Leuchtstoffröhren ihr hier habt?"

„Das steht in eurer Kartei!", antwortete der Meister der Lackiererei.

„Ist immer das Gleiche. Da werden ein paar Leuchten zusätzlich montiert und keiner bringt die Kartei auf Vordermann. Dann zähle ich das mal und bring die Lampen nachher mit."

Meierdierks ging langsam durch die Halle und zählte langsam sämtliche Leuchtstoffröhren. Dabei näherte er sich einem Farbenlager und prägte sich die Örtlichkeit ein.

Nach der Mittagspause brachte er eine Anzahl von Leuchtstoffröhren in einem Handwagen mit und begann in der Meister-Bude mit dem Auswechseln der

In der Lackiererei nutzte Meierdierks ein kleines Farblager für den Anschlag.

Glühbirnen. Das war schnell getan.

Nun kümmerte er sich um die Leuchtstoffröhren. Kurz vor Feierabend legte er die Kartonverpackungen der Röhren an die Seite, nahm einige an sich und ging in das kleine Farblager, wo er eine Aufputz-Steckdose lockerte, und die Schraube löste, die das stromführende Kabel hielt. Aus der Hosentasche nahm er eine Kerze, um die er im unteren Teil Papierstreifen wickelte. Die Papierstreifen waren mit Wachs beträufelt. Die Kerze stellte er neben einen Eimer mit Farbe. Um die Kerze legte er kleine Pappstücke, auf die er Krümel eines alten Zelluloid-Kamms und Streichholzköpfe streute. Jetzt öffnete er den Lackeimer, goss etwas Lack auf den Deckel, strich damit am Eimer herunter und zündete die Kerze an.

„Das gibt ein großartiges Feuerwerk“, dachte er sich und ging zum Meister: „Ich bin fertig für heute. Eine Steckdose dahinten ist lose und gefährlich. Ich repariere sie gleich morgen früh. Kannst du mir noch eben die Zeit und die Birnen quittieren?“

Der Meister trug die Kostenstelle ein und unterschrieb das Formular.

„Nun mal raus mit dir! Is‘ Feierabend. Ich muss noch 5 Minuten warten, dann ist die Hallenmüllabfuhr durch und der Wachmann schließt ab.“

Direktor Gieschen hatte den Ernst der Lage erkannt und das Sicherheitskonzept sofort umgesetzt. Kurz vor Feierabend fuhr ein Mitarbeiter der Materialverwaltung mit einem elektrischen Lastkarren die Hallenwege ab und sammelte sämtliche gebrauchten Putzlappen und nicht mehr benötigte Verpackungen ein. An der Lackierstraße lagen lange, schmale Kartons mit Leuchtstoffröhren. Auf einem großen Zettel stand: „Kann wech. Kaputt!"

Der fleißige Materialverwalter bemerkte nichts und fuhr aus der Halle heraus. Der Meister stand am Tor, nickte ihm zu und wartete auf den Wachmann. Der kam um die Ecke: „Moin, alles in Ordnung bei dir in der Halle?"

„Jo, alles gut. Hinten bei der Lackieranlage im kleinen Farbraum ist eine Steckdose lose. Koch da mal nicht deinen Kaffee!", lachte der Meister und ging. Der Wachmann betrat die Halle und schloss hinter sich die Tür ab. Er drehte seine Runde. Dabei steckte er an den vier Kontrollpunkten die an der Wand mit einer Kette befestigten Schlüssel in seine Nachtwächteruhr. Das

Drei Männer vom Werkschutz.

ermöglichte der Werkschutzleitung die Kontrolle der Wachgänge.

Sein zweiter Rundgang startete um 20 Uhr. Er betrat wieder die Halle. Das elektrische Nachtlicht war spärlich und reichte nicht immer aus, die neuerdings zu prüfenden Azetylenanschlüsse zu kontrollieren. Mit seinem Eisemann-Handscheinwerfer leuchtete er die Gefahrquellen ab und schaute sich das kleine Farblager mit der defekten Steckdose an. Er öffnet den Verschlag und ihm stockte der Atem. Eine Kerze brannte neben einem offenen Lackeimer. Der Verdünner im Lack verpestete die Luft. Völlig ruhig pustete er die Kerze aus. Mit der Gelassenheit der Kriegsveteranen ging er zum Fernsprecher und rief den Wachhabenden in der Pförtnerei am Haupttor an. Der alarmierte seine Kollegen, die sofort alle anderen Produktionshallen absuchten und sich die Büroräume in den Verwaltungsgebäuden vornahmen. Den nächsten Anruf erhielt Direktor Gieschen, der in seinen Wagen sprang und zum Werk eilte. Dort besichtigte er den Tatort zusammen mit dem Wachmann der Halle.

„Sie rühren hier nichts an, lassen alles so, wie es ist. Und sie sagen niemandem, und das meine ich ernst ‚NIEMANDEM', etwas von dem Vorfall."

Genau so verdonnerte Direktor Gieschen die Kollegen der Werksüberwachung: „Aus diesem Raum dringt kein Wort über die Angelegenheit nach draußen. Haben wir uns da verstanden?"

Die Wachleute nickten und zum Wachhabenden gewandt äußerte Gieschen:

Direktor Wilhelm Gieschen im Gespräch in einer Produktionshalle.

„Wenn ein Wort an die Öffentlichkeit oder an unsere Belegschaft geht, rollen hier bei ihnen Köpfe."

Gieschen telefonierte mit Klenk und berichtete kurz über den Vorfall. „Ich fahr zum Leiter der Produktionshalle 1, Ingenieur Elfert. Kommen sie da hin! Der wohnt am Rennstieg 11a, der zweigt von der Stader Straße ab."

„Ich kenne den Rennstieg und bin gleich da."

14

Donnerstag, 31. März 1955, 21.10 Uhr, Bremen, Rennstieg 11, Wohnung Ingenieur Elfert

Klenk klingelte unten an der Haustür. Ein etwa 45 Jahre alter Mann öffnete ihm die Tür.

„Sind sie Herr Elfert?“

„Ja, was wollen sie?“

„Im Werk ist etwas passiert. Herr Gieschen kommt sofort hierher. Wir warten.“

„Was ist passiert? Fahren wir nicht schnell ins Werk?“

„Nein, nein. Wenn ich das richtig verstehe, ist ein Sabotageanschlag auf die Lackiererei in ihrer Halle vereitelt worden“, beruhigte ihn Klenk. „Wir drei besprechen, wie das weitergeht. Da kommt er schon.“

Gieschen parkte seine Dienst-Isabella vor der Tür und grüßte:

„Guten Abend, meine Herren.“

Sie gingen ins Wohnzimmer, Elfert schenkte Asbach Uralt ein und Gieschen berichtete von dem Vorfall.

Klenk bemerkte: „Dass am Tatort nichts verändert wird, ist gut. Wahrscheinlich kommt der Täter morgen früh zurück, um zu sehen, was verbrannt ist. Wenn nichts brannte, schaut er sich an, weshalb das nicht klappte. Dann wird er schleunigst die Beweisstücke vernichten. Jemand soll dieses

Ingenieur Heinrich Elfert (rechts) gratuliert seinem Kollegen Hermann Lünsmann zum 25. Arbeitsjubiläum.

Kabuff beobachten und so den Täter erkennen. Er darf auf keinen Fall den Täter stellen, weil sonst seine Auftraggeber gewarnt sind. Und wir wollen alle schnappen."

„Vielleicht sah ihn jemand während der Arbeitszeit, denn nachdem der Hallenmeister die Tür abschloss, kommt keiner mehr herein. Oder ist der Brandstifter durch eine Tür oder ein Fenster eingebrochen?", fragte Elfert.

„Das wurde nicht untersucht. Haben sie einen Fernsprecher, Herr Elfert?"

„Ja, auf dem Flur."

Gieschen rief den Wachhabenden des Werks an.

„Gieschen hier. Haben sie etwas in den anderen Hallen entdeckt?"

„Bisher nicht, wir sind dabei."
„Dann schicken sie eine Doppelstreife in Halle 1. Die sollen gleich sehen, ob sich jemand Zutritt verschaffte. Gibt es kaputte Türen, eingeschlagene Fenster? Das Ergebnis teilen sie morgen früh Herrn Ingenieur Elfert mit, der bei ihnen gegen 5.30 Uhr eintrifft. Alles klar?"

„Jawoll, Herr Gieschen."

Gieschen wandte sich an Elfert: „So, das wäre erledigt. Sie, Herr Elfert, fahren am besten morgen früh um 5 Uhr zu ihrem Meister, wecken ihn und fragen, ob er jemanden sah. Der soll sich morgen völlig normal verhalten und schauen, wer zu dem Kabuff geht. Wenn er den nicht kennt, folgen sie beide ihm unauffällig. So erfahren wir, wer der Täter ist."

„Was wird hier überhaupt gespielt?", meinte Elfert.

„Das wissen wir selbst nicht genau. Deshalb sind wir auf der Hut. Und sie, Herr Elfert, kommen morgen gleich zu mir, falls der Täter sich sehen lässt. Ansonsten treffen wir uns um 11 Uhr in meinem Büro", sagte Gieschen.

Freitag, 1. April 1955,
Bremen, Borgward-Werk

Elfert klingelte um 5 Uhr Sturm. Sein Hallenmeister war schon wach und öffnete die Tür. Der Ingenieur setzte ihn mit wenigen Worten ins Bild.

„Und nun kommen sie schnell ins Werk, ich bin in der Pförtnerei, rede mit den Werksüberwachern und

Nordseite der Produktionshalle 1.

komme zum Tor der Halle 1. Da warten sie auf mich. Schlüssel bringe ich mit."

Elfert stand im Aufenthaltsraum der Pförtnerei. Der Wachhabende beschrieb die Vorgänge.

„Wir durchsuchten in der Nacht alle Werkräume. Es sind keinerlei ungewöhnliche Dinge entdeckt worden, die einen Schaden verursachen könnten. Das Werk ist sauber. Einbruchspuren in Halle 1 fanden wir nicht. Vorgestern wechselte eine Firma aufgrund der verschärften Sicherheitsanforderungen an allen Außentüren die Schlösser. Der Täter kann sich keinen Nachschlüssel verschafft haben. Das heißt, dass er während der Arbeitszeit die Kerze anzündete. Und so was führt man nicht in der Mittagspause aus, weil die Gefahr der Entdeckung zu groß ist, sondern kurz vor Feierabend."

Der Werkschutzmann schloss die Hallentür auf. Er zeigte Elfert und dem Hallenmeister die Kerze im Kabuff.

„Das ist nicht zu fassen. Und sie, Kollege, sind doch von der Nachtschicht. Machen sie mal Feierabend. Wir leiten alles andere in die Wege. Und denken sie daran, keinen Ton zu Mitarbeitern, zu Bekannten und Familie“, erklärte Elfert dem Wächter.

Zum Hallenmeister sagte er: „Wir beobachten unauffällig die Rumpelkammer und werden hoffentlich gleich feststellen, wer der Täter war.“

Um 7.30 Uhr kam der Elektriker in die Halle, grüßte freundlich die Kollegen und den Meister.

„Moin, geht das heute klar mit der Steckdose?“

„Jo, erst die Steckdose, dann die Lampen.“

Der Elektriker wunderte sich. Seine Brandstiftung

Pkw-Lackierstraße in Halle 1.

war fehlgeschlagen. Anscheinend hatte niemand etwas bemerkt. Er ging in das Kabuff und konnte sich nicht erklären, warum die Kerze ausgegangen war. „Vermutlich ein Luftzug", dachte er und räumte alles schnell beiseite. Er begann die Steckdose zu reparieren. Kurze Zeit später kam der Hallenmeister.

„Mensch, in dem Gestank darfst du nicht arbeiten! Hier ließ so ein Idiot wieder einen Lackeimer offen. Komm raus hier, die Lösungsdämpfe sind giftig."

„Geht schon!"

„Nee, du gehst jetzt erst mal eine Viertelstunde an die frische Luft und atmest tief durch."

Der Hallenmeister kam zu Elfert.

„Das ist der Elektriker! Die Kerze war weg. Der Mann gehört zur Werksinstandsetzung."

„Lassen sie sich ihm gegenüber nichts anmerken. Ich geh sofort zu Gieschen", sagte Elfert und verließ die Halle.

„Guten Morgen, Herr Gieschen. Es ist einer der Betriebselektriker, wie der Meister schon sagte. Unter dem Vorwand, Lampen zu tauschen und eine Steckdose zu reparieren, kam er in die Halle. Er war im Kabuff und danach war die Kerze verschwunden. Wir identifizierten den Mann eindeutig. Er füllte einen Auftragszettel für das Lampentauschen aus und gab dem Meister einen Durchschlag. Der Nachweis seiner Anwesenheit steht schwarz auf weiß fest."

„Das ist gut. Wenn es gebrannt hätte, wäre er als Zeuge aufgetreten, nach dem Motto ‚ich bemerkte nichts'. Und heute Morgen müsste er aus dem Kabuff kommen und Entsetzen heuchelnd, die Kerze melden. Das hätte den Verdacht von ihm abgelenkt. Die Kerze einpacken, das verrät ihn. Wenn die Polizei ihn vernimmt, sagt er aber bestimmt ‚ich warf das alles weg, weil ich Angst hatte, dass man mir das anhängt'. So wird das laufen. Egal.

Ich ziehe den Mann unauffällig aus dem Verkehr. Sie, Herr Elfert, passen weiter auf und später erkläre ich ihnen die Zusammenhänge."

Direktor Gieschen rief den Leiter der Werksinstandsetzung Koch an.

„Gieschen. Guten Tag, Herr Koch. Können sie zwei Elektriker für mich privat abstellen?"

„Das geht in Ordnung. Sind sie der Auftraggeber?"

„Ja, ich oder meine Frau zeichnen die Aufträge ab, die sie hinterher an die Buchhaltung weiterleiten. Eins ist wichtig. Ihr Elektriker Egon Meierdierks muss dabei sein."

„Wieso das? Der ist etwas verschroben."

„Ich bestehe auf ihn. Sagen sie ihm das nicht. Darauf lege ich wert."

„Wann sollen die beginnen und wie lange dauert das?"

„Mein Haus ist im Bau. Das kann eine ganze Zeit dauern. Geht das?"

„Ja, das passt. Ich schicke die beiden hoch."

Das nächste Telefongespräch führte Gieschen mit Robert Klenk.

„Wir wissen, wer der Saboteur ist! Der heißt Egon Meierdierks und ist Betriebselektriker. Der war in dem

Werksfotograf Walter Richleske.

Kabuff. Er räumte die Papierschnitzel und die Kerze weg und dachte, dass er nicht erwischt worden ist. Ich stelle ihn jetzt kalt. Er legt Strippen auf der Baustelle meines neuen Hauses. Da richtet er kein Unheil an."

„Wissen sie, ob der Meierdierks ein Auto besitzt?", fragte Klenk.

„Nein. Ich frage ihn unauffällig."

„Ja, das wäre gut und würde mir weiterhelfen. Fragen sie ihn bitte nach der Marke und dem Typ.

Sagen sie, hat Meierdierks wirklich keinen Zugang mehr zum Werk?"

„Ich werde den beiden sagen, dass er und sein Kollege komplett freigestellt sind. Das Elektrikmaterial bestellen die bei der Firma Ahlemann. Die liefert an meine Baustelle, so tauchen sie nicht mehr im Werk auf", antwortete Gieschen.

„Der Meierdierks ist im Werk oder?“

„Der ist hier.“

„Veranlassen sie bitte, dass er fotografiert wird, ohne dass er etwas merkt“.

„Ja, das geht. Die Abzüge schicke ich zu ihrem Büro.“

„Schicken sie mir bitte gleich die Daten von seiner Personal-Karteikarte mit.“

Mit dem dritten Telefonat erreichte Gieschen den Werksfotografen Walter Richleske und erteilte ihm den Auftrag, Meierdierks heute zu fotografieren. Er positionierte Richleske so mit seiner Kamera, dass die beiden Elektriker unbemerkt fotografiert werden, wenn sie zu Gieschen ins Büro gingen. Gieschen ließ sie kommen und erklärte ihnen den privaten Auftrag.

„Am Montag Morgen treffen wir uns um 7 Uhr auf der Baustelle in Schwachhausen, Heinstraße 69 in der Nähe des Riensberger Friedhofs.“

Montag, 4. April 1955, Bremen, Borgward-Werk, Werksinstandsetzung

Gieschen, Koch und ein Mechaniker traten in das Büro der Werksinstandsetzung, deren Gebäude an der Sebaldsbrücker Heerstraße im nordöstlichen Teil des Werks lagen. Im Umkleideraum suchten sie den Schrank mit Meierdierks' Namensschild.

„Hier ist ein Meierdierks!“, sagte Koch. Gieschen kam aus der anderen Ecke und sagte zu dem Mechaniker:

„Öffnen sie das Vorhängeschloss, ohne es zu beschädigen."

Nach nicht einmal einer halben Minute öffnete der Mechaniker das Schloss und die Schranktür. Gieschen entdeckte eine kleine Flasche mit einer Flüssigkeit sowie einen kleinen Karton mit einem Kerzenstummel und andere Kleinigkeiten.

„Herr Koch, besorgen sie schnell eine saubere Flasche."

Etwas außer Atem kam Koch mit einer leeren Getränkeflasche zurück. Gieschen goss etwas Flüssigkeit aus dem kleinen Behältnis in sie hinein und packte alles so wieder in den Schrank, so wie es vorher lag. Der Mechaniker hängte das Schloss in die Halterungen und verschloss es mit seinem Dietrich.

Gieschen brachte die Flasche zum chemischen Labor der Werkstoffprüfung und ließ die Flüssigkeit analysieren.

Dienstag, 5. April 1955, Bremen, Wachtstr. 27/29, Büro Klenk

Am Morgen kam ein Bote. In dem Umschlag befanden sich die Abschrift der Personal-Karteikarte und mehrere Abzüge des Richleske-Fotos von Egon Meierdierks. Klenk verglich das Bild mit den Aufnahmen, die Schorse Wilke von den Besuchern des WDIs in Hannover aufnahm. Meierdierks war nicht darauf zu sehen.

Gegen 15 Uhr kam Frischmuth-Freymann ins Büro, Klenk bot Kaffee, Kekse und Weinbrand an.

„Können sie über ihre Kontakte beim Verfassungsschutz mehr zu den Personen herausfinden, die ich hier auf diese Liste geschrieben habe? Es sind die Namen, das geschätzte Alter und die Wohnadressen“, sagte Klenk.

„Kein Problem. Ich frage beim Bundesamt nach.“

„Was haben sie heute vor? Bleiben sie in Bremen oder fahren sie nach Bonn zurück?“, fragte Klenk.

„Ich bleibe über Nacht in Bremen, weil ich morgen um 8 Uhr einen Termin bei Borgward habe. Dann fahre ich nach Köln zum Verfassungsschutz und nachmittags weiter nach Bonn“, erklärte FF.

Kaum war dieser weg, klingelte der Fernsprecher und der Kommissar der Kripo meldete sich.

„Hallo Herr Klenk, ich rufe wegen des Falls Luise Jacobi an. Ich habe den Zeugen nochmals befragt. Er

Die Besatzungskennzeichen mit schwarzem Untergrund und weißer Schrift gab es von 1948 bis 1958. Ab 1956 erfolgte die Umstellung auf Kennzeichen mit schwarzer Schrift auf weißem Untergrund, die ab 2000 durch das EU-Kennzeichen abgelöst wurden. AE stand für die amerikanische Enklave Bremen und Bremerhaven.

kennt sich mit Autos nicht so aus, erinnert sich aber an das Stoffdach und an den Anfangsbuchstaben des Kennzeichens, soweit er den im Licht der Straßenlampe erkannte. Es ist ein B über einem anderen Buchstaben. Das B steht für britische Zone, darunter folgt der Buchstabe für das Bundesland. Es könnte H für Hamburg, R fürs Rheinland, N für Niedersachsen und S für Schleswig-Holstein sein. Wir können aber nicht alle Fahrzeuge in den Bundesländern überprüfen. Beamte in Hamburg und Bremen fragten die Opel-Händler nach Käufern eines Opel Olympias mit Stoffdach. Leider kein Erfolg. Wir entdeckten kein Fahrzeug mit Schrammen am vorderen Kotflügel oder an der Seite. Tut mir leid, wir kommen da nicht weiter. Falls sie was Neues erfahren, rufen sie mich an."

Karfreitag, 8. April 1955, Bremen, Hinter dem Schütting 11, Kleiner Ratskeller

Nikolaus Ritter war mit dem Wagen aus Hamburg gekommen und Robert bestellte ihm im Überseehotel ein Zimmer, das ein Stockwerk über seinem Büro lag. Sie saßen im Kleinen Ratskeller, aßen das Bremer Traditionsessen und tranken dazu ein Kräusen-Bier.

„Prima, dass es heute noch Kohl und Pinkel gibt. Die Saison ist längst vorbei. Erzähl mir von deinem Auftrag", sagte Nikolaus. Robert sprach über den Borgward-Fall, seine Feststellungen und seinen Verdacht.

„Polizei bringt nichts, weil du über keine Beweise verfügst. Deshalb versuchst du am besten, dem Chef der Gegner zu drohen. Dann beendet er sein Vorhaben.

Betrachte das Ding auch einmal umgekehrt. Ist der Verkauf wirklich etwas Schlechtes? Wie stehen Borgwards Zukunftschancen? Wird es in der Hand von Hanomag und Rheinstahl vielleicht sogar besser laufen?"

„Das wäre möglich. Aber das ist die Entscheidung vom alten Borgward. Er verkauft nicht. Und das ist sein gutes Recht.

Ich denke an einen gleichberechtigten Zusammenschluss. Borgward-Hanomag baut die Lastkraftwagen in Hannover und die Personenwagen in Bremen. Carl F. W. Borgward bekommt bis 1960, da ist sein 70. Geburtstag, einen 50 %-Anteil und anschließend zum Beispiel eine Abfindung, sodass er sich auf ein drittel Anteil zurückzieht. Das wäre eine gute Lösung. Ich bezweifle aber, dass der Boss da mitzieht.

Ich werde die Bande stellen, weil mein Auftrag so lautet. Ich versprach es Carl Borgward und ich will das Dreckschwein hinter Schloss und Riegel bringen, das meine Verlobte angefahren hat und abgehauen ist, oder sie sogar bewusst getötet hat."

„Denk daran, dass Rache blind macht. Geh wieder streng logisch vor und lass dich nicht zu irgendwelchen Reaktionen verleiten, die deinen Zielen schaden. Konzentriere dich auf den Auftrag und nicht auf deine Rache. Im Zweifelsfall haben die beiden Dinge nichts

Borgward-Betriebsrat Ernst Buchholz.

miteinander zu tun.

Aber du wolltest etwas von mir. Was war das?“, fragte Nikolaus.

„Könntest du bitte bei der Organisation Gehlen nachhaken? Ich benötige Informationen über von Endt, Sinnhoff, Hildegard Brennecke, Ludwig und Meierdierks. Hier ist ein Umschlag mit Fotos von den Leuten, einer Liste mit Namen, Alter und so weiter“, sagte Robert und gab Nikolaus den Briefumschlag.

Dienstag, 12. April 1955,
Bremen, Wachtstr. 27/29, Büro Klenk

Das Telefon klingelte, Klenk hob ab und meldete sich.

„Guten Morgen, Herr Klenk. Hier ist Elfenbein. Herr Gieschen und ich kommen heute gegen 17 Uhr zu ihnen ins Büro, damit wir uns gegenseitig auf den neuesten Stand bringen. Sind sie damit einverstanden?“

„Ja, natürlich. 17 Uhr in der Wachtstraße.“

Klenk ging zum Unser-Lieben-Frauen-Kirchhof und aß zu Mittag eine Bratwurst mit Kartoffelsalat. Auf dem Rückweg zum Büro kaufte er im Süßwaren-Laden, der sich im Erdgeschoss des Gebäudes Wachtstraße 27/29 befand, Kekse und frisch gemahlenen Kaffee für seinen Besuch.

Am Nachmittag kamen Gieschen und Elfenbein. Klenk bot wie üblich Kaffee, Weinbrand und Gebäck an.

„Wenn wir nicht etwas zu besprechen hätten, wäre ich wegen ihrer guten Kekse gekommen“, bemerkte Elfenbein.

„Ach, das ist schade. Ich dachte, sie würden wegen mir kommen“, entgegnete Klenk. Gieschen grinste und sagte:

„Dr. Borgward sprach mit dem Betriebsratsvorsitzenden Buchholz. Im Werk herrscht Ruhe. Buchholz sieht keine Gefahr für einen Streik.

Aber die Untersuchung der Flüssigkeit, die wir bei Meierdierks fanden, ist abgeschlossen. Unser Werkstofflabor analysierte Leinöl.

Und raten sie mal, was Caltex im Motoröl der defekten RS-Motoren fand? Genau, auch Leinöl! Das als Zusatz setzt die Schmierfähigkeit des Motoröls herunter, sodass die Lager und die Kolben bei Beanspruchung fressen und die Maschinen blockieren. Einfach gesagt: Die Flüssigkeit wäscht den

Schmierfilm ab und alles geht kaputt. Es reicht schon eine geringe Menge Leinöl aus.

Aber, wie sieht es bei ihnen aus, Herr Klenk? Sind sie weitergekommen?“

Klenk zeigte auf die große Planungstafel, an der die Fotos der Gegner hingen. Unter den Fotos befanden sich Karteikarten mit dem Namen und weiteren Daten.

„Oben sehen sie ‚Herribert von Endt/Chef‘, der der Kopf der Bande ist. Direkt darunter ist ‚Paul Sinnhoff/Gefü‘, der Geschäftsführer. Sinnhoffs Informanten sind ‚Hildegard Brennecke/Spion‘ und ‚Otto Carstens/Direktor‘.“

„Halt, Herr Klenk. Frau Elfenbein erzählte mir, wie sie darauf gekommen sind, dass Otto Carstens für die andere Seite arbeitet. Direktor Carstens ist absolut loyal. Er ist öfter anderer Meinung als Herr Borgward, weil er die Umwandlung in eine Aktiengesellschaft oder sogar den Verkauf fordert. Aber er wird Herrn Borgward niemals hintergehen. Wenn die Brennecke von der Gegenseite ist, und das steht fest, bekam sie die Presseakte von Hilker, nahm alle Seiten mit negativen Artikeln heraus und gab die gereinigte Mappe Carstens. Und Carstens blättert die durch, denkt, er wäre korrekt und umfassend informiert und bildet sich sein Urteil. Sein Urteil lautet: Wie kommt Herr Borgward auf negative Presse? Ist alles nicht so schlimm. Geben sie zu, Herr Klenk, dass diese Möglichkeit durchaus besteht.“

„Leider nein, Herr Gieschen. Hilker gab die Mappe an Carstens, als Hildegard Brennecke noch nicht im Betrieb war. Ich werde das trotzdem erneut überprüfen.

Kommen wir zurück zur Planungstafel. Also, die Brennecke informiert Sinnhoff, was im Werk los ist.

In der untersten Reihe sind die Ausführenden. Horst Ludwig, der Journalist, verantwortete die negative Presse. Der wurde ermordet. Fand man Ersatz? Wenn ja, wer ist das?

Neben Ludwig ist Egon Meierdierks, der im Werk die Sabotagen an den Rennwagen durchführte und versuchte, das Feuer zu legen. Es gibt einen weiteren Mann, der gefährlich ist und die Morde an Ludwig und an meiner Verlobten ausführte. Er schlug mich zur Warnung zusammen, damit ich an dem Fall nicht weitermache. Leider erkannte ich ihn in der Dunkelheit nicht", sagte Klenk.

„Das sind also die Akteure?", fragte Gieschen.

„Genau. Wir kennen von Endt und Sinnhoff, die Ausführenden Brennecke und Meierdierks. Der Oberhalunke und Mörder fehlt uns.

Unser Hauptproblem sind nach wie vor die fehlenden Beweise. Wenn wir denen drohen, sie vor Gericht zu bringen, lachen die sich kaputt. Ich muss den Unbekannten entdecken. Der Brennecke könnte man höchstens Industriespionage vorwerfen. Mehr als die Tatsache des Treffens mit Sinnhoff haben wir nicht in der Hand", erklärte Klenk.

„Das kann natürlich lange dauern, wenn wir alles gerichtsfest machen. Gibt es keine andere Lösung?", fragte Gieschen.

„Doch, den kurzen Weg. Wir bereiten der Rufschädigung und der Demontage Borgwards ein Ende. Erschießen kann ich die Gegner zwar nicht, aber ihnen drohen und sie erpressen. Wenn sie nicht ihre Aktionen unterlassen, passiert das und das. Das Ganze darf nicht öffentlich bekannt werden. Aber womit lassen sie sich so stark erpressen, dass sie aufhören?

Ich erwarte Informationen von den Geheimdiensten zu von Endt und Konsorten. Vielleicht kommt dabei etwas heraus“, führte Klenk aus.

„Herr Borgward wünscht einen schnellen Abschluss der Angelegenheit, weil sich die gegnerischen Maßnahmen stark im Fahrzeugverkauf widerspiegeln“, vertraute Gieschen Klenk an.

Klenk fasste zusammen: „Ich versuche, den unbekannten Verbrecher zu identifizieren und ein Mittel zu finden, wie wir die Gegenseite unter Druck setzen. Sobald ich das schaffe, zerschlagen wir den Ring dieser Gangster auch ohne Beweise.“

15

Freitag, 15. April 1955,
Bremen, Wachtstr. 27/29, Büro Klenk

Zwei große Umschläge steckten in Klenks Briefkasten. Er nahm sie mit nach oben in sein Büro. Frischmuth-Freymanns Brief enthielt einen tabellarischen Lebenslauf über von Endt:

1914 in Greifswald geboren.
Seit 1936 in der Wehrmacht/
Heer: Fähnrich, Leutnant (1940),
Oberleutnant (1942), Hauptmann
(1944) der Nachrichtentruppen.
Einsatz in Litauen, im Raum
Leningrad, Ladogasee, Durchbruch nach
Pillau 2/1945, Heimatkriegsgebiet
(Heeresgruppe Mitte)

1946 Beauftragter des Rheinstahl-
Vorstandes zur Entflechtung der IG
Farben.
1948 Reorganisation Wagner & Co.,
Werkzeugmaschinenproduktion,
Düsseldorf
1949 Rheinstahl AG, Essen, Assistent
des Vorstands
1952 Hanomag-Rheinstahl,
Vorstandsassistent bis 1953
1953 Privatier (ohne Beschäftigung)

Die anderen Lebensläufe gaben auch nicht mehr her. Sinnhoff, Ludwig und Meierdierks waren bei der SS, ebenso wie Hildegard Brennecke, die als Zivilangestellte in der SS-Zentralbibliothek in Berlin gearbeitet hatte.

Lieber Robert!

Viel ist nicht bei der Abfrage herausgekommen. Ich hoffe, dass Frischmuth-Freymann beim Verfassungsschutz erfolgreicher war.
Falls nicht, recherchiere über die SS-Leute im Berlin Document Center. Das untersteht den Amis. Wenn Du hinein willst, rufe mich an. Ich verschaffe Dir die Besuchserlaubnis.
Für Wehrmachtsunterlagen und -Personenrecherche wende Dich an das Referat für Zeitgeschichte im Amt Blank im Museum Koenig in Bonn. Die archivieren die Akten. Ob man da herankommt, ist fraglich.
Frischmuth-Freymann ist als Borgwards Behördenvertreter in Bonn ansässig. Der hilft Dir.
Der Suchdienst des Roten Kreuzes und der Volksbund Kriegsgräber haben ebenfalls gute Archive. Aber ob die Archive Dich weiterbringen, ist fraglich.

Es grüsst Dich
Nikolaus

Robert schrieb einen Brief an Walter Frischmuth-Freymann. Er bedankte sich für die Informationen aus dem Verfassungsschutz und fragte nach der Möglichkeit, eine Akte über von Endt im Amt Blank, Referat für Zeitgeschichte, einzusehen.

Montag, 25. April 1955,
Bremen, Wachtstr. 27/29, Büro Klenk

Frischmuth-Freymann rief mittags an und teilte mit, dass über von Endt Unterlagen im Amt Blank vorhanden sind. Daraufhin telefonierte Robert mit dem Referat für Zeitgeschichte im Amt Blank und machte das Treffen am Mittwoch um 9 Uhr klar.

Am selben Abend rief Nikolaus an. Robert bedankte sich ebenfalls für die Unterlagen und bat ihn, einen Termin für Donnerstag gegen 9 Uhr im Document Center Berlin festzumachen.

Mittwoch, 27. April 1955,
Bonn, Amt Blank, Referat für Zeitgeschichte

Am Dienstagnachmittag war Robert in Bonn eingetroffen und verbrachte den Abend mit Frischmuth-Freymann. Am Morgen fand er sich pünktlich um 9 Uhr im Referat für Zeitgeschichte im Museum Koenig ein. Das Referat gehörte zum Amt Blank, dem Vorläufer des Bundesverteidigungsministeriums. Der

Sachbearbeiter drückte ihm eine Mappe mit den angeforderten Unterlagen in die Hand. Robert las und staunte. Die Seiten fotografierte er mit seiner Contax ab und verabschiedete sich.

Robert reiste nach Berlin. Für die annähernd 630 Kilometer benötigte er etwas über 10 Stunden. Die Nacht verbrachte er in einem Berliner Hotel.

Donnerstag, 28. April 1955, Berlin, Berlin Document Center

Am Morgen fuhr Klenk nach Zehlendorf zum Berlin Document Center (BDC), das unter amerikanischer Kontrolle stand. Er wusste, dass die Gebäude

Das Museum Koenig beherbergte nach dem 2. Weltkrieg das Amt Blank und kurzzeitig das Bundeskanzleramt.

einschließlich der unterirdischen Räume im III. Reich vom Forschungsamt benutzt worden waren.

1933 hatte Hermann Göring, preußischer Ministerpräsident und zweiter Mann im NS-Staat, diesen geheimen Nachrichtendienst aufgebaut. Das Amt unterstand aus Tarnungsgründen finanziell dem Reichsluftfahrtministerium und trug den unverfänglichen Namen „Forschungsamt". Die Aufgabe bestand in der Erfassung und Auswertung der Nachrichten aller Art durch Überwachung der nationalen und internationalen Funksprüche, Radiosendungen, Telefongespräche und des Telegrammverkehrs. Zusätzlich wertete man bis zu 80 ausländische Tageszeitungen aus. Die Überwachung des Briefverkehrs lag dagegen beim Oberkommando der Wehrmacht. Ein Netz für die Nachrichtenbeschaffung durch Vertrauensleute (V-Männer), Spione und Agenten besaß das Forschungsamt nicht.

Die durch das Abhören gewonnenen Ergebnisse gingen per Kurier an wenige Behörden und dort an namentlich erfasste Schlüssel-Personen. Elektronisch war das Forschungsamt bestens ausgerüstet. Wie sich später herausstellte, gelang dem Amt das unmerkliche Abhören der NS-Elite, vieler Journalisten, des englischen Premierministers Churchill sowie von Verhandlungsrunden. Das Anzapfen der im Atlantik liegenden Fernsprechleitung zwischen Großbritannien und den USA galt als Meisterstück der Spionage. In Bremen bespitzelten die Geheimdienstmänner die Betriebe Bremer Lagerhaus Gesellschaft, Deschimag

AG Weser, Argo-Reederei, Neptun-Reederei und die Focke-Wulf-Flugzeugwerke. Zu den belauschten Industriekapitänen gehörte auch Carl F. W. Borgward.

In der ehemaligen Filiale des Forschungsamts im Berliner Wasserkäfersteig 1 brachte das amerikanische Militär 1947 die erbeuteten Akten unter. Darunter befanden sich 100 000 Protokolle des Volksgerichtshofs und 600 000 Personalakten der SS. Im April 1945, kurz vor dem Einmarsch der amerikanischen Soldaten, rollten mehrere Wehrmacht-Lastwagen vom „NSDAP-Mitgliedschaftsamt" in München zu einer Papiermühle im Vorort Freimann, um die Mitgliederkartei der „Nationalsozialistischen Deutschen Arbeiterpartei" abzuliefern. Die annähernd 8 Millionen Karteikarten mit Passfoto und persönlichen Daten sollten schnellstens vernichtet werden,

Eingang zum Berlin Document Centers im Wasserkäfersteig 1.

damit sie nicht dem Feind in die Hände fallen konnten. Doch der Geschäftsführer der Papiermühle Hans Huber merkte schnell, dass es sich um einmalige Dokumente handelte, und beseitigte sie nicht, sondern versteckte sie im Betrieb. Huber machte nach dem Einmarsch die US-Soldaten auf die Kartei aufmerksam. Die Amerikaner erfassten nicht die Wichtigkeit dieses Fundes. Erst im Oktober wurde das „Counter Intelligence Corps" (Nachrichtendienst der US-Armee) aufmerksam und im Januar 1946 kam dieses Schriftgut in das BDC.

Nikolaus Ritter hatte Robert Klenk über seine Beziehungen im Center angemeldet. Nach der Kontrolle durch den amerikanischen Posten kam er zu einem Offizier, dem er seinen Wunsch näher erklärte. Der freute sich über den Englisch

Im Document Center befanden sich unzählige Regale mit Akten.

sprechenden Deutschen und ging mit ihm in die Bunkergewölbe, die unter den unauffälligen Häusern lagen. In den unterirdischen Anlagen des Forschungsamts reihte sich eine Unmenge von Ordnern, Kästen, Karteianlagen, Schubladen und Schränken aneinander. An mehreren Stellen wurde der Captain mit Hilfe eines deutschen Mitarbeiters fündig und drückte Klenk die Schriftstücke in die Hände. Oben im Büro begann er zu lesen. Als er jedoch seinen Fotoapparat aus der Tasche holte, sagte ihm der Offizier:

„Keine Fotos! Möchten sie eine Tasse Kaffee?"

Klenk nickte.

„Ich hole den Kaffee und setzen sie sich näher an das Fenster, dort ist es heller", meinte augenzwinkernd der Captain.

Ein deutscher Angestellter der U.S.-Army suchte die Akten heraus.

Kaum schloss sich die Tür, lichtete Klenk die wichtigsten Seiten ab und als der Captain wieder eintrat, tat er so, als wenn er gar nicht wusste, was eine Kamera ist. Sie tranken den Kaffee. Robert vertiefte sich weiter in die Akten und schrieb einige Punkte in sein Notizbuch.

Später verabschiedete er sich und fuhr zu seinem Hotel.

Freitag, 29. April 1955,
Berlin, Wehrmachtauskunftsstelle

Am frühen Morgen besuchte Klenk die ehemalige Wehrmachtauskunftsstelle (Name ab 1945: Deutsche Dienststelle für die Benachrichtigung der nächsten Angehörigen von Gefallenen der ehemaligen Deutschen Wehrmacht) in Berlin-Reinickendorf. Er recherchierte in den Akten und fotografierte verschiedene Dokumente. Diese waren aufschlussreich, doch das letzte Teil des Mosaiks fand er bei einem weiteren Besuch im BDC.

Am späten Nachmittag fuhr er zurück nach Bremen und entwickelte noch schnell bei seinem Vater die Filme und die Positive. Zu Hause angekommen, studierte er aufgewühlt die Aufzeichnungen.

Freitag, 29. April 1955,
Bremen, Borgward-Werk

Am selben Tag rotteten sich zur Mittagszeit im Werk Sebaldsbrück rund 1500 Arbeiter zusammen, um gegen eine angeblich von der Werkleitung geplante Mehrarbeit zu demonstrieren. Der Produktionsplaner Fritz Gandert sah die Menge aus seinem Bürofenster. Er eilte hinaus und fragte nach dem Grund. Er erhielt keine Antwort. Rufe wurden laut: „Das ist der Unternehmerknecht! Haltet ihn! Werft ihn raus!" Dann drehte ihm einer der Protestierenden den Arm auf den Rücken und schleifte ihn zum 50 Meter entfernten Werkstor. Dabei erlitt der Planer Verletzungen

Produktionsplaner Fritz Gandert rettete sich vor der Meute in den Friseurladen an der Sebaldsbrücker Heerstraße. Links der Besucherparkplatz des Werks.

durch Tritte und Schläge. Vor dem Werk erhielt er einen Treffer mit einem harten Gegenstand, ging zu Boden, raffte sich mühsam auf und rettete sich vor der Meute in einen Friseurladen.

Am Abend fand ein Krisentreffen im Sitzungssaal des Werks statt.

Carl F. W. Borgward sprach zu den Direktoren Carstens, Gieschen, Doeding (Goliath) und Tegtmeier (Lloyd):

„Heute fand eine wüste Prügelei im Werk statt. Sie hörten davon. Herr Gieschen, sie stellten Nachforschungen an. Was war da los?“

„Ich vernahm den Betriebsrat und drei Arbeiter. Die Ursache ist Folgende: Ich ordnete eine Erhöhung der Tagesproduktion der Isabella um drei Fahrzeuge an. Gleichzeitig fiel ein Hansa 2400 pro Tag aus der Produktion weg. Da der Arbeitszeitaufwand für den 2400er gleich dem dreier Isabellen entspricht, hätte sich nichts geändert. Den Betriebsräten und den Meistern teilte ich das mit. Bei den Arbeitern kam nur die Botschaft an, dass sie zusätzlich drei Isabellen fertigen müssen. Aus dieser unvollständigen Nachricht entstand der gewalttätige Protest“, antwortete Gieschen.

„Ist der Verursacher zu ermitteln?“

„Ich fand ihn durch die Befragung nicht heraus. Ich erstatte bei der Polizei Strafanzeige. Die nehmen gerade die Ermittlungen auf. Ich redete mit unserem Werkfotografen Walter Richleske, der alles fotografierte. Aber die Horde nahm ihm die Kamera und Filme

Betriebsdirektor Ing. Wilhelm Gieschen und Finanzdirektor Otto Carstens.

weg. Seine Leica-Kamera gab später ein unbekannter Arbeiter beim Werkschutz ab. Leider ohne Film."

„Vielen Dank, Herr Gieschen", sagte Borgward und kam auf das zweite Problem zu sprechen.

„Ich sage ihnen das deutlich, kein Wort von dem hier Besprochenen dringt nach draußen. Das ist geheim. Wer plaudert, kann seinen Hut nehmen.

Vor einiger Zeit äußerte ich den Verdacht, dass wir durch Sabotage und schlechte Presse bedroht werden. Das ist zur Gewissheit geworden. Diese Angelegenheit mit der Prügelei und dem Gandert scheint aus derselben Ecke zu stammen.

Diese Taten schaden uns. Und zwar in so einem Umfang, dass es gefährlich für uns wird. Herr Carstens erklärt ihnen das näher."

Carstens sprach: „Die Verkäufe der Isabella steigen nicht so an, wie wir aufgrund unserer Erfahrungen bei den Markteinführungen der Vorkriegstypen 1100/1700, der Lloyd-Pkw und des Hansas 1500/1800 erwartet haben. Auch die Verkaufskurven der Konkurrenzfabrikate sind steiler und flachen nicht so schnell ab. In den sieben Produktionsmonaten 1954 fertigten wir annähernd 11.000 Fahrzeuge. Seitdem stagnieren unsere Verkäufe.

Diesen Misserfolg führen wir auf die schlechte Presse zurück. Im Lkw-Geschäft war diese Richtung nicht zu spüren, weil wir hier eine ausgewogene Berichterstattung erhielten. Bei Borgward und Goliath fahren wir Verluste ein. Bei Lloyd wuchs der Umsatz um 19 %, im gleichen Zeitraum erhöhte sich allerdings der Personalstand um 42 %, sodass hier von Gewinn im Moment nicht gesprochen werden kann

Im Dezember des letzten Jahres unterzeichneten wir den Organvertrag. Dieser sieht vor, dass Herr Dr. Borgward die Gewinne der drei Autounternehmen Borgward, Goliath und Lloyd vereinnahmt und Verluste aus diesem Topf ausgleicht. Deshalb würde der Konkurs einer Unternehmung die anderen mit in den Strudel reißen. Herr Dr. Borgward investierte viel in die Entwicklung der Isabella, des Hansa 2400-Modells für 1955, des Militärwagens für die westdeutsche Armee und in den 4-Takt-Motor für den Lloyd. Das Geld muss durch Verkäufe schnell wieder reingeholt werden, sonst sind wir insolvent.“

„Das kann ich so für Lloyd nicht stehen lassen!“, sagte Lloyd-Chef Tegtmeier und Carl F. W. Borgward erwiderte:

„Nun seien sie mal ruhig, Herr Tegtmeier. Sie brauchen sich nicht verteidigen. Schlucken sie die Zahlen, wie sie sind, und machen sich mal Gedanken.

Wenn das mit der Presse und den Anschlägen so weitergeht, muss ich Konkurs anmelden. Ich beauftragte Fachleute, die die Machenschaften aufdecken und abstellen sollen. Wir müssen sofort unsere Verkaufsbemühungen verstärken. Verkaufen, verkaufen, verkaufen ist das Motto! Wir brauchen schnellstens Geld in der Kasse. Schmeißen sie den schwächsten Händler aus ihrer Händlerschaft raus. Kündigen sie ihm die Verträge und sehen sie zu, dass sich das herumspricht. Damit bekommen die restlichen Händler Angst, ihre

Gartenseite der Borgward-Villa in der Horner Heerstraße.

Borgwards Wohnzimmer mit offener Terrassentür.

Verträge ebenfalls zu verlieren und erhöhen deswegen ihre Verkaufsanstrengungen“, forderte Borgward von seinen Direktoren.

Man diskutierte eine Weile über die prekäre Situation und vereinbarte jeweils drei Krisentreffen pro Woche der obersten Führungskräfte.

**Samstag, 30. April 1955,
Bremen, Horner Heerstraße 11/13, Villa Borgward**

Klenk klopfte an die Terrassentür. Frau Borgward öffnete ihm und führte ihn in die Bibliothek, wo ihr Mann im Sessel saß. Es war kurz vor 13 Uhr.

„Wie weit sind sie gekommen?“, fragte der Unternehmenschef.

„Ich ahne seit gestern, wer hinter den Anschlägen steckt. In Berlin entdeckte ich Dokumente, die viel zur Aufklärung beitragen. Mein Plan, wie wir die Gangster zur Strecke bringen, ist fast fertig. Das Problem sprachen sie und ich schon einmal an. Es gibt keine gerichtsverwertbaren Beweise“, antwortete Klenk.

„Das ist mir völlig egal. Uns geht es hier finanziell an den Kragen. Deshalb stoppen sie das Gesindel sofort, Herr Klenk. Machen sie den Plan bis spätestens Dienstag fertig. Die Leute müssen schnellstens unschädlich gemacht werden.“

„Herr Borgward, ich bin morgen Abend mit dem Plan fertig. Wäre ihnen das Recht, wenn ich hierher komme?“

„Sonntag, 19 Uhr! Kommen sie wieder hinten über die Terrasse herein.“

Klenk schob sein Rad durch den Garten in den Allmers-Park und radelte nach Haus. Er setzte sich sofort an die Planung und führte einige Telefonate. Bei Fritze orderte er erneut die Walther PP, diesmal mit spezieller Munition.

Fritze entfernte bei drei Patronen das Geschoss, kniff die Hülsen vorsichtig mit einer Zange oben zusammen, sodass Platzpatronen entstanden, die etwas kürzer als die Original-Munition waren. Er prüfte mit der Hand und mit einem scharfen Schuss, ob die Platzpatrone aus dem Magazin in den Lauf transportiert wurde. Das klappte. Der Rückstoß des folgenden Schusses mit der Platzpatrone reichte dagegen nicht aus, um den Schlitten nach hinten zu drücken und um die Hülse auszuwerfen. Er zerlegte die Walther und reinigte alle Einzelteile, wobei er Gummihandschuhe verwendete.

Sonntag, 1. Mai 1955, Bremen, Riensbergerstraße, Wohnung Klenk

Fritze klingelte an Roberts Haustür, grüßte und drückte Robert die Walther-Pistole in die Hand.

„Ist Schorse nicht da?", fragte Fritze.

„Nee, der müsste jeden Moment kommen!"

„Gut, ich erkläre dir eben die Sache mit den Platzpatronen", sagte Fritze und demonstrierte die Funktion. Kaum zeigte er Robert den Transport der Platzpatrone in den Lauf, kam Schorse.

Robert sagte: „Tach, Schorse! Ich fang gleich mit der schlechten Nachricht an. Borgward fordert von mir, die Gangster schnell zu erledigen. Ruck zuck, ohne Polizei und Gericht. Und das möglichst gestern."

„Wie willst du das schaffen?"

„Der Plan ist fertig. Heute Abend fahre ich zum Chef in die Horner Villa und erkläre ihm das Vorgehen. Jetzt stelle ich euch meine Gedanken vor. Ihr braucht nicht mitschreiben; ihr bekommt eine schriftliche Anweisung", erklärte Robert.

Fritze und Schorse grinsten sich an. Es war typisch für ihren Freund, alles generalstabsmäßig zu planen und für jeden aufzuschreiben, damit es keine Missverständnisse geben soll.

Detailliert zeigte Robert den vermutlichen Ablauf und erklärte die einzelnen Vorgänge. Damit seine Freunde die ihnen zugedachten Rollen beherrschen, mussten sie die Handlungsbevollmächtigten spielen. Trotz des Ernstes der Lage konnten sie sich oft vor Lachen nicht halten.

„Und das ist wirklich nicht gefährlich?“, fragte Schorse.

„Mensch Schorse, die Gegenseite kennt euch nicht, die kommen zu zweit und freuen sich auf ein Geschäft. Was soll da passieren? Außerdem nimmt Fritze eine Pistole mit und ich bin in eurer Nähe“, antwortete Robert.

„Ja, ja! Schon gut“, brummte Schorse und verabschiedete sich.

16

Sonntag, 1. Mai 1955,
Bremen, Horner Heerstraße 11/13,
Villa Borgward

Punkt 19 Uhr klopfte Klenk an die Terrassentür der Borgward Villa. Frau Borgward öffnete: „Guten Abend, Herr Klenk. Mein Mann erwartet sie in der Bibliothek."

Zigarre rauchend saß Carl F. W. Borgward in einem Sessel und bot Klenk einen Platz an.

„Haben sie den Plan fertig?"

„Ja, Herr Borgward."

„Dann erklären sie ihn mir mal."

Robert referierte ungefähr eine halbe Stunde und beantwortete die Fragen des Chefs.

„Sie, Herr Klenk, baten mich, Frau Elfenbein und Herrn Gieschen auf 20 Uhr zu bestellen. Die treffen jeden Moment hier ein.

Für ihren Plan gebe ich ihnen grünes Licht", sagte Borgward.

Als der erwartete Besuch da war, präsentierte Klenk erneut seinen Plan und Gieschen steuerte einige kleine Verbesserungen bei.

„Ach, Herr Klenk. Bevor ich es vergesse, der Meierdierks fährt einen Lloyd LP 300", sagte Gieschen. Meierdierks kann nicht der Mörder seiner Verlobten sein, dachte er, da er den kleinen

CARL F.W. BORGWARD G.M.B.H. **BREMEN**

AUTOMOBIL- UND MOTOREN-WERKE

Hanomag A. G.
Zu Händen Herrn Herribert v o n E n d t pers.
Hannover-Linden
Hamelner Straße 8

Hauptverwaltung:
Bremen-Sebaldsbrück, Postanschrift Bremen 11
Geschäftszeit: Mont.-Donn. 8.00-17.30 Uhr
Freit. 8.00-16.30 Uhr - sonnabends geschlossen
Ruf: Ortsverk. Sa.-Nr. 44 40 21, Fernverk. F 25-F 28
Ersatzteilwerk und Techn. Ersatzteildienst
Sammelnummer 44 41 51
Drahtwort: Borgwardwerke Bremen
Banken: Landeszentralbank, Konto-Nr. 21/819
Bremer Bank, Bremen, Konto-Nr. 1486
Nordd. Kreditbank A. G., Konto-Nr. 9586
Bremer Landesbank, Konto-Nr. 3400
Postscheckkonto: Hamburg Nr. 779 37
Fernschreiber: 024 4890

Ihre Zeichen	Ihre Nachricht vom	Unsere Abteilung	Unsere Zeichen	Haustelefon	Tag
			Gi/el		2.5.1955

Sehr geehrter Herr von Endt!

Sie sprachen zur IAA 1953 Herrn Dr. Borgward auf eine eventuelle Übernahme seiner Werke durch die Hanomag A.G. an.
Herr Dr. Borgward ist zu der Auffassung gekommen, daß er sich aus Altersgründen aus den Unternehmen zurückziehen möchte.
Sein Lebenswerk sollte fortgeführt werden.
Falls von der Hanomag-Seite Interesse besteht, bitte ich Sie, mit den von uns bevollmächtigten Herren

Friedrich S C H M I D T und Georg W I L K E

kurzfristig Kontakt aufzunehmen, um bei einem Treffen Vorgespräche zu führen. Sie erreichen die Herren über das Vorzimmer von Dr. Borgward, Fernsprecher Bremen, 44 40 21, Apparat 2211.
Im gemeinsamen Interesse sollten wir diese Angelegenheit vertraulich behandeln.

Hochachtungsvoll
Carl F. W. B o r g w a r d G.m.b.H.
Direktion

(Gieschen)

Bahnstationen: Werk Bremen-Hastedt: Station Bremen-Hemelingen, Anschlußgleis · Werk Bremen-Sebaldsbrück: Station Bremen-Sebaldsbrück, Anschlußgleis

Lloyd-Pkw fährt, den jedes Kind und auch der Zeuge vom Opel Olympia Limousinen-Cabrio unterscheiden kann.

Gegen 21 Uhr fuhren Elfenbein, Gieschen und Klenk ins Werk, um einen Brief an Krumsiek im Hanomag-Werk in Hannover zu schreiben.

Gieschen unterschrieb den Brief, Elfenbein tippte die Adresse auf einen Umschlag und überklebte sie mit einem Etikett, auf dem stand:

Hanomag A. G.
Zu Händen
Herrn Ingenieur Hans-Erich K r u m s i e k pers.
Hannover-Linden

Hamelner Straße 8

Elfenbein rief das „Fräulein vom Amt“ an und ließ sich trotz der späten Stunde mit einem Fernsprecher in Hannover verbinden.

„Krumsiek!“, knurrte eine müde Stimme.

„Guten Abend, Herr Krumsiek. Hier ist Frau Elfenbein von den Borgward-Werken. Es tut mir leid, dass ich sie störe.“

„Hallo Frau Elfenbein. Was kann ich für sie tun?“

„Dr. Borgward lässt sie grüßen und bittet sie, einen Brief an Herrn von Endt weiterzuleiten.“

„Von Endt ist nicht mehr bei uns, darüber sprachen wir schon.“

„Ich weiß. Von Endt will uns ans Leder. Deshalb

schickten wir einen Brief an ihn per Adresse Hanomag. Auf dem Briefumschlag klebt ein Adressetikett mit ihrem Namen, sodass sie diesen Umschlag übermorgen erhalten. Wenn sie das Etikett lösen, befindet sich darunter die Hanomag-Adresse mit dem Namen von von Endt."

„Frau Elfenbein, ich versteh das nicht. Weshalb soll ich das Etikett ablösen?", fragte Krumsiek.

„In der Adresse steht hinter ihrem Namen ‚persönlich'. Damit öffnet ihre Poststelle nicht den Umschlag, macht aber die Eingangsstempel auf das Kuvert. Wenn sie jetzt das Etikett ablösen und den verschlossenen Umschlag an die Privatadresse von von Endt senden, so denkt er, dass das Schreiben von Hanomag kommt. Er schließt daraus, dass wir von seiner Entlassung nichts wissen", sprach Elfenbein.

„Aber weshalb so umständlich? Wäre die Nachricht direkt an von Endt bei Hanomag gegangen, so hätte die Hanomag-Poststelle den Brief an von Endt nachgesandt", meinte Krumsiek.

„Oder ihn an uns zurückgeschickt, vielleicht sogar geöffnet. Das war uns zu unsicher. Deshalb der Weg über sie."

„Verstehe! Ich erledige das und grüßen sie Dr. Borgward von mir."

Am Morgen des nächsten Tages gab Elfenbein den Brief dem Büroboten der Hauspost, der die Sendungen zweimal täglich an das Postamt am Hauptbahnhof auslieferte.

Dienstag, 3. Mai 1955,
Bremen, Borgward-Werk,
Vorzimmer Carl F. W. Borgward

Kurz nach 13 Uhr klingelte Elfenbeins Telefon und Goliath-Direktor Doeding verlangte schnellstens, mit dem „Boss“ verbunden zu werden, den er in heller Aufregung über einen wilden Streik der Goliath-Arbeiter informierte.

Borgward berief sofort eine Krisensitzung ein. Eine Stunde später erschienen die Direktoren der drei Automobilwerke und der ebenso zu Borgward gehörenden Klencke-Gießerei und dem Leichtmetallwerk Uphusen im Sitzungssaal des Werks Sebaldsbrück. Doeding berichtete von dem Streik. Annähernd 3.000 Arbeiter stellten ihre Tätigkeit ein, aufgrund eines

Kaufmännischer Direktor Goliath Werk GmbH Albert Doeding.

Flugblatts „kommunistischer Unruhestifter". Sie forderten die 45-Stundenwoche unter Beibehaltung des 48-Stunden-Lohns und eine Teuerungszulage von 10 Pfennig. Der Streik geschah ohne Genehmigung der IG Metall.

Carl F. W. Borgward war wütend: „Ausgerechnet ein Streik in dieser Zeit! Das ist ein übler Produktionsausfall, der uns eine Menge Geld kostet. Sperrt die Arbeiter aus und verhandelt mit dem Betriebsrat! Seht zu, dass ihr die Sache in den Griff kriegt und dass die Welle nicht auf die anderen Werke durchschlägt."

Mittwoch, 4. Mai 1955,
Bremen-Hastedt, Goliath-Werk

Die Tore des Goliath-Werks blieben geschlossen. Die arbeitswilligen Kollegen kamen nicht mehr zu ihrem Arbeitsplatz. Durch die Aussperrung sparte sich Goliath die Löhne und erhöhte den Druck auf die Arbeiter. Streikgeld gab es für sie nicht, da die Industrie-Gewerkschaft Metall die Arbeitsniederlegung nicht genehmigt hatte. Sie lehnte den wilden Streik ab.

Die „KPD Betriebsgruppe Borgward" (Kommunistische Partei Deutschlands) verteilte vor dem Borgward-Werkstor Flugblätter:

Auch wir Arbeiter müssen uns zusammenschließen und gemeinsam den Kampf, der bei Goliath begonnen wurde, gemeinsam fortsetzen!
Der Verschwörung der Unternehmer setzen wir die Solidarität aller Arbeiter entgegen!

Eine weitere Flugblattaktion fand durch die kommunistische Betriebsgruppe bei den Lloyd Motoren Werken in der Bremer Neustadt statt. Beide Kampagnen blieben ohne Erfolg für die KPD.

Am Freitagmorgen endete die Aussperrung und die Mitarbeiter nahmen die Arbeit wieder auf.

Das Goliath-Werk in Hastedt fertigte Pkw der unteren Mittelklasse sowie Lieferwagen. Das Werk wurde begrenzt durch Hastedter Osterdeich, Malerstraße, Pfalzburger Straße und Föhrenstraße.

Verhandlungsergebnisse, die die finanzielle Situation der Arbeiter verbessern, erzielte der Betriebsrat nicht. Die Goliath-Geschäftsleitung führte die Tarifbindung an. Tarifänderungen werden den Partnern IG Metall und Arbeitgebervereinigung überlassen.

Freitag, 6. Mai 1955,
Borgward-Werk,
Vorzimmer Büro Carl F. W. Borgward

Das Telefon klingelte.

„Borgward-Werke, Vorzimmer Dr. Borgward, Elfenbein"

„Sinnhoff aus Hannover. Guten Tag, Frau Elfenbein. Ich wollte Herrn Wilke oder Herrn Schmidt sprechen", sagte der Anrufer.

„In welcher Angelegenheit?"

„Herr Gieschen schrieb uns einen Brief. Ich möchte einen Gesprächstermin vereinbaren."

„Ich bin informiert, Herr Sinnhoff. Herr Wilke nannte mir einige Terminmöglichkeiten. Er dachte an einen kleinem Spaziergang mit anschließendem Mittagessen in der Meierei. Wäre ihnen der kommende Montag um 12 Uhr mittags recht?"

„Das ist kurzfristig. Ich frage eben Herrn von Endt. Einen Moment bitte."

Es knackte im Hörer. Eine Minute später meldete sich Sinnhoff: „Ja, das geht! Wir kommen zu zweit. Wo müssen wir hin?"

„Kommen sie mit dem Zug oder dem Wagen?", fragte Elfenbein.

„Wir nehmen das Auto. Einen Stadtplan haben wir dabei."

„Das ist gut. Herr Wilke und Herr Schmidt treffen sie vor dem Eingang des Waldschlösschens. Sie kommen von der Innenstadt und halten auf der Parkallee kurz vor dem Bahnübergang. Auf der rechten Seite ist eine Straße, die parallel zur Parkallee abzweigt und zu einer zweiten Schranke führt. Sie gehen zu Fuß links in den Park. Nach wenigen Metern sehen sie das Waldschlösschen, ein Holzbau von der Jahrhundertwende. Falls sie zu früh da sein sollten, können sie dort einen Kaffee trinken", erklärte Borgwards Sekretärin.

„Ausgezeichnet, Frau Elfenbein. So machen wir das. Auf Wiedersehen!"

Sonntag, 8. Mai 1955, Bremen, Riensberger Straße, Wohnung Klenk

Endlich meldete sich Christian Hilker, Borgwards ehemaliger Presse-Chef, am Telefon.

„Guten Tag, Herr Hilker! Hier ist Robert Klenk. Mir lässt die Angelegenheit mit dem Ordner keine Ruhe. Erinnern sie sich?"

„Ja, sie meinen den Ordner mit den Ausschnitten über die Fahrzeuge der Borgward-Gruppe. Also die Presseberichte 1954"

„Genau die. Carstens holte bei ihnen den Ordner 1954 ab. Betraf das auch die Ordner von 1952 und 1953?"

„Nein, das verstehen sie falsch. Carstens holte die nicht bei mir ab", antwortete Hilker.

„Dann brachten sie ihm die Akten?"

„Herr Klenk, bei Borgward gibt es Büroboten!", entrüstete sich Hilker.

„Und, kannten sie den Boten?"

„Natürlich, das war Graf Otto!"

„Mensch, Herr Hilker, das ist eine wichtige Auskunft. Vielen Dank!", sagte Klenk.

„Och, da nicht für!"

17

Montag, 9. Mai 1955

Um kurz vor 8 Uhr rannte Klenk im Borgward-Werk die Stufen zu Gieschens Büro hoch und traf den BetriebsDirektor.

„Herr Gieschen, guten Morgen! Wir müssen schnell handeln!“, rief Klenk.

„Den Mantel kann ich noch ausziehen?“, erwiderte Gieschen.

„So, nun schießen sie mal los, Herr Klenk.“

„Können sie Otto Graf für mindestens eine Stunde aus dem Verkehr ziehen?“

„Wieso das?“

„Es scheint so, als wenn Graf die Mappen mit der Presseschau schönte. Ich muss in seinem Büro nachsehen, um Gewissheit zu erlangen“, sagte Klenk.

„Muss das sein?“

„Herr Gieschen, sie wissen, was auf dem Spiel steht. Und ich wette mit ihnen, dass Graf zur Gegenseite gehört.“

„Haben sie eine Idee, was ich mit ihm machen soll?“

„Schicken sie ihn zu Lloyd. Dort soll er irgendeine Akte abholen“, schlug Klenk vor.

Gieschen rief Graf an und trug ihm auf, wichtige Dokumente sofort bei Lloyd in Empfang zu nehmen. Graf zischte ab, nahm die Straßenbahn und legte in der Innenstadt erst ein Mal eine Frühstückspause ein. Bei Lloyd drückte ihm die Sekretärin gegen Übernahmequittung einen versiegelten Umschlag in die Hand.

„Den braucht Herr Direktor Gieschen bis spätestens 13 Uhr“, sagte die Lloyd-direktionssekretärin.

Graf nutzte die Zeit und bummelte durch die Sögestraße mit den Geschäften.

Zur gleichen Zeit gingen Klenk und Gieschen in Grafs Büro und durchsuchten die Schränke und den Schreibtisch.

„Hier ist was!“, rief Klenk und zog einen Stapel DIN A4-Blätter mit aufgeklebten Artikeln aus Zeitungen hervor. Sie alle trugen den Stempel des Ausschnittdienstes und stammten aus dem Jahr 1954.

„Das sind die fehlenden Artikel. Erkenne ich sofort, weil ich die gleichen Ausschnitte vom Ausschnittdienst

Das Lloyd-Werk in der Bremer Neustadt, Richard-Dunkel-Straße.

bekam“, erklärte Klenk. „Wie doof ist Graf, wenn er solche Beweismittel nicht vernichtet.“

„Ist ja nicht jeder so schlau wie sie, Herr Klenk!“, antwortete Gieschen mit einem süffisanten Lächeln.

„Wir gehen sofort zu Herrn Borgward,“ sagte Klenk etwas irritiert.

Elfenbein war erstaunt, als Robert außer Atem aufgeregt in ihr Zimmer gelaufen kam. Einen Moment später erschien gemächlichen Schrittes Gieschen.

„Herr Borgward soll Carstens anrufen und ihn sofort herbestellen. Wir müssen zu Herrn Borgward!“, rief Klenk. Das hörte „der Alte“ in seinem Büro, öffnete die Tür und sagte: „Ist das wichtig, Herr Klenk?“

„Ja!“

„Gut, kommen sie herein.“

Kurze Zeit später erschien Carstens und wunderte sich, dass Klenk anwesend war. Er zog einen der Stühle von dem kleinen Tisch weg und platzierte ihn neben Gieschen. So saßen sie in einer Reihe vor und Carl F. W. Borgward hinter dem Schreibtisch.

Klenk redete einfach drauf los: „Wir fanden eben im Schreibtisch von Otto Graf die Zeitungsartikel, die in die Pressemappe 1954 gehören. Das heißt, dass Herr Direktor Carstens nie die vollständige Mappe erhielt und deshalb so vehement eine schlechte Presse verneinte. Graf nahm die negativen Artikel aus der Mappe heraus, nachdem er sie bei Hilker abholte und bevor er sie Herrn Carstens aushändigte. Ich entschuldige mich bei ihnen, Herr Carstens, dass ich sie verdächtigte, für die andere Seite zu arbeiten.“

„Was fällt ihnen ein“, unterbrach Carstens. „Sie wagen es, an meiner Loyalität zu zweifeln?“

„Grund genug gibt es, Herr Carstens!“

„Das geht mir zu weit! Was soll das heißen?“, sagte Carstens wütend.

Klenk holte mehrere Fotos aus der Tasche und gab Carstens das Foto, auf dem er mit seiner Sekretärin Brennecke zu sehen war.

„Was soll das? Das bin ich und meine Sekretärin. Ja, und?“

„Es geht weiter. Sie haben ein Verhältnis mit ihr!“

„Das geht sie überhaupt nichts an. Das ist eine Unverschämtheit sondergleichen“, unterbrach Carstens erneut.

„Sie haben recht, aber in diesem Fall ist es so, dass sich Fräulein Brennecke und Herr Sinnhoff getroffen haben, wie dieses Foto zeigt.“

„Das ist mir völlig gleichgültig, mit wem sich Fräulein Brennecke trifft“, antwortete der Finanzdirektor.

„Sollte ihnen aber nicht gleichgültig sein, weil Sinnhoff die rechte Hand von Herribert von Endt ist. Und der steckt dahinter, dass die Borgward-Unternehmen verschachert werden sollen. Von Endt schädigt den Ruf, um unsere Autoverkäufe zu erschweren. Er wollte die Produktion durch einen Brandanschlag in Halle 1 stören. Gott sei Dank ist ihm das nicht gelungen. Dafür gelang ihm vor ein paar Tagen der Aufstand im Werk, wo der Mob den Produktionsplaner Gandert verprügelte. Der Streik letzte Woche bei Goliath geht ebenfalls auf seine

Carl F. W. Borgward.

Rechnung. Der Mann verantwortet Sabotage an den Rennsportwagen und den Tod meiner Verlobten. Vermutlich gibt es weitere nicht aufgedeckte Schweinereien.

Und mit Sicherheit erfuhr Brennecke von ihnen manche geheimen Nachrichten, die sie sofort an Sinnhoff beziehungsweise an von Endt weiterleitete."

Direktor Carstens schaute betreten auf den Boden.

„Na Carstens, Kopf hoch! Klenk entschuldigte sich bei ihnen. Schreiben sie auf, was sie der Brennecke mitteilten. Wir bestimmen den Schaden und versuchen, weitere Attacken zu verhindern. Jetzt regen wir uns nicht auf, weil das Kind schon in den Brunnen gefallen ist und wir mit Aufregung nichts erreichen.

Und jetzt machen wir das wie früher. Stehen sie auf, Herr Carstens und Herr Klenk, und geben sich die Hand."

Gieschen grinste, als die beiden wie Schüler aufstanden, sich die Hand gaben und irgendetwas von „Alles in Ordnung“ murmelten.

„Gehen sie so schnell wie möglich mit dem Firmenanwalt zu Brennecke und halten sie sie für mindestens drei Stunden fest. Danach übergeben sie Graf, Brennecke und den Saboteur Meierdierks der Polizei. Oder besser, hören sie auf ihren Anwalt, was der ihnen rät“, riet Klenk.

Carstens stellte eine Menge Fragen, die Gieschen und Klenk beantworteten.

Klenk schaute auf seine alte Tutima-Fliegeruhr, erhob und verabschiedete sich: „Ich muss los, wir bringen von Endt zur Strecke.“

Er bog mit seinem Mercedes, vom Schwachhauser Ring kommend, rechts in die die Parkallee ein. Plötzlich entdeckte er kurz hinter der Einmündung der Emmastraße ein Opel Olympia Limousinen-Cabriolet. „Das ist der Wagen, mit dem Luise ermordet wurde“, schoss es ihm durch den Kopf und er hielt etwas entfernt an. Er ging zurück und unauffällig am Opel vorbei. Der rechte Kotflügel vorn hatte eine Schramme mit einer kleinen Beule. Das Auto-Kennzeichen fing ebenso wie das von Sinnhoff mit BN (Britisch Niedersachsen) an. Das gab Klenk einen Stich ins Herz. Es musste der Tatwagen sein. Und wenn der Wagen hier stand, dann war entweder von Endt oder Sinnhoff der Mörder. Eine weitere Variante wäre ein dritter Mann, der mit im Bürgerpark war. Aufgeregt, aber klar denkend ging Klenk weiter. „Nicht auffallen, falls ich beobachtet werde“, sagte er sich und betrat durch ein kleines Eisentor einen Hauseingang zu einer weißen Villa. Er tat so, als wenn er an der Haustür geklingelt hätte, wartete einen Moment und ging zu seinem Wagen zurück.

Er fuhr bis zum Weg, der zur Waldbühne führte. Dort parkten ein neuer Mercedes 220 ebenfalls mit Hannoveraner Kennzeichen, der vermutlich von Endt gehörte, außerdem der Hansa 2400 Fließheck, den Schorse und Fritze von Borgward geliehen bekamen, um glaubwürdig auftreten zu können.

Die Gruppe stand vor dem geschlossenen Waldschlösschen. Ein Schild an der Tür verkündete „Montags Ruhetag“.

Fritze und Schorse stellten sich vor.

„Guten Tag, mein Name ist von Endt und das hier ist mein Assistent Paul Sinnhoff. Ich freue mich, mit ihnen zusammenzutreffen und dass Herr Borgward die Vorteile einer Partnerschaft mit Hanomag sieht. Ich begrüße es, dass wir heute ein Vorgespräch führen. Wir sollten klären, wie der Ablauf eines Verkaufs ist und wo Probleme im Weg stehen.“

Fritze war etwas besorgt, weil Robert nicht erschien. Er schaute demonstrativ auf seine Uhr und sagte: „Bis zur Meierei ist es nicht weit, wir brauchen 15 Minuten. Ich habe für 13 Uhr einen Tisch zum Essen reserviert. Wir können uns Zeit lassen.“

„Mir wäre es lieber, wenn wir zur Meierei gehen, weil das Wetter mit dem leichten Regen alles andere als angenehm ist“, entgegnete von Endt. Das passte

Fritze und Schorse nicht, weil die Gefahr bestand, dass Robert sie verfehlte.

Doch in dem Moment kam Robert auf sie zu.

„Guten Tag! Gehört ihnen das Opel-Cabriolet?“, fragte Klenk.

„Weshalb wollen sie das wissen?“, lautete von Endts Gegenfrage.

„Der Fahrer ließ das Licht an, da ist bald die Batterie alle“, antwortete Klenk.

„Nein, der gehört uns nicht.“

Nun war Robert sicher, dass ein Dritter im Bunde der Gegenseite sie beobachtete. Trotzdem verfolgte er seinen Plan weiter.

„Sie sind Herr von Endt?“, fragte er.

„Wer will das wissen?“

„Mein Name ist Robert Klenk. Und ich bin beauftragt von Herrn Borgward, sie zu veranlassen, keinerlei Aktion gegen Borgward zu führen. Ein Verkauf findet nicht statt“, erklärte Klenk.

„Ach sie sind das! Also kein Verkauf. Dann ist ihre Aussage eine Kriegserklärung an uns. Und wir, Herr Klenk, werden mit Sicherheit nicht den Kürzeren ziehen. Sie wissen nicht, mit wem sie sich anlegen.“

„Ach, Herr von Endt. Wir wissen mehr, als ihnen lieb ist. Sie sind jetzt fällig!“

„Was wissen sie schon? Und für das, was sie glauben zu wissen, haben sie überhaupt keine Beweise“, meinte von Endt.

„Die brauchen wir nicht! Sie sind in Wirklichkeit Hauptsturmführer Albert Ahrens, geboren in Rostock.

Am Ende des Kriegs nahmen sie die Identität eines Hauptmanns von Endt aus Stettin an. Sie waren, genau wie sie, Sinnhoff, bei der Waffen-SS und abgestellt zum SS-Einsatzkommando 8. In Russland erschossen sie wahllos Juden, Funktionäre und wer ihnen sonst vor ihre Flinte kam. Sie führten keinen Krieg, sie sind der letzte Dreck und Mörder!"

Robert spuckte Ahrens alias von Endt vor die Füße und fuhr fort:

„Sie stehen heute auf der Auslieferungsliste der polnischen und russischen Regierung. Sollten sie weitere Maßnahmen gegen Borgward durchführen, werden wir sofort den Polen und den Russen sowie dem israelischen Geheimdienst einen Tipp über ihre wahre Identität geben", sagte Klenk.

„Mann Klenk, bauen sie keinen Scheiß, das ist eine einmalige Chance für sie und ihre beiden Herren. Sie bekommen eine Million D-Mark Provision, wenn sie uns unterstützen und Borgward verkauft. Schlagen sie doch nicht so eine astronomische Summe aus. Denken sie nach!" Von Endt war laut geworden und streckte den Arm nach oben aus.

„Macht der da einen Hitler-Gruß?", fragte sich Klenk.

Genauck, der sich hinter einem Baum versteckt hatte, sah das für den Notfall verabredete Zeichen. Mit gezogener Pistole trat er auf die Gruppe zu, stellte sich neben Fritze und zielte auf Klenk.

„Da ist ja die kleine Wanze von der Abwehr! Macht die Schwierigkeiten, Chef?"

„Jetzt nicht mehr. Er kennt unsere SS-Zugehörigkeit. Du erledigst die drei gleich. Doch vorher ein Wort an Oberschlauberger Klenk. Meinem Mitarbeiter Johann Genauck“, er zeigte auf ihn, „gehört der Opel. Sie, Klenk, kapierten unsere Warnungen nicht. Wenn sie ein bisschen nachgedacht hätten, würde ihre Verlobte leben und sie wären nicht von Genauck zusammengeschlagen worden. Außerdem hätte sich das jetzt für sie und ihre beiden Spießgesellen lebensverlängernd ausgewirkt.“

In diesem Moment schlug Fritze von unten auf Genaucks Arm. Der Arm schnellte nach oben, gleichzeitig drückte Genauck den Abzug, doch die Kugel traf nicht Klenk, sondern den neben Klenk stehenden Sinnhoff in den Kopf. Der fiel auf den Rücken. Fritze schlug mit einem kraftvollen Faustschlag dem Schützen auf das Kinn, was ein übles Geräusch verursachte. Genauck schrie, schoss erneut, ohne etwas zu treffen. Sofort setzte Fritze nach und verpasste ihm einen Leberhaken. Genauck ging neben dem toten Sinnhoff zu Boden.

Robert zog die Walther PP und schoss voller Wut Luises Mörder in den Kopf. Von Endt war entsetzt. Er wunderte sich über Klenks Eiseskälte und Härte. Doch plötzlich warf ihm Klenk die Pistole zu und Schorse schrie: „Bist du verrückt geworden?“ Von Endt fing die Waffe auf und sah, dass der Verschluss geschlossen war und sich somit eine Patrone im Lauf befand.

„Schluss, meine Herren! Jetzt ist Feierabend!“, rief von Endt, zielte auf Robert und drückte ab. Schorse schrie, Klenk grinste und ging auf von Endt zu. Klenk unverletzt? Von Endt konnte es nicht fassen, drückte nochmals ab, es passierte nichts. Voller Entsetzen lief er zu seinem Wagen.

„Robert, der haut mit der Pistole ab. Wir müssen hinterher“, schrie Fritze. Die drei rannten los, erreichten von Endt nicht mehr, der mit seinem Mercedes über die Parkallee in Richtung Stadt flüchtete.

Sie rissen die Türen des Hansa 2400 auf, starteten den Wagen und jagten dem Mercedes mit ungefähr 70 km/h hinterher. Schneller ging es nicht auf der Parkallee, weil die kopfsteingepflasterte Straße durch die Bäume und den leichten Regen glatt wie Schmierseife war. Dazu kamen die wüsten Querrillen, die den 2400 springen ließen.

Von Endt bog kurz vor der Polizeiwache links in die Emmastraße ein, fuhr schnell und ohne Rücksicht auf die Vorfahrt kreuzender Autos durch die Wohnstraße.

„Gib Gas, der will zur Autobahn. Wir dürfen ihn nicht verlieren!“, rief Fritze. Sie holten langsam auf und waren in Höhe der Schubertstraße dicht hinter ihm. Von Endt raste mit unverminderter Geschwindigkeit auf die Schwachhauser Heerstraße zu.

„Der spinnt! Robert, fahr langsam!“, schrie der hinten sitzende Schorse. Robert bremste stark ab und sah, wie von Endt die Schwachhauser Heerstraße überqueren wollte. Es ging alles blitzschnell. Ein Lkw fuhr dem Mercedes in die Fahrertür. Ein furchtbarer Knall, die gesamte hintere linke Seite riss auf, der Wagen schleuderte über die breite Straße und prallte an den Strommast der Bremer Straßenbahn AG, der vor Beerboms Gaststätte stand.

Robert hielt an und alle drei rannten sofort zur Unglücksstelle. Dort öffnete er mit aller Kraft die Beifahrertür. Von Endt blutete stark. Die Lenksäule hatte seinen Brustkorb eingedrückt. Er konnte Klenk sehen und flüsterte: „Die Drecksau von der Abwehr.“ Eine leichte Erschütterung ging durch seinen Körper. Klenk fühlte die Halsschlagader. Von Endt war tot.

Robert suchte die Walther, entdeckte sie im Fußraum des Beifahrers und zog den Schlitten der Waffe nach hinten. Die Hülse der Platzpatrone wurde ausgeworfen, er steckte sie ein, entspannte die Pistole und legte sie zurück.

Das alte Polizeirevier an der Kreuzung Parkalle/Schwachhauser Ring.

Von der rund 150 Meter entfernten Polizeiwache kamen drei Beamte angelaufen. Einer rannte sofort zurück und forderte den Krankenwagen an. Die zwei anderen Polizisten schauten nach von Endt und dem Lkw-Fahrer, der zitternd an einem Baum lehnte. Klenk ging auf sie zu und sagte: „Der Mann im Mercedes erschoss einen Menschen im Bürgerpark beim Waldschlösschen!"

Robert, Fritze und Schorse mussten im Laufschritt mit zur Wache kommen. Dort verständigte man telefonisch die Kollegen in der Bürgerparkwache. Ein anderer Polizist nahm ihre Personalien auf und die drei warteten, bis ein Polizeikommissar der Mordkommission kam und sie befragte.

„Ich komme aus dem Bürgerpark. Dort fanden wir zwei Tote, die beide erschossen wurden. Erzählen sie

Gaststätte Beerbom an der Ecke Schwachhauser Heer-/Buchenstraße.

einmal, wie das gekommen ist", sagte der Kommissar.

Robert antwortete: „Wir waren mit zwei Herren, Herribert von Endt und Sinnhoff, im Bürgerpark vor dem Waldschlösschen verabredet. Wir wollten über einen Zusammenschluss der Borgward-Werke mit dem Lkw-Hersteller Hanomag sprechen. Auf einmal kam ein dritter Mann auf uns zu und zielte mit einer Pistole auf Sinnhoff und schrie."

„Was schrie der Mann?", fragte der Polizist.

„Irgendetwas von Verrat", antwortete Robert.

„Und sie können sich nicht erklären, wen oder was er meinte?"

„Nein. Ich schlug dem Mann von unten auf den Arm. Es löste sich ein Schuss und der traf den Herrn Sinnhoff mitten in den Kopf. Dann ging der Schütze K. o", sagte Fritze.

Das Polizeirevier Ecke Schwachhauser Heer-/Kirchbachstraße.

„Durch einen weiteren Schlag?“

„Durch zwei Fausthiebe“, antworte Fritz.

„Von Endt zog eine Pistole aus der Manteltasche und erschoss den am Boden liegenden Schützen“, erklärte Robert.

„Einfach so?“

„Ja. Er rannte weg und wir sind hinter ihm her gefahren“, versicherte Robert.

„Sie sind einfach hinterhergefahren? Warum? Weshalb sind sie nicht sofort zur Polizeiwache am Bürgerpark gefahren? Das war gefährlich, einen bewaffneten Mann zu verfolgen“, sagte der Polizeikommissar.

Die drei schauten sich an und Robert antwortete: „Wir wollten den nicht entkommen lassen. Über die Gefahr dachten wir nicht nach.“

„Doch“, sagte Schorse. „Ich saß hinten und rief, dass wir zur Polizeiwache im Bürgerpark fahren sollen. Und als wir in der Emmastraße waren, schrie ich, dass wir nun zur Wache an der Schwachhauser Heerstraße, zu dieser Wache hier fahren müssen. Dann passierte der Unfall mit von Endt.“

„Gut, meine Herren. Halten sie sich zu unserer Verfügung.“

Sie kauften in der Schwachhauser Heerstraße in einem Lebensmittelladen zwei Kisten Hemelinger Bier und fuhren zu Robert in die Wohnung.

Robert rief Rita Elfenbein im Borgward-Werk an und sagte ihr, dass keine Gefahr mehr drohe. Er würde morgen um 11 Uhr kommen und alles erzählen.

„Das ist uns gut gelungen“, sagte Fritze.

„Ja, aber drei Tote und ich erschoss einen von ihnen!“, antwortete Robert ungehalten.

„Du hast völlig richtig gehandelt. Dieser feige Mörder hat dieses Ende verdient“, tröstete Fritze seinen Freund.

„Ich wollte mich rächen. Doch einen Menschen in Wirklichkeit zu erschießen, ist was anderes“, sinnierte Robert.

„Warum gabst du dem von Endt die Pistole? Bist du da durchgedreht?“, fragte Schorse, um das Thema zu wechseln.

„Borgward forderte ein schnelles Ende der Sache, damit seine Firma nicht über Kopf geht, und verbot, dass Fakten an die Öffentlichkeit kommen. Aus diesem Grund und weil uns die Beweise fehlen, kam ein Gerichtsprozess nicht infrage. Ich suchte eine Sache, mit der sich von Endt erpressen ließ, um seine Aktionen einzustellen. Das wollte ich ihm beim Treffen sagen.

Ich habe damit gerechnet, dass die von Endt-Leute zu dritt erscheinen und der Mörder von Luise dabei ist.

Ich sah den Opel an der Busestraße parken. Genau der Wagen, der Luise anfuhr. Es konnte das Auto von von Endts Assistenten Sinnhoff sein. Deshalb meine blöde Frage, als ich auf euch zu kam, wessen Opel das ist. Von Endt antwortete mit Nein, ergo musste ein dritter Mann im Bürgerpark sein und uns beobachten. Dass eine tödliche Gefahr davon ausgeht, sah ich nicht voraus.

Allerdings baldowerte ich für den Fall einer Notsituation mit Fritze etwas aus. Fritze packte eine scharfe Patrone und eine Platzpatrone in das Magazin einer Walther PP. Mit der ersten Patrone erschoss ich Genauck. Ich warf die Waffe von Endt zu, der fing sie auf, fasste sie richtig an und damit waren seine Fingerabdrücke auf der Pistole."

„Das bringt dir nichts. Fritzens und deine Fingerabdrücke sind auf den Hülsen und der Waffe", warf Schorse ein.

„Nein, ich reinigte die Waffe komplett und trug Gummihandschuhe. Und Robert hatte die ganze Zeit seine dünnen Lederhandschuhe an, sodass auf der Waffe nur von Endts Abdrücke sind", erklärte Fritze.

„Ja, aber es gibt bei der Polizei eine Suche nach Schmauchspuren. Und von Endt schoss ja nicht", wandte Schorse ein.

„Das ist halb richtig. Schmauchspuren entstehen bei einem Schuss und bilden eine Wolke aus kleinsten Teilchen der Hülse, des Geschosses, ein bisschen Material des Laufs und vom Sprengstoff", dozierte Fritze. „Diese Wolke legt sich auf die Hand und Kleidung des Schützen. Deshalb packte ich die Platzpatrone in das Magazin. Die feuerte von Endt ab und so bekam er Schmauchspuren an seine Hand. Wenn die Polizei von Endts Leiche untersucht, so findet sie welche. Zwar fehlen die Geschoss-Teilchen, es war ja eine Platzpatrone, aber sobald der Experte Sprengstoff-Partikel findet, wird er nicht weiter suchen."

„Und warum sind wir von Endt nachgefahren?", fragte Schorse.

„Weil der nicht wie geplant die Walther wegwarf, sondern mitnahm. Wäre die Waffe an Ort und Stelle geblieben, hätten wir die Platzpatronenhülse sofort entfernt. Die wird nicht ausgeworfen, weil der Rückstoß bei Platzpatronen zu gering ist. Wir mussten hinterher, um diese blöde Hülse in die Hand zu bekommen. Sonst wären wir aufgeflogen", erwiderte Fritze.

„Mensch, gut dass ihr mich nicht so tief eingeweiht habt. Aber trotzdem riskant, mit nur einem Schuss dem Gegner gegenüber zu treten", meinte Schorse, und man merkte ihm an, dass der Schrecken über die Vorkommnisse in seinen Knochen saß.

„Wieso mit nur einem Schuss?", fragte Fritz. Und Robert setzte nach: „Du, Schorse, hattest doch eine Pistole mit!"

„Ich? Nee! Ich besitze überhaupt keine Waffe!", antwortete Schorse und schüttelte den Kopf über so viel Unvorsichtigkeit. Fritze lachte laut los und sprach mühsam: „Natürlich trug ich meine Knarre in der Tasche!"

Robert grinste und sagte: „Und meine 08 steckte im Holster!"

„Wie bist du hinter die tatsächliche Identität von von Endt gekommen?", fragte Fritze.

„Ich war in Bonn beim Amt Blank im Referat Zeitgeschichte, im Berlin Document Center und in der Wehrmachtauskunftsstelle, ebenfalls in Berlin.

In den Archiven fand ich anhand der Personalbögen heraus, dass der Hauptmann der Wehrmacht, Herribert von Endt, auf dem Passbild anders aussieht als von Endt auf unseren Fotos. Sinnhoff war in einem SS-Einsatzkommando. Es bestand die Möglichkeit, dass er den falschen von Endt im Krieg durch seine SS-Einheit kennenlernte. Da von Endt älter als Sinnhoff war und eine höhere Position auf der Karriereleiter innehatte, nahm ich an, dass er ein Vorgesetzter sein könnte. Ich suchte in der Wehrmachtauskunftsstelle und im Document Center rückwärts. Wie hießen die Offiziere in den Einheiten, in denen Sinnhoff diente? Mit den Namen fand ich die Personalkarteikarten. Ich verglich die Passbilder auf den Karten mit Schorses Aufnahmen von von Endt. Und das Bild des SS-Hauptsturmführers Albert Ahrens passte zum Gesicht unseres heutigen Herrn von Endt.

Die Verbrechen der Einsatzkommandos sind in den Archiven ebenfalls dokumentiert. Ich trug genügend Material über Ahrens alias von Endt zusammen. Das hätte gereicht, ihn kaltzustellen, und wir wären alle friedlich auseinandergegangen. Aber dann kam Genauck dazwischen", klärte Robert auf.

„Du hättest diese Dreckschweine einfach laufen lassen? Mensch Robert, die verdienen ihre Strafe. In Polen, Russland und Israel wären die gehenkt worden", meinte Schorse.

Dienstag, 10. Mai 1955, Borgward-Werk

Klenk betrat das Büro von Rita Elfenbein.

„Herr Klenk, wie schön, dass sie da sind. Sie sollen, bevor wir uns gleich im Besprechungsraum treffen, bitte bei Herrn Direktor Carstens vorbei schauen."

Klenk betrat das auf demselben Stockwerk liegende Vorzimmer des Finanzchefs.

„Guten Tag, mein Name ist Robert Klenk!"

Die ungefähr 35 Jahre alte Sekretärin stand auf und kam mit einem Lächeln auf ihn zu. Robert registrierte das freundliche Gesicht, die kurzen Haare, schluckte und dachte: „Genau mein Typ. Oh Gott, ist die klasse!"

„Guten Tag, Herr Klenk. Ich bin Erika Mäurer, die neue Assistentin von Herrn Direktor Carstens."

Robert bekam kein Wort heraus und grinste. Dabei sah er nicht besonders klug aus.

„Herr Carstens erwartet sie."

Sie klopfte und öffnete die Tür zu Carstens Büro. Robert ging hinein, Carstens erhob sich, drückte ihm die Hand und sagte: „Herr Klenk, ich dachte in Ruhe über die Geschehnisse nach. Ich behandelte sie unfair und löste eventuell schlimme Dinge aus. Dafür entschuldige ich mich bei ihnen. Wenn sie irgendwann Hilfe brauchen, geben sie mir Bescheid. Ich stehe ihnen mit Rat und Tat zur Seite."

„Wir sind anfänglich auf verschiedenen Gleisen unterwegs gewesen. Ich habe Fehler gemacht, freue mich aber über ihre heutige Entschuldigung. Wir sollten neu anfangen und ich denke, wenn Herr Dr. Borgward mich anfordert, werden wir gut zusammenarbeiten."

„So soll es sein, Herr Klenk. Lassen sie uns zum Treffen gehen." Carstens öffnete ihm die Bürotür und Robert schaute Erika Mäurer an. Sie lächelte und er wusste, dass er zumindest das Vorzimmer von Direktor Carstens öfter besuchen würde.

Um 11 Uhr versammelten sich im Besprechungsraum des Sebaldsbrücker Werks Carl F. W. Borgward, Rita Elfenbein, Finanz-Direktor Otto Carstens, BetriebsDirektor Wilhelm Gieschen, Ingenieur Fritz Hattesohl, Presse- und Werbeleiter Heinz Thomaß sowie Robert Klenk, Georg Wilke und Friedrich Schmidt.

Klenk erzählte von seinen Recherchen, ohne in die Details zu gehen, und vom Ablauf des gestrigen Tages in der Version, die die Polizei zu hören bekommen hatte. Gieschen teilte mit, dass Brennecke und Graf fristlos entlassen worden sind und eine Schuldanerkennung unterschrieben haben. Diese Schriftstücke landeten im „Giftschrank" und werden, falls notwendig, gegen Hildegard Brennecke beziehungsweise Otto Graf herausgeholt und eingesetzt. Der Saboteur Meierdierks saß nach der Strafanzeige in Untersuchungshaft und wartete auf seinen Prozess.

Carl F. W. Borgward sagte: „Es ist heute ein ungewöhnliches Maß an Mitteilungen zusammengekommen. Das Ende der Machenschaften gegen uns ist erreicht. Gott sei Dank.

Carl F. W. Borgward

Ich danke ihnen allen und insbesondere Herrn Klenk. Ohne ihn, ohne seine Hartnäckigkeit und ohne seine Helfer wäre es uns schlecht ergangen.

Herr Klenk und seine Mannschaft stehen ihnen für Fragen zur Verfügung."

„Eine Frage hätte ich," sagte Rita Elfenbein. Alle Köpfe drehten sich zu ihr. „Ist der von Endt durch den Zusammenstoß mit einem Borgward-Lastwagen gestorben?"

„Nein", antwortete Klenk, „er starb durch den Zusammenstoß mit einem Hanomag Laster!"

Peter Kurze
Foto 1996

Nachwort

1996

Völlig genervt hob ich den Hörer des klingelnden Telefons ab. Hochkonzentriert schrieb ich an einem Kapitel meines neuen Buchs über die Carl F. W. Borgward Automobilwerke. Das elektronische Läuten brachte mich aus dem Konzept.

„Kurze!", knurrte ich in den Hörer und eine männliche Stimme meldete sich.

„Klenk mein Name. Sind sie der, der die Borgward-Bücher schreibt?" Die angenehme Stimme schien einem alten Mann zu gehören. Ich schätzte sein Alter auf 80 Jahre.

„Ja, was kann ich für sie tun?" Mein Standard-Satz, wenn ich keine Zeit für ein Telefonat habe. Damit kommt der Gesprächspartner schnell zum Punkt und hält sich nicht mit langen Vorreden auf.

Der ältere Herr behauptete, dass er vor dem 2. Weltkrieg in der Autofabrik von Borgward in Bremen-Hastedt und nach dem Krieg in der Marktforschungsabteilung im Werk Sebaldsbrück gearbeitet hatte. Das klang interessant; aber einen Haken hatte die Sache doch. Während wir sprachen, schaute ich in das alte Borgward-Firmentelefonbuch von 1959. Eine Abteilung „Marktforschung" war nicht verzeichnet und im alphabetischen Namensregister tauchte zwar ein Herr Klemm (Standard-Abteilung) und ein Klimaschka (Inspektion) auf, aber kein Klenk. Ein selbst ernannter Zeitzeuge, der unheimlich auf den Putz haut und mir erzählen will, wie wichtig er war – und dann besaß er kein eigenes Telefon im Werk? Solche Aufschneider haben sogar Carl Borgward geduzt, den Chef von 20.000 Mitarbeitern! Höhepunkt ist dann der Satz: „Wenn Carl auf mich gehört hätte, wäre er nicht Pleite gegangen!" Den Boss duzen, aber kein Telefon!

Letzte Testfrage abschießen und schauen, was er antwortet. Ist die Antwort falsch, Gespräch beenden.

„Ihre Abteilung befand sich doch neben dem Büro von Ingenieur Hattesohl?"

„Nein, nein! Hattesohl war der Leiter vom Musterbau und war in Halle 0. Ich hatte mein Büro im Verwaltungsgebäude." Erstaunlich, der kannte sich aus. Er bat um einen Besuch bei ihm und versprach, mir Fotos aus dem Borgward-Werk für meine Bücher zu leihen.

An einem Freitag im September 1996 stand ich um 11 Uhr das erste Mal vor der Tür seines Hauses in Bremen-Schwachhausen und klingelte. Eine heftig aus der Form geratene alte Frau öffnete. Ihre Augen strahlten mich an. Sie lächelte und bat mich herein.

Eine männliche Stimme rief: „Herr Kurze, kommen sie in den Keller. Ich kann nicht mehr so gut laufen!“ Eine Wendeltreppe führte hinab.

Ich trat in einen Raum, der eine Mischung aus Bibliothek, Arbeitszimmer und Rauchsalon war. Hinter einem großen Schreibtisch saß Robert Klenk. Er blieb bei der Begrüßung sitzen, bot mir einen Platz an und entschuldigte sich: „Wissen sie, ich gab vor Jahren das Rauchen auf, weil der Arzt sagte, wenn ich weiter rauchen würde, so könnte ich bald nicht mehr laufen. Seit fast 30 Jahren rauche ich nicht mehr. Nun kann ich tatsächlich nicht mehr laufen. Also rauche ich wieder!“ Er steckte den Tabak seiner Pfeife in Brand. Genüsslich qualmte er vor sich hin.

Robert Klenk meinte, dass er am Lebensabend angekommen sei und seine ganzen Unterlagen sortiert hätte. Er erzählte von seiner Kindheit in Bremen, von einer Reise nach England, von dem Studium im Berlin der Vorkriegszeit, von der Arbeit als Werkstudent bei Borgward in der Autofabrik und vom Neubeginn 1945. Dabei zeigte er mir viele Fotos.

Es war ein interessantes Gespräch. Aber meinen Fragen nach seiner Kriegszeit und der Borgward-Marktforschungsabteilung wich er aus.

Nach drei Stunden verabschiedete er mich und ich versprach, in der nächsten Zeit wiederzukommen.

Wenige Tage nach dem Treffen saß ich ihm erneut gegenüber. Er verwickelte mich in ein Gespräch über Wirtschaft, Bremen, Politik und mein privates Umfeld. Er schien mich zu prüfen. Und diese Prüfung bestand ich, denn er rückte endlich damit heraus, was er bei Borgward gemacht hatte. Er beriet Carl F. W. Borgward und seine Direktoren. Man engagierte ihn von Fall zu Fall. Und zwar immer dann, wenn Probleme krimineller Art ohne Polizei und möglichst lautlos gelöst werden sollten.

Was Klenk erzählte, war so absurd, außergewöhnlich und spannend, dass ich zu weiteren Treffen den Kollegen André Wagner mitnahm. Zu zweit notierten wir stichpunktartig Klenks Erlebnisse. Klenk mussten wir versprechen, frühestens 20 Jahre nach seinem Tod die Erinnerungen zu veröffentlichen. Weshalb er diese Frist setzte, ergründeten wir erst viel später, als uns mehr als 20 Jahre nach seinem Tod über einen Anwalt ein Päckchen von Robert Klenk erreichte. Die enthaltenen Schriftstücke beleuchteten seine Erzählungen näher. Er litt jahrelang seelisch aufgrund der Erschießung Genaucks. Sein Bestreben galt seinem guten Ruf, den er mindestens so lange aufrecht erhalten wollte, bis seine Frau ihm „in die ewigen Jagdgründe" folgen sollte. Zwei Jahrzehnte Wartezeit erschienen ihm angemessen. Danach würde ihn sowieso keiner mehr kennen, dann wäre ihm auch sein Ansehen egal.

Mein Dank

Ich bedanke mich herzlich für die Hilfe bei der Erstellung dieses Buchs bei Birgit Heldt, Markus Heldt, Ulf Kaack, Boris Löffler-Holte (Staatsarchiv Bremen), Manuel Miserok, Axel Petermann, Gundula Rentrop (Finanzverwaltung Bremen), Peter Strotmann (Schwachhausen Archiv), Udo Stünkel und Bernhard Völker.

Bremen, im März 2023

Peter Kurze

Bildquellen- und Urhebernachweis:

Adam Opel AG: 250

Auto Union GmbH: 130

Botzenhardt, Paul: 5, 209

Carl F. W. Borgward GmbH: 43, 44, 61, 73, 77, 78, 79, 80

Dodenhoff, Rudolf: 76

Hast, Hermann: 187

Heldt, Willi: 175

Janssen-Weinberg, Eva: 26, 27, 28, 29

Kaack, Ulf: 170

Klenk, Robert: 92, 216, 217

Krüger, Richard: 35, 155

Kurze, Peter: 8, 30, 31, 51, 114, 174, 176, 191, 327

Molter, Günther (Archiv B. Völker): 139, 204

Museum Koenig: 280

Ohlsen, Hermann: 116, 143, 242, 253, 290, 291

Philips: 107

Reichskriegsministerium/OKW: 145, 230

Richleske, Walter: Titel, Rücktitel, 7, 12, 25, 36, 46, 55, 58, 59, 62, 70, 71, 72, 75, 87, 88, 89, 99, 100, 103, 110, 113, 118, 120, 123, 129, 137, 138, 144, 156, 185, 188, 189, 197, 198, 201l, 201r, 203, 220, 221, 236, 237, 238, 241, 254, 256, 258, 260, 262, 263, 266, 272, 286, 288, 299, 301, 309, 326

Schmidt, Georg: 50, 58, 106

Schmidt, Karl Edmund: 134

Schrader, Archiv Halwart: 194

Staatsarchiv Bremen: 106

Strotmann, Peter (Schwachhausen Archiv): 316, 317, 318

U.S.-Army Signal Corps: 282, 283, 284

Vidal & Sohn: 195o

Völker, Bernhard (Rennsport Archiv): 60, 64, 81, 82, 98

Wilke, Georg: 210, 211

Witte, Karl-Heinz: 37, 38, 195u, 199, 306

Zeiss Ikon AG: 181

Es konnten nicht alle Bildrechte geklärt werden. Urheber bzw. Nutzungsrechte-Inhaber bitte beim Verlag melden.

Wer mehr über die Bremer Automobilfabrik Borgward wissen möchte, dem sind die folgenden Bücher empfohlen.

Die Bücher erhalten Sie im Buchhandel oder direkt beim

Verlag Peter Kurze · www.peterkurze.de

c/o Runge Verlagsauslieferung

- Bestelltelefon: 05204-998-123
- Bestell-Mail: msr@rungeva.de
- Bestellfax: 05204-998-114

Peter Kurze:
Borgward Isabella
Vom Zeichenbrett zum Roll-out
ISBN 978-3-927485-08-2
Verkaufspreis 19,90 Euro
Format 30 x 21 cm,
96 Seiten,
165 Abbildungen

Dieses Buch zeigt am Beispiel der Borgward Isabella, wie Autos entworfen und produziert wurden. Es konnte nur erscheinen, weil drei Dinge zusammenkamen. Dem Autor standen zahlreiche Fotos zur Verfügung, die den Fertigungsprozess ausführlich zeigen. Seit über 30 Jahren führte der Autor Interviews mit einstigen Borgward-Technikern. Mit fachlicher Unterstützung heutiger Ingenieure des Automobilbaus konnten die Entwicklungs- und Fertigungsabläufe der 50er-Jahre rekonstruiert werden.

Auf diese Weise gelang es, die einzelnen Schritte im Detail darzustellen: Konzeption, Entwurf, Prototypenbau, Versuchsphase, Fertigungsplanung und Serienfabrikation.

Ab Juli 1954 rollte die Isabella vom Band. 1962 wurde die Produktion dieses erfolgreichen Klassikers eingestellt. Borgwards Meisterstück erfreut sich auch heute noch einer großen Wertschätzung.

Bernhard Völker & Peter Kurze
Borgward Rennsportwagen
Einsatz und Technik
ISBN 978-3-927485-17-4
Verkaufspreis 24,90 Euro
Format 30 x 21 cm,
120 Seiten,
208 Zeichnungen und Fotos

Der Stuttgarter Motorsport-Experte Bernhard Völker schildert erstmals sämtliche Einsätze der Borgward Rennsportfahrzeuge: von der Rekordfahrt des Typs INKA 1950 über die Wettbewerbe 1952 bis 1959 auf den berühmten Rennstrecken bis hin zur Markenweltmeisterschaft der Formel II 1959 mit dem Cooper-Borgward. Dazu Porträts aller Borgward-Rennfahrer.

Auf die Veröffentlichung 2004 des Buchs „Silberpfeile aus Bremen" sind viele Hinweise von Zeitzeugen eingegangen. Aufgrund dieses neue Wissens mussten Teile der Technikgeschichte neu geschrieben werden. Dabei dreht sich alles um die Karosserien, Fahrwerke und Motoren.

Im Anhang des Buchs befinden sich ausführliche Tabellen der Rennen, der technischen Daten der Fahrzeuge und der Motoren sowie eine zeitliche Übersicht und ein Abschnitt über den Verbleib der seltenen Rennsportwagen.

Klaus Ebel, Peter Kurze
Borgwards Werk
Erinnerungen von Peter Borgward
ISBN 978-3-927485-33-4
Verkaufspreis 24,90 Euro
Format 30 × 21 cm, 112 Seiten, 163 Abbildungen

Carl F. W. Borgwards Sohn Peter hatte vor 50 Jahren eine gute Idee. 1972 erzählte er dem Journalisten Klaus Ebel die Geschichte der Borgward-Werke aus seiner Sicht als Zeitzeuge. Ebel veröffentlichte die Artikelserie in der Zeitung „Fit am Steuer“. Kaum jemand kannte das Blatt und die Auflage war gering. So gerieten Peter Borgwards Wissen und Aussagen in Vergessenheit.

Erst 2021 tauchten einzelne Artikel wieder auf. Die fehlenden Folgen befanden sich in Sammlerhand und im Staatsarchiv Bremen. Die insgesamt 26 Artikel der Serie dokumentieren den Zeitraum vom Anfang bis zum Erscheinen der Isabella im Jahr 1954. Dann gab es aus unbekannten Gründen keine Fortsetzung. Die schrieb jetzt Borgward Fachmann Peter Kurze, sodass sich ein abgerundetes Bild der Historie ergibt.